Gerlinde Michel
Der Brief
edition 8

Gerlinde Michel

Der Brief

Roman

Verlag und Autorin danken herzlich dem Kanton Bern und der Gemeinde Spiez für den Beitrag an dieses Buch.

Besuchen Sie uns im Internet: www.edition8.ch Dort finden Sie Informationen zu unseren Büchern und AutorInnen sowie Rezensionen und Veranstaltungshinweise.

Bibliografische Informationen der Deutschen National-Bibliothek sind im Internet abrufbar unter http://dnb.ddb.de

September 2015, 1. Auflage, © bei edition 8. Alle Rechte, einschliesslich der Rechte der öffentlichen Lesung, vorbehalten. Lektorat & Korrektorat: Katja Schurter & Petra Jäger, Typografie: Heinz Scheidegger, Umschlag: Eugen Bisig, Druck und Bindung: Beltz, Bad Langensalza.
Verlagsadresse: edition 8, Quellenstrasse 25, CH-8005 Zürich,
Telefon +41/(0)44 271 80 22, Fax +41/(0)44 273 03 02, info@edition8.ch

ISBN 978-3-85990-266-4

How like herrings and onions
our vices are in the morning
after we have committed them.

Samuel Taylor Coleridge

1

Heute ist ein schwarzer Tag. Die Vorahnung streift Jetta wie ein Schwindel. Schon der Vormittag hat sich angefühlt wie ein Dauerlauf gegen die Zeit, Hektik beim Frühstück, die Ereignisse im Büro, mittags die Macken der Kinder. Und jetzt Nicoles Blick, hart wie Stein – so hat ihre Tochter sie noch nie angeschaut. So viel Auflehnung wegen eines lächerlichen Baumwollfetzchens, dem sie sich als Mutter widersetzt. Die Stille dehnt sich, lähmt. Melanie fährt mit den Fingern durch die Haare, ein Ohrring klirrt auf den Fliesen. Sie bückt sich und klemmt den Klunker wieder ans Ohrläppchen. Nicole presst die Lippen zusammen. Mit beiden Händen zerrt sie an den Volants ihres Röckchens.

Als Jetta die Anspannung nicht mehr aushält und etwas Versöhnliches sagen will, dreht sich Nicole um und zieht die Freundin die Treppe hoch. Oben schlägt eine Schranktüre zu. Durch die angelehnte Türe hört Jetta deutlich Melanies Stimme. Weshalb Nicoles Mutter einen so komischen Namen habe. Ganz absichtslos ist die Frage nicht, vermutet Jetta, und ebenso vernehmlich folgt Nicoles Antwort: »Eigentlich heisst sie Henrietta, darum.« Der Rest ertrinkt in kaum unterdrücktem Gelächter. Demontage. So demontieren Kinder ihre Eltern. Beiläufig, und scharf wie mit einer Rasierklinge. Müsste sie eingreifen, Nicole zurechtweisen? Die richtigen Worte fehlen ihr, sie fühlt sich zu ausgelaugt, um noch eine Konfrontation zu überstehen. Demontage der Erzieher gehört ja wohl zur Ablösung.

Doch muss dieser Prozess von so viel offener Ablehnung begleitet sein?

Sekunden später poltern die Mädchen die Treppe herunter, Nicole in Jeans. Sie vermeidet es, ihre Mutter anzusehen.

»Dann viel Spass.« Jetta bemüht sich um einen neutralen Ton. Nicole schweigt, Melanie sagt ein bisschen zu artig »Adieu, Frau Henauer«. Die Wohnungstüre schlägt ins Schloss. Gelächter im Treppenhaus, Absätze, die auf Stufen schlagen, Stille.

Im Wohnzimmer fällt Jetta aufs Sofa. Der Schwindel ist weg, das flaue Gefühl im Magen versucht sie zu ignorieren. Anspannung und Erschöpfung sind wirklich nichts Ungewöhnliches, damit muss man zurechtkommen. Selbst wenn sich die Belastungen in letzter Zeit vermehrt haben und die Verantwortung für die Kinder sie oft kaum durchatmen lässt. Und Andreas sie selten unterstützt. Oder sie nicht so unterstützt, wie sie sich das wünschte. Und ihr die Mutter im Nacken sitzt.

Jetta gibt sich einen Ruck. Sie sammelt die verstreuten Zeitschriften vom Boden, legt sie auf den Salontisch. Hinzu kommt, dass im Büro so viele fehlen. Dieter ist in den Ferien, Evelyne im Mutterschaftsurlaub, Rahel arbeitet wegen der Kinder neu Teilzeit. Und sie muss vorübergehend neben den eigenen auch deren Liegenschaften betreuen. Zu Jettas Ärger treten dort die meisten Probleme auf. In den letzten Tagen ist sie sich wie eine Feuerwehrfrau vorgekommen: Statt ihre Arbeit zu erledigen, rannte sie mit Feuerlöschern herum und löschte die Buschbrände der abwesenden Kolleginnen.

Es begann schon heute am frühen Morgen. Um sieben verliessen Andreas und Nicole die Wohnung, Leo erschien erst nach wiederholtem Rufen zum Frühstück. Er beklagte sich, seine Fussballschuhe seien verschwunden, er brauche sie für die Turnstunde. Statt in Ruhe zu frühstücken half Jetta bei der Suche. Dabei verging viel Zeit. Schliesslich fand sie die Schuhe auf dem Balkon, wo Leo sie am Abend zum Trocknen hingestellt hatte. Seine Augen strahlten unter dem Wuschelhaar, er umarmte Jetta und stürmte mit Schulzeug und Schuhen aus der Wohnung. Stehend trank sie den kalt gewordenen Kaffee und räumte Tassen und Teller in den Geschirrspüler. Im Bad putzte sie die Zähne und fuhr mit dem Lippenstift über die Lippen.

Die tanzenden Wellen auf Leos Bildschirm stoppten Jetta. Wie oft hatte sie den Jungen ermahnt, seinen Laptop nach dem Surfen abzuschalten. Sie begann, ein Programm nach dem andern zu schliessen. Neben Facebook, einem Kriegsspiel und zwei Fussballsites hatte Leo Rappersites besucht, die ihr überhaupt nicht gefielen. Vorsichtshalber notierte sie die URLs auf einem Zettel. Das Summen des Rechners nahm kein Ende. Ihre Augen wanderten über verstreute Hefte, Socken und Unterhosen zum zerwühlten Bett und hoch zu Messi, Ronaldo und wie sie alle hiessen, deren Porträts von der Wand kickten. Andreas fand nichts dabei, dass der Dreizehnjährige neben dem Fussballspielen viel Zeit am Laptop verbrachte. Zu viel Zeit, war Jettas Meinung. Wenn sie sich ausmalte, worauf ihr Sohn bei seinen Streifzügen durch die virtuelle Welt stossen konnte, wurde ihr mulmig. Andreas hielt Leo und Nicole für vernünftig genug, damit umzugehen. Er hatte entschieden, beiden einen Laptop zu kaufen; den richtigen Umgang würden sie erlernen. Jetta war dagegen gewesen, schliesslich gab es schon einen Computer im Arbeitszimmer. Wie fast jede Diskussion über Erziehungsfragen hatte auch diese im Streit geendet. Ob sie nicht sehe, wie kontrollierend sie sei; wie sollten Kinder mit einer solchen Übermutter je selbstständig werden? Leo sei neugierig und unkritisch, gab Jetta zurück, er würde sich heimlich alles ansehen, was ihn faszinierte. Für einen Psychologen sei Andreas reichlich naiv.

»Psychologe bin ich bei der Arbeit, nicht zu Hause! Und wenn du den Kindern nicht vertrauen kannst, hast du ein

Problem. Deine Überwachungsmanie geht mir auf den Geist«, hatte Andreas erwidert, die Zeitung gepackt und war auf dem Balkon verschwunden.

Jetta wurde es heiss. Einmal mehr klebte die Etikette des Kontrollfreaks an ihr. Andreas machte es sich verdammt einfach; die Verantwortung für die Kinder trug in erster Linie sie. Oft wusste sie nicht, wie sie dieses Gewicht stemmen sollte.

Endlich war der Bildschirm schwarz, die Uhr zeigte Viertel vor acht. Die Zeit reichte nicht, um zur Haltestelle zu laufen und das Tram zu nehmen. Zur Bürositzung würde sie es nur mit dem Auto schaffen. Sich zu verspäten war für Jetta ausgeschlossen. Während sie in die Tiefgarage eilte, nahm sie sich vor, Andreas am Abend mit Leos Rappersites zu konfrontieren. Selbst wenn es den Abend verdarb.

Am Arbeitsplatz nahmen die Anrufe und Beschwerden wieder kein Ende. Eine Frau mit Fistelstimme war besonders penetrant. Zweimal hintereinander rief sie an und beschwerte sich mit den praktisch gleichen Worten über die Gärtner. In einer anderen Liegenschaft war eine Waschmaschine defekt, in einem Mehrfamilienhaus klapperte die Komfortlüftung, laut wie ein Mühlrad, behauptete der Anrufer. Eine Mieterin meldete eine tropfende Wasserleitung im Keller. Anderswo durchdrang Babygeschrei alle Wände, und das nächtelang, der Mutter müsse man die Wohnung kündigen. Jetta hörte geduldig zu, beschwichtigte die Aufgebrachten, versprach, mit Handwerkern und Gärtnern zu sprechen. Sie überlegte, bei der Mütterberatung oder dem Sozialdienst anzurufen, verwarf es wieder. Dazwischen organisierte sie Besichtigungstermine und gab eine Offerte in Auftrag, unterbrochen von neuen Anrufen. Für das Protokoll der Eigentümerversammlung, das sie eigentlich schreiben wollte, blieb nicht eine Minute übrig. Gegen halb elf brauchte sie eine Pause.

Wenn das so weitergehe, sei sie bald reif für die Insel,

sagte sie zu Christiane, die am Kaffeetisch sass und Zucker in die Tasse rührte.

»Bloss sieht dir das keiner an«, meinte Christiane. »Dich bringt nie etwas aus dem Häuschen. Immer die Coolness in Person, noch im Vollstress nett und freundlich, sogar zu den grössten Ekeln.«

Jetta glaubte Spott in ihrer Stimme zu hören. Zu ihrem Ärger fühlte sie sich verunsichert. Christiane, Anfang dreissig, mit etwas zu lauter Stimme und Fingernägeln, die aussahen wie in Brombeersaft getunkt, arbeitete seit einem Jahr bei Straub Immobilien. Noch nie hatte ihr Christiane etwas so Persönliches gesagt. Und statt Jetta herausfordernd anzusehen, wie es der Tonfall nahegelegt hätte, vermied sie den Blickkontakt. Mit angefeuchtetem Zeigefinger tippte sie Brösel ihres Croissants vom Tisch und leckte sie ab. Jetta zögerte. Warum fiel ihr keine ironische oder zumindest halbwegs witzige Entgegnung ein, wie es unter Kolleginnen üblich war? Stumm trank sie den Kaffee und hätte sich um ein Haar verschluckt. Irgendwie mochte Christiane ja recht haben. Während die anderen sich über Kunden ärgerten und sich mit kritischen Bemerkungen nicht immer zurückhielten, bemühte sie sich um Korrektheit. Fair bleiben, gelassen reagieren, selbst wenn kleinliche oder fordernde Reklamationen sie irritierten, war Jettas Devise. Es war nicht an ihr zu entscheiden, ob das Geräusch einer Lüftung für empfindliche Ohren noch erträglich, ob Spuren von Katzenpfoten auf einer Motorhaube zumutbar waren. Vorschnelle Urteile verbot sie sich als zu unvernünftig und zu emotional. Sie hörte zu, fragte nach, wog ab, erklärte mit ruhiger Stimme, und hatte den Anspruch, für jedes Problem eine Lösung zu finden. Die Leute mussten bloss vernünftig reagieren. Häufig gelangen ihre Interventionen.

Doch bei Frau Lüscher und ihrer Badezimmerlüftung hatte sie auf Granit gebissen. Nach ergebnislosen Kontrollbesuchen des Monteurs, einer Lärmmessung ohne abnormes

Resultat und zwei Kaffeegutscheinen verlor Jetta die Fassung. Entnervt schlug sie Frau Lüscher am Telefon vor, im Badezimmer Oropax zu tragen, wenn das Lüftungsgeräusch wirklich so unerträglich sei. Als die Mieterin zurückschrie, noch nie sei ihr eine so unverschämte Person begegnet, war das Jetta zuviel. Mit einem Knall warf sie den Hörer auf den Apparat.

Frau Lüscher war sie los; diese weigerte sich fortan, mit ihr zu sprechen. Gesine Straub zeigte Verständnis für Jettas Reaktion. Doch das Gefühl, versagt zu haben, liess Jetta nicht los.

Christiane schaute auf und zwinkerte ihr zu. Erleichtert lächelte Jetta zurück.

»Oh ja, nie raste ich aus, nicht einmal bei Frau Lüscher.«

»Ach Gott, die«, stöhnte Christiane und schnitt eine Grimasse. Sie nahm Jetta die Kaffeetasse aus der Hand und stellte das Geschirr in den Spültrog. Ein Telefon läutete.

»Dein Apparat«, sagte Christiane.

Als Jetta gegen ein Uhr mittags vor ihrem Wohnblock parkierte, erinnerte sie sich an ihren Vorsatz, am Abend mit Andreas über Leos Internetkonsum zu sprechen. Wenn möglich vermied sie Auseinandersetzungen mit Andreas. Vielleicht schafften sie es heute ohne Streit. Falls sie den richtigen Ton fand.

Sie rief einen muntern Gruss in die Wohnung. Von oben ertönte zweistimmig »Hallo Mam«, Leos Stimme noch ungebrochen hell, Nicoles lustlos. Viel Zeit zum Kochen blieb nicht, gewaschener Salat aus dem Plastikbeutel, Spaghetti, geriebener Parmesan aus dem Vakuumpack und Sauce Bolognese aus dem Glas mussten genügen. Beim Abgiessen der Teigwaren ermahnte sie Nicole, endlich den Tisch zu decken, und bat Leo, Mineralwasser aus dem Keller zu holen.

Am Tisch schmollte Nicole. Demonstrativ klaubte sie jedes Nanopartikel, das sie für eine Olive hielt, aus der Sauce.

In der Eile sei ihr das erstbeste Glas in die Hand geraten, entschuldigte sich Jetta, und an einem bisschen Olive sei noch niemand gestorben. Nicole fand die Bemerkung nicht witzig. Sie pflügte mit der Gabel Furchen durch das Spaghettifeld und hängte ihre blonden Haare in den Teller. Jetta schaute ihre Tochter an, ihre kindlich aufgeworfene Nase mit den Sommersprossen, den zarten Flaum zwischen Ohren und Kinn, die grau getuschten, langen Wimpern. Sie überlegte, ob sie etwas sagen sollte, liess es bleiben. Die Aussicht auf ein Wortgefecht mit der schlecht gelaunten Fünfzehnjährigen hatte wenig Verlockendes.

Für Leo gab es nichts auszusetzen, wie immer bei Spaghetti oder Pizza. Kauend erzählte er, er habe beim Fussballmatch drei von vier Toren erzielt, worauf der Torhüter mit einem Wutanfall reagiert habe.

»Wer war Goalie?«, wollte Nicole halbwegs versöhnt wissen. Ihr Tellerrand sah aus wie ein schwarz gesprenkeltes Firmament, auf dem Blusenärmel zerfloss ein tomatenroter Fettfleck. Wieder verkniff sich Jetta eine Bemerkung. Früher oder später würde Nicole das Malheur entdecken und die Bluse augenblicklich wechseln. Denn jederzeit konnte ihre Freundin an der Türe läuten und sich über den Makel lustig machen. Jetta schwor sich, dieses Mal würde sie das Bügeln delegieren, Widerstand hin oder her.

»Lars, dieser Pfosten.« Mit dem Zeigefinger schob Leo Spaghetti auf die Gabel.

»Leo, nimm bitte das Messer und nicht die Finger. Und was sagst du dazu, dass dein Laptop wieder nicht ausgeschaltet war?«

»Arsch«. Nicole schnitt ihrem Bruder eine Grimasse.

»Nicole, bitte«, mahnte Jetta. Leo hantierte laut mit dem Besteck.

»Das war wegen der Fussballschuhe, ich hatte keine Zeit.«

»Etwas Besseres kommt dir nicht in den Sinn? Ich schwöre dir, bald steht keiner mehr in deinem Zimmer.«

Jetta sagte es so betont, dass Leo mit Kauen aufhörte.
»Ehrlich, Mam?«
»Ehrlich.«
Nicole kicherte schadenfreudig. Unter dem Tisch versuchte Leo ihr ans Schienbein zu treten, traf aber nur den Stuhl. Seine Schwester hob triumphierend die Faust.

Beim Abräumen drehte sich das Gespräch der Geschwister um Lars, den glücklosen Torwart. Lars schiele wie ein Chamäleon, behauptete Leo, deshalb könne er auch keinen Ball halten. Trotzdem wolle er immer im Tor stehen. Kein normaler Mensch hüte freiwillig das Tor. Jetta räumte die Teller in den Geschirrspüler und hörte ihnen eine Weile zu.

»Hört mal, ihr redet nicht nett über Lars. Bestimmt hat er nicht nur schlechte Seiten.«

»Mam, du hast keine Ahnung. Zu so einem ist keiner nett!« Nicole nahm ein Erdbeerjogurt aus dem Kühlschrank und schaute ihre Mutter herausfordernd an. Jetta gab nicht auf.

»Was kann er dafür, dass er Pickel hat und schielt? Mich stört, dass ihr auf ihm herumhackt.«

»Alle machen das. Ihn in Schutz zu nehmen – das wäre voll daneben«, unterstützte Leo seine Schwester. Nicole schob einen Löffel Jogurt in den Mund.

»Überlegt mal, wie ihr euch fühlen würdet, wenn alle gegen euch wären.«

»Klar, beschissen«, sagte Leo und zuckte mit den Achseln. »Aber die anderen sind eben nicht gegen uns. Das ist der Unterschied.«

»Ihr wisst, was ich meine. Eigentlich geht es mir um euch. Darum, wie ihr euch andern gegenüber benehmt. Vor allem Schwächeren gegenüber.«

»Ist okay, Mam, aber ich muss jetzt Englisch lernen.«
Nicole trabte aus der Küche, Leo hinterher.
»Es ist Mittwoch, Leo«, rief Jetta. »Du kommst in zehn Minuten zum Vokabeln abfragen.«

Sie stellte den Kochtopf aufs Abtropfbrett. Nicht zum ersten Mal fühlte sie sich wie nach einem verlorenen Kampf. Jetta liebte ihre Kinder. Und sie verfolgte ihr Tun und Lassen mit Besorgnis. Nicoles unbekümmerter Egoismus, ihre Rücksichtslosigkeit anderen gegenüber, Leos Vergesslichkeit, die schlampige Unordnung, die seinen Alltag prägte, setzten ihr zu. Sie fühlte sich oft hilflos und wusste nicht, wie sie damit umgehen sollte. Natürlich waren die Kinder noch Kinder, sie provozierten, überdehnten die Grenzen, fanden Dinge cool, die sie selbst verabscheute, und anderes, das ihr wichtig war, spiessig. Aber durfte sie bei allem wortlos zusehen, fragte sie sich häufig. Musste sie nicht eingreifen und zurechtrücken, was ihr falsch erschien? Wenn etwas schief liefe im Leben der Kinder, würde es letztlich ihr angelastet. Die Mutter habe versagt, hiesse es. Andreas' Haltung, Unarten seien normale pubertäre Ausschläge und Jetta solle sich endlich entspannen, blieb ihr fremd. Sie als Eltern mussten den Kindern helfen, das richtige Feld abzustecken. Sie war überzeugt, wenn sie diskret alles im Griff behielt, würde es mit den Kindern gut herauskommen. Es konnte nicht anders sein. Bloss, je mehr sie erklärte, ermahnte und insistierte, umso weniger schien es die Kinder zu kümmern.

Jetta unterdrückte einen Seufzer. Inzwischen war es kurz nach zwei. In Gedanken ordnete sie den Nachmittag. Zuerst wie jeden Mittwoch mit Leo Französischvokabeln pauken und die Schulaufgaben überprüfen. Dann ihre Mutter anrufen; die Notiz, inzwischen mit drei Ausrufezeichen versehen, klebte seit Tagen am Kühlschrank. Um halb sechs die Versammlung der Stockwerkeigentümer im Baumgarten, vorher das Sitzungsprotokoll vom Vortag schreiben. Die Zeit für alles war knapp, aber sollte reichen.

Sie stellte eine Tasse unter die Kaffeemaschine und brach ein Stück Schokolade aus der angefangenen Tafel. Oben zeterte Nicole wie eine aufgescheuchte Elster. Jetta ahnte, dass sie den Tomatenfleck entdeckt hatte. Prompt rief Leo

»selber schuld!« und Nicole kreischte zurück »schweig, du Arsch!«

»Nicole, ich bitte dich! Das nächste Mal kostet es einen Franken!«

Tue ich noch etwas anderes als dauernd zu ermahnen und zu erziehen, dachte Jetta und hätte am liebsten die Küchentüre ins Schloss geworfen. Stattdessen setzte sie sich mit dem Kaffee an den Esstisch und rief nach Leo. Vor kurzem erst hatte sich ihre Mutter beklagt, die Enkelin rede schlimmer als ein Pferdeknecht. Seither fühlte sich Jetta noch mehr unter Druck, etwas gegen die sprachlichen Ausrutscher der Kinder zu tun. Auch in dieser Hinsicht verhielt sich Andreas tolerant. Oder gleichgültig, je nach Sichtweise. Ihm war es ziemlich egal, wie die Kinder daheim und draussen sprachen; etwas Dreck in der Sprache, wie er es nannte, sei normal.

Leo reagierte nicht. Aus seiner Türe drang Musik, eine namenlose Boygroup rappte ein rasendes Stakkato herunter. Jetta wusste, dass er vor dem Bildschirm sass, abgetaucht in ein Computerspiel, dessen Wert oder tieferer Sinn ihr auch nach mehreren Erklärungsversuchen nicht einleuchtete. Zumindest was solche Spiele anbelangte, hatten sich Jetta und Andreas auf eine Stunde pro Tag geeinigt und Leo hatte protestierend eingewilligt. Ohne Jettas Überwachung funktionierte auch das nicht zuverlässig.

Nicoles Zimmertüre war vor einer Weile ins Schloss geknallt. Vermutlich machte sie die Englischübung, denn ohne Jettas Endkontrolle durfte sie nicht zum Treffpunkt gehen. Bei Nicole klappte das. Sie war eine ehrgeizige Schülerin und wollte in einem Jahr ans Gymnasium wechseln. Auch war sie weniger dem Internet verfallen als ihr Bruder, ausser dass sie sich regelmässig auf Facebook tummelte. Nicole las ›Bravo‹ und ›Mädchen‹, gelegentlich ein Buch, sie verschickte täglich unzählige SMS und war bei Freundinnen und Kollegen beliebt.

»Leo, komm endlich!«, rief Jetta laut. Nach einer Weile verstummte die Band. Jetta schob sich noch ein Stück Schokolade in den Mund. Die Sonne schien durch die Scheiben ins Wohnzimmer. Gnadenlos zeigte sie die Schlieren und eingetrockneten Regentropfen auf dem Fensterglas und pelzige Staubschichten auf dem Bücherregal. Unbedingt musste sie Frau Plavsic, die jeden Montagvormittag putzen kam, eine Notiz hinterlassen: Bitte Wohnzimmerfenster putzen, innen und aussen, und überall Staub wischen – überall unterstrichen. Wie wenn überall Staub wischen nicht zur Routine gehörte. Was säuberte Frau Plavsic eigentlich zweieinhalb Stunden lang, ausser den Badezimmern und der Küche? Neulich hatte sie vergessen, die Plastikmatte unter Machfus' Futternapf zu reinigen, und seit mindestens zwei Wochen lagen tote Fliegen auf dem Fenstersims im Büro. Jetta verdrängte den Gedanken, schon wieder eine neue Putzfrau zu suchen. Silvia Beutler hatte Frau Plavsic empfohlen; sie putze im Architekturbüro ihres Mannes, Bruno sei mit ihr zufrieden. Frau Plavsic machte einen guten Eindruck und wirkte frisch und flink, als sie sich vorstellen kam. Prüfend wanderten Jettas Augen durch den Wohnraum, über die Ledersofas, den gläsernen Salontisch, die Liege mit der Kamelhaardecke und kehrten zum staubbedeckten Büchergestell zurück. Sollte sie Bruno bei Gelegenheit fragen, was er von Frau Plavsics Arbeit hielt? Beutlers hatte sie eine ganze Weile nicht mehr gesehen; das letzte Mal, erinnerte sich Jetta, war auf einer Vernissage in der Altstadt gewesen, kurz vor Weihnachten.

Gepolter auf der Treppe, Leo witschte herein, setzte sich an den Tisch und streckte Jetta das Wörterheftchen entgegen. Sie blätterte zur richtigen Seite und begann mit dem Abfragen: Vokabeln rund um Mond, Sterne und Planeten, die häufigsten Bäume, Vögel und Länder. Er antwortete mal rasch, mal stockend, hie und da korrigierte sie seine Aussprache, die französischen Nasallaute bereiteten ihm Mühe.

Während einer Serie von Tiernamen fragte Leo plötzlich: »Wo ist eigentlich Machfus?«

»Frag das mal auf Französisch«, schlug Jetta vor.

»Où est Machfus?« Zu ihrem Erstaunen sprach er den Namen korrekt französisch »Maschfüs« aus.

»Je ne sais pas, peut-être Machfus est dans le jardin. Ne l'as-tu pas vu?«

Leo sagte »non«, schaute zum Fenster und zuckte mit den Schultern. Mit einer Serie unregelmässiger Verben ging es weiter.

Machfus war Henauers Kater, ein kastriertes Jungtier, grau getigert, mit buschigem Schwanz und grünen Augen und besonders Leo zugetan, auf dessen Bettdecke er sich zusammenrollte, wenn er die Nacht nicht im Freien verbrachte. Machfus war ihre zweite Familienkatze. Die erste, eine scheue Katze, war eines Tages verschwunden und tauchte nie mehr auf, trotz A4-Blättern mit Foto, die Nicole und Leo in die Briefkästen geworfen und an alle Strassenlampen geklebt hatten. Lange blieben die Kinder untröstlich, wollten zuerst nie mehr eine Katze, bis sie eines Tages dringend wieder eine haben mussten. Nun war die Reihe an Andreas sich zu sträuben, es sei genug mit diesem Katzentheater, fertig. Bis sie auf einem Ausflug spielende Kätzchen antrafen. Da war es auch um ihn geschehen. Die Kinder wussten sogleich, welches das Schönste war, die Bauersleute waren froh, ein Tierchen los zu werden. Eifersüchtig bewacht reiste der noch namenlose Wollknäuel in einer Kartonschachtel nach Hause. Die verschollene Katze hatte Josefine geheissen; mindestens ein gleich schöner Name musste für den kleinen Kater her. Keiner der Namen, die Jetta vorschlug, gefiel. Gegen Leos Wunsch nach Messi protestierte Nicole, gegen ihren Vorschlag Justin lehnte sich Leo auf. So ging das hin und her, ohne Ergebnis. Jetta lag NoName auf der Zunge, als Andreas, er las damals gerade Herta Müller, Namen von Literaturnobelpreisträgern aufzuzählen begann, die ihm einfielen. Als er »Nagib Machfus« sagte, habe Machfus den Kopf gehoben und die Ohren gespitzt, behauptete Nicole und war davon nicht mehr abzubringen.

»Er hat sich an Ägypten erinnert, als Paps Machfus sagte«, ordnete Leo die Dinge in sein Weltbild ein, und alle lachten.

Die zwanzig Minuten Französischvokabeln waren um, Leo schnappte das Heft aus Jettas Händen. Seine Haare hingen ihm ins Gesicht und in den Nacken. Sie hätten den Coiffeur dringend nötig, meinte Jetta und strich ihm die Mähne aus der Stirn.

»Morgen nach der Schule, versprochen, aber jetzt muss ich zu Tobias.«

Die Jungen zog es auf den Fussballplatz. Jetta erlaubte es, bis Andreas heimkomme. Leo schoss aus dem Zimmer und prallte beinahe in Nicole, die mit den Englischaufgaben unterwegs war. Diesmal blieb es bei einem »A-«, den Rest verschluckte sie.

»Du hast dich umgezogen?«

»Ich kann ja nicht mit einem Tomatenfleck auf dem Ärmel herumlaufen«, gab Nicole schnippisch zurück. Ihre Mutter herausfordernd anzusehen gelang ihr nur halbwegs. Jetta ergriff die Gelegenheit.

»Das ist okay, Nicole. Aber wenn die Bluse gewaschen ist, bügelst du sie selber.«

Die Fünfzehnjährige öffnete den Mund, klappte ihn wieder zu und deutete ein Nicken an. Jetta kannte ihre Tochter gut genug, um zu wissen, was sie dachte: Bis das Teil im Bügelkorb zuoberst liegt, hat Mam die Drohung wieder vergessen. Vielleicht. Hoffentlich. Betont lässig schob Nicole das Englischheft über den Tisch, supereinfach seien die Aufgaben gewesen.

Tatsächlich hatte sie die Anwendung von past und perfect tense begriffen und ausser einem Verschreiber die Übung richtig gemacht. Auch wenn sie in Mathematik weniger glänzte als in den Sprachfächern, würde sie den Übertritt ins Gymnasium problemlos schaffen. Viele von Henauers Bekannten schickten ihre Kinder in Privatstunden. Wie wenn es für junge Menschen keine andere Berufsausbildung gäbe als ein Studium, dachte Jetta oft. Ihr Bruder Sam hatte gegen den elterlichen Widerstand Bootsbauer gelernt. Ohne jemandem ein Wort zu sagen, hatte er sich als Fünfzehnjähriger eine Lehrstelle gesucht, während ihre Eltern ausschliesslich vom Gymnasium sprachen und von den Möglichkeiten, welche die Matura einem jungen Mann biete. Von Jetta, der Zwölfjährigen, die vom Gymnasium träumte, sprachen sie nie. Das Bild von Sam blieb in ihrem Gedächtnis eingebrannt: Unbeweglich stand er mitten in der Brandung des elterlichen Geschreis, blickte zu Boden und sagte kein Wort. Fünf Monate später packte er seine Sachen und reiste an den Brienzersee.

»Darf ich jetzt zum Treffpunkt?«, wiederholte Nicole vorwurfsvoll und riss Jetta aus den Gedanken.

»Okay, bis um halb sechs. Holt Melanie dich ab? Ich möchte sie etwas fragen.«

Nicole war schon halb draussen und drehte sich um.

»Nicht etwa wieder, wie viel Taschengeld Mel bekommt? Das war so was von daneben!«

»Wegen Frau Plavsic. Ob Melanies Vater mit ihr zufrieden ist.«

»Ach die«, sagte Nicole, zog ein überhebliches Gesicht und federte auf Zehenspitzen die Treppe hoch. Als Jetta das Kaffeegeschirr in den Geschirrspüler räumte, läutete die Türglocke, zwei-, dreimal hintereinander.

»Mam«, schrie Nicole aus dem Badezimmer. »Kannst du aufmachen?«

Melanie Beutler, in verwaschenen Jeans, einer Daunenjacke aus rot glänzendem Material und riesigen Ohrringen, nahm überrascht die Hand vom Klingelknopf, als Jetta die Türe öffnete. Sie blieben im Flur stehen, Jetta erkundigte sich nach Melanies Eltern und fragte, wie es dem Bruder im

Gymnasium gehe. Melanie wusste es nicht; Felix sage kaum etwas, wahrscheinlich gefalle es ihm. Dabei schielte sie nach oben. Auch zu Frau Plavsic wusste das Mädchen nichts; am besten frage Jetta ihren Père. Sie schien erleichtert, als Nicole endlich die Treppe herunter füsselte.

»Geil, Nicole!« Melanie strahlte.

Jetta drehte sich um. Ihre Tochter stand auf der untersten Treppenstufe in einem winzigen Röckchen, das ihr knapp unter den Po reichte, und das Jetta noch nie gesehen hatte. Darunter trug sie Leggins, an den Füssen die braunen Stiefel, darüber eine eng anliegende Jacke, die ihr bis zur Taille reichte. Die Augen hatte sie mit Kajal umrandet, die Lippen schimmerten unter pinkfarbenem Lipgloss. Sie drückte sich an Jetta vorbei, nahm Melanies Arm und steuerte zur Türe.

»Moment mal«, sagte Jetta, als sie die Sprache wiedergefunden hatte. »Ich dachte, ihr geht zu eurem Treffpunkt im Eichholz.«

»Gehen wir auch. Warum?«

Nicole drehte sich halb, blickte sie trotzig an. Melanie schaute neugierig von Jetta zur Freundin und wieder zu Jetta.

»Weil du angezogen bist wie für eine Party. Diesen Jupe habe ich noch nie gesehen. Das ist kein Tenue, um im Februar am Fluss herumzusitzen. Was habt ihr vor?«

»Wir treffen uns, reden, hören Musik wie immer, oder Mel? Ich darf doch anziehen, was ich will!«

Jetta holte tief Luft. Vergeblich die Hoffnung, diesen Tag ohne Kraftprobe zu beenden.

»So gehst du nicht aus dem Haus. Zieh Jeans an wie Melanie, dann ist es okay.«

Ihre Stimme klang nicht halb so fest, wie sie es sich gewünscht hätte. Um nicht an Terrain zu verlieren, zwang sie sich, keine weiteren Erklärungen abzugeben, zur Temperatur am Fluss, zur Erkältungsgefahr, zur Unvernunft. Nicole warf den Kopf herum, starrte sie mit nackter Ablehnung an. Dieser Blick und die Vorahnung, dass der Tag noch nicht überstanden war, flossen zusammen, und ein Anflug von Schwindel schwappte über Jetta.

Sie reibt mit den Handflächen über die Schläfen. Buschfeuer im Büro und die Freuden des Mutterseins zu Hause. Muttersein. Sie muss ihre Mutter anrufen. Keine Ausreden jetzt. Doch vorher einen Kaffee, und ein Stück Schokolade. Sonst schafft sie es nicht.

Während die Kaffeemaschine summt, geht Jetta auf den Balkon und kneift die Augen vor der Sonne zusammen. Der Tag ist warm für Februar, etwas frische Luft wird ihr guttun. Sie setzt sich hin, trinkt den Kaffee und lässt die Schokolade auf der Zunge zergehen. Über Häuser und kahle Gärten hinweg sieht sie den Hausberg, darüber die Nachmittagssonne. Auf dem Rasen nebenan quietscht eine Schaukel, Jetta hört Kinderstimmen und Hundegebell. Ihr Haus liegt abseits der Hauptstrasse in einem ruhigen Quartier, wohin der Verkehrslärm nur als gedämpftes Rauschen dringt und wo die Autofahrer auf Kinder und Katzen Rücksicht nehmen. Jetta lehnt sich über die Brüstung und ruft nach Machfus. Am frühen Morgen hat sie den Kater zum letzten Mal gesehen. Er taucht nicht auf, was sie nicht weiter beunruhigt. Über eine Leiter und die Katzentüre kann er jederzeit die Wohnung erreichen. Die Kirchturmuhr schlägt halb vier, Jetta gibt sich einen Ruck. Pass auf, tritt in keine Falle, ermahnt sie sich, während sie die Nummer ihrer Mutter wählt. So wie sie müssen sich früher die Ritter gefühlt haben, wenn sie vor dem Kampf ihre Rüstungen umschnallten und die Schärfe ihrer Lanzen prüften, nervös, um innere Ruhe bemüht und mit der Hoffnung im Herzen, der Panzer werde dicht halten.

Jettas Mutter hat die Angewohnheit, fünf Klingeltöne abzuwarten, bevor sie reagiert, selbst wenn sie gleich neben dem Apparat sitzt. »Warum nimmst du nicht ab?«, fragte

Leo einmal, als seine Grossmutter neben dem schrillenden Telefon stand und sich nicht bewegte. Ihre Antwort war erstaunlich offen. Die Leute brauchten nicht zu glauben, sie tue den ganzen Tag nichts anderes als auf einen Anruf zu warten. Leo riss verständnislos die Augen auf. Seither ertappt Jetta sich dabei, dass sie zählt, bis sich ihre Mutter meldet. Immer kommt sie auf fünf, auch dieses Mal.

»Ich habe so lange nichts von dir gehört, dass ich dachte, ihr habt mich vergessen«, sind Mutters erste Worte. Seit dem Tod des Vaters vor sechs Jahren sind dies, so oder so ähnlich, immer ihre ersten Sätze. Fühlt sich Jetta stark, dann entgegnet sie, Mutter hätte ja selbst anrufen können. Worauf diese zurückgibt, man wisse ja nie, ob man nicht etwa störe, und so geht das weiter. Heute fehlt Jetta die Lust auf Kleinkriege im emotionalen Dickicht. Am liebsten würde sie gleich wieder auflegen. Aber sie ist zu feige.

»Ich wollte hören, wie es dir geht.«

»Wie soll es gehen, wenn man allein ist und sich niemand um einen kümmert. Deinen Bruder habe ich seit Weihnachten nicht gesehen, und euch seit Wochen nicht mehr.«

»An deinem Geburtstag sind wir alle zusammen essen gegangen, hast du das vergessen? Das ist genau zehn Tage her, nicht Wochen.«

Schon sitzt sie in der ersten Falle. Warum bringt sie es nicht fertig, zu Mutters anklagenden Bemerkungen zu schweigen? Sie wird es nie schaffen. Mutter ist umgeben von Fallgruben. Bei jeder Annäherung kracht man durch die Äste und sitzt hilflos im Dreck. Und muss sich Sprüche über die ungerechte Welt, die undankbaren Enkel, die missgünstige Nachbarin, und die Schlampe von einer Halbschwester anhören. Wie jedes Mal bereut es Jetta, angerufen zu haben. Gleichzeitig spürt sie etwas wie Mitleid mit der Mutter. Es ist ihr nie gelungen, das Leben überhaupt und erst recht das Witwendasein versöhnlich anzugehen.

Noch immer lebt Hanna Kraft im selben Reihenhäuschen, wo Jetta und Sam aufwuchsen. Oskar Kraft war Primarlehrer, Hanna gab ihre Berufstätigkeit als Sekretärin vor Sams Geburt auf, wie die meisten Frauen ihrer Generation. Oskars Lehrerlohn reichte für ein kleinbürgerliches Leben: Eigenheim mit Gärtchen, ohne Extravaganzen.

So weit Jetta sich zurückerinnern kann, nannte die Mutter sie immer Henriette, für den Vater war sie das Jetti, Sam und die Schulfreundinnen riefen sie Jettlä. Mit siebzehn hatte Jetta genug von der pompösen Anrede der Mutter und der Schulhoffassung. Sie bestand darauf, ab sofort heisse sie Jetta. Die Eltern boykottierten ihren Wunsch. Vater blieb kommentarlos beim Jetti, Mutter fand, Jetta klinge nach Filmstar und sei deshalb abzulehnen. Sam und die Freundinnen gewöhnten sich rasch an den Namen.

Wenn Jetta über ihre Kinder nachdenkt und sich überlegt, ob sie wohl glücklich seien, fragt sie sich manchmal, wie ihre eigene Kindheit verlaufen sei.

Mit Sam teilte sie eine Welt voller Schätze und Geheimnisse. Stundenlang lagen sie mit Bilderbüchern und Stofftieren unter Sams Bett und erschufen sich ihre Kinderwirklichkeit. In dieser lebten sie wie in einem Luftballon, schwerelos und für eine begrenzte Zeit den Erwartungen und Forderungen der Eltern entzogen. Unter dem Bettgestell, bei Streifzügen durch das Quartier, beim Spiel mit Gleichaltrigen war sie glücklich. Selbstvergessene Hingabe an den Moment war für sie mit ihrem Bruder und mit Freundinnen verbunden, kaum je mit den Eltern. Und mit der Mutter noch weniger als mit dem Vater.

Oskar war ein strenger Vater, beherrscht und wortkarg. Selten verlor er die Fassung, wenn doch, brüllte er so laut durch die Wohnung, dass die Mutter der Nachbarn wegen die Fenster schloss und in Deckung ging. Hie und da erzog er mit Ohrfeigen und Schlägen, meist jedoch liess er Sam und Jetta in Ruhe. Dies weniger aus Respekt oder Feingefühl als aus Desinteresse, da waren sich die Geschwister einig. Oskar war Pädagoge, aber er hielt Kinder emotional auf Distanz, die eigenen wie die Schulkinder. Sobald Jetta auf seinen Schoss kletterte, war es, als verwandle sich der Vater in ein Stück Holz. Steif und ohne sie an sich zu ziehen kommentierte er das Bilderbuch oder die Zeichnung mit dürren Worten und schien erleichtert, wenn sie von seinen Knien rutschte.

Nur in Verbindung mit seinem Steckenpferd Astronomie zeigte Oskar eine emotionale Seite. Mit Begeisterung erläuterte er Dinge wie die Eigentümlichkeiten der Jupitermonde, brachte Ordnung in die Reihenfolge der Planeten oder verglich fast poetisch die Ringsysteme von Saturn und Uranus.

Mehr als an alle Weihnachts- oder Geburtstagsfeste erinnert sich Jetta an einen Besuch in der alten Sternwarte. Sie war damals etwa neun Jahre alt. Zu dritt fuhren sie mit den Velos hin – das allein war ein kleines Abenteuer. Flüsternd beäugten Sam und sie das Teleskop unter der hölzernen Kuppel, während der Vater mit einem Mann im weissen Arbeitskittel sprach. Durch die Kuppelöffnung sah man Sterne am Nachthimmel. Die Stimmen der Männer klangen tief und wichtig, Jetta verstand nicht, worüber sie sich unterhielten. Der Kittelmann drehte ein Kurbelrad am Teleskop, hiess den Vater durch das Okular schauen, beide nickten. Dann durften Sam und sie aufs Podest klettern und durch das Zauberrohr linsen. Jetta sah eine rötliche Kugel, dicht daneben zwei leuchtende Punkte, klein wie Stecknadelköpfe. »Das ist der Jupiter, und zwei seiner vier Monde, kannst du sie sehen?«, fragte der Mann. Jetta nickte. Er wollte wissen, ob sie den roten Fleck in der Jupiteratmosphäre finde. Sam knuffte sie ein paar Mal ungeduldig. Jetta sah keinen roten Fleck, selbst wenn sie auf das Gestirn starrte, bis ihre Augen tränten. Später drehte der Mann wieder am Rad. Nun war das Fernrohr auf den Saturn gerichtet. Als filigranes Schmuckstück hing er in den

Tiefen des Sonnensystems, schräg über seinem Bauch die geheimnisvollen Ringe. Jetta hielt den Atem an und erwählte Saturn zu ihrem Lieblingsplaneten. Sam zog Jupiter vor. Auf die Frage der Kinder, welches sein Lieblingsplanet sei, sagte Oskar, die Venus. Dabei schaute er den Kittelmann an, kniff ein Auge zu, und beide Männer lachten. Jetta erschrak. So hatte sie den Vater, der nur selten lachte, noch nie lachen gehört. Es war ein klebriges Lachen, unwillkürlich musste sie an das eklige Leimpapier in der Ferienwohnung denken, auf dem halbtote Fliegen zappelten. Unsicher sah sie zum Kittelmann und wieder zum Vater. Aber der hatte sich umgedreht und schrieb etwas in sein Logbuch. Später wollte sie Sam danach fragen. Weil sie nicht recht wusste wie und eine seltsame Scheu sie zurückhielt, liess sie es sein. Dann vergass sie den unangenehmen Moment.

Im Unterschied zu Oskar mischte sich Hanna ständig in Sams und Jettas Angelegenheiten. Ihre kontrollierende Art nährte sich aus starren Vorstellungen von Richtig und Falsch. Ein nachlässig aufgehängter Faltenrock, die in der Schule vergessene Regenjacke, ein Kaugummi unter der Tischplatte oder ein Fläschchen Nagellack unter Jettas Nachthemden – sobald Hanna eine Abweichung entdeckte von dem, was sie für das einzig Richtige hielt, folgten Liebesentzug, Ermahnungen, Schlafengehen ohne Abendessen, manchmal Körperstrafen, und später Taschengeldentzug. Jede Aktion war getränkt mit moralischer Empörung.

Strategien mussten her, um Hannas Erziehung zu überleben. Sam lehnte sich auf, schrie die Mutter an oder rannte davon und schlug die Zimmertüre hinter sich zu. Dadurch wurde er stärker. Jetta versuchte es Sam gleichzutun. Aber ihre Furcht vor Strafen war grösser als ihr Mut. So begann sie, erst winzige, dann längere Pausen zwischen ihre Gedanken und die nächsten Sätze oder Handlungen zu schieben. In diesen überlegte sie. War es richtig oder falsch, was sie gerade tun, sagen, fragen wollte? Unbedingt und jederzeit musste es das Richtige sein. Was sie tat oder vermied, durfte nicht mit den Erwartungen ihrer Mutter kollidieren. Sie wog ab, ob es sich lohnte, um einen Kinobesuch zu betteln, wenn sie annahm, dass Hanna den Film als oberflächlich oder frivol taxierte. Mit der Zeit wurde sie zur Expertin im Vermeiden von Konflikten, zum Modell der angepassten Tochter. Die Strategie schien erfolgreich, der Alltag verlief angenehmer. War sie deswegen unglücklich?

Heute ist die Mutter gesprächig. Um weitere Fallen zu vermeiden, verlegt sich Jetta aufs Zuhören, murmelt von Zeit zu Zeit etwas und wundert sich einmal mehr darüber, wie klein Hannas Welt geworden ist. Trotzdem erwischt es sie: Sie ergreift Partei für Alma, Hannas jüngere und leichtlebigere – laut Hanna liederliche und schlampige – Halbschwester. Alma ist unverheiratet geblieben, aber selten ohne Partner. Tante Alma, das pure Gegenteil von Hanna: unterhaltsam, farbig, immer für Neues zu haben. Mit ihrem Freund hat Alma Urlaub in Las Vegas verbracht, sehr zu Hannas Ärger.

»Stell dir vor, eine Woche lang von einem Casino ins nächste. Eine siebzigjährige Frau! Zudem hat Robert beim Glücksspiel 200 Dollar verloren. 200 Dollar!«

»Das ist doch nebensächlich, wenn sie dabei ihren Spass hatten.«

Der Einwurf entfesselt eine Tirade über die Spassgesellschaft von heute; ob Jetta ihr auch schon verfallen sei? Jetta überlegt krampfhaft, wie sie das Gespräch beenden könnte, da wechselt Hanna das Thema.

»Kann mir Nicole am Samstag beim Fensterputzen helfen? Die oberen Scheiben sind zu hoch für mich. Sie kann sich ein kleines Taschengeld verdienen, ohne geht es ja heute nicht mehr.«

Jetta zögert. Jede Antwort führt ins Desaster. Die einzige aufrichtige Antwort, Nicole würde dies nie freiwillig tun, kommt am wenigsten in Frage. Jetta hat keine Lust, sich Mutters Ansichten über ihre fehlgeschlagene Erziehung anzuhören, und erfindet einen Schulanlass. Um die Bitte aus der Welt zu schaffen, schlägt sie vor, Frau Plavsic zu organisieren. Mit Putzfrauen habe sie nur schlechte Erfahrungen gemacht, entgegnet Hanna kategorisch, egal woher sie stammen. Jetta gibt sich einen Ruck. Es tue ihr leid, aber sie müsse ein Protokoll schreiben. Nach einigem Hin und Her sind die Grüsse ausgetauscht, Jetta legt auf. Sie fühlt sich ausgepumpt wie nach einem Marathon. Diese Anrufe werden immer mehr zu einem Problem. Mit Andreas darüber zu sprechen hilft nichts, im Gegenteil. Seine Ratschläge, wenn er überhaupt welche erteilt, gehen an Jettas Wirklichkeit vorbei.

»Entweder hast du dich von deiner Mutter abgelöst, dann kannst du mit ihr umgehen, oder du hast dich nicht abgelöst. Wenn das so ist und es dich nervt, hör auf, mit ihr zu telefonieren.« Wie sie sich ablösen könne, müsse sie selber wissen.

Vielleicht sollte ich wirklich eine Therapeutin aufsuchen, denkt Jetta nicht zum ersten Mal. Den Umgang mit der Mutter erlernen, ohne dass er zur übermenschlichen Anstrengung wird. Und mit der Tochter. Und mit dem Mann. Und mit was sonst noch allem. Sie seufzt und schaut auf die Uhr. Es bleibt eine Stunde für das Protokoll. Vorher braucht sie einen Kaffee. Sie startet den PC, die Kaffeemaschine ist noch eingeschaltet. Während der Kaffee in die Tasse läuft, schiesst Machfus durch die Katzenschleuse. Mit erhobenem Schwanz bleibt er stehen und schaut zu Jetta hoch. Sie bückt sich, krault den Kater unter dem Kinn.

»Da bist du ja, du Vagabund. Wo warst du bloss den ganzen Tag?«

Machfus reibt die seidige Flanke an ihren Beinen und trollt sich in die Futterecke. Das Trockenfutter knackt zwischen seinen Zähnen, dann schlabbert er endlos Wasser. An die Küchenkombination gelehnt schaut ihm Jetta zu. Als

Kind wünschte sie sich sehnlichst eine Katze, Sam wollte einen Hund. Mutter erlaubte weder das eine noch das andere. Katzen zerfetzten die Vorhänge und hieben ihre Krallen in die Tapeten, Hunde brächten Dreck und Flöhe ins Haus und röchen schlecht. Auch einen Wellensittich, ein Meerschweinchen oder einen Goldhamster betrachtete Hanna als unnötiges Ärgernis, das in erster Linie Schmutz absonderte. Das Äusserste, wozu sich Oskar und Hanna einmal erweichen liessen, waren zwei Schildkröten. Als diese schon im ersten Winter im Keller vertrockneten, war das Thema Haustiere bei Krafts endgültig erledigt. Nicht so bei Sam und Jetta. Sam besitzt seit Jahren einen Golden Retriever und sie haben nach Josefine jetzt Machfus.

Jetta streichelt den Rücken des Katers, bis er schnurrt und den Kopf in ihre Hand schmiegt. Dann wetzt er nach draussen. Sie erneuert sein Trinkwasser und fühlt sich auf einmal besser.

Der PC ist hochgefahren, die Notizen liegen bereit. Ein Protokoll zu schreiben ist für Jetta Routinearbeit. Diese Niederschrift erfordert jedoch besondere Diplomatie. Auf der Versammlung entbrannte beinahe ein wüster Streit. Einige Stockwerkeigentümer fühlten sich durch einen Mitbewohner namens Preisig gestört, der entgegen der Hausordnung im Treppenhaus seine Pfeife pafft. Andere nahmen Preisig in Schutz, nannten die Reklamationen lächerlich, was wiederum die Nichtraucherfraktion empörte. Auf einen Schlag loderten die Emotionen hoch. Jetta wähnte sich in einem Raubtierkäfig, dessen Bewohner sich auf die Hinterbeine stellten und sich über ihren Kopf hinweg anfauchten.

Nie wird sie sich daran gewöhnen, wie unvernünftig sich erwachsene Leute manchmal verhalten. Auch wenn es ständig geschieht. Es ist jetzt ihre Aufgabe, die Episode unaufgeregt und trotzdem mit dem nötigen Nachdruck gegenüber Herrn Preisig zusammenzufassen; keine Gefühle dürfen verletzt werden, alle Standpunkte sollen vertreten sein. Jetta feilt an den Formulierungen, bis sie ihre Bemühungen um Korrektheit und Objektivität selbst übertrieben findet. Gleichzeitig erfüllt sie das Wissen um ihre Fähigkeiten mit Genugtuung. Niemanden schickt Gesine Straub lieber an eine Eigentümerversammlung als Jetta. Ihre Sitzungsleitung gilt als effizient und korrekt, ihre Diplomatie ist legendär, und die Protokolle werden so gut wie nie beanstandet.

Sie fasst die letzten Traktanden zusammen und setzt den Schlusspunkt, sieben Minuten vor der Zeit. Es reicht noch, eine frische Bluse anzuziehen, aufs Klo zu gehen und die Lippen zu schminken. Sie kontrolliert, ob die Kaffeemaschine ausgeschaltet ist, dann verlässt sie die Wohnung. Im Treppenhaus fällt ihr ein, dass sie das Auto nicht in der Garage, sondern auf der Strasse parkiert hat.

Vor dem Haus stehen Leo und Tobias mit verschwitzten Gesichtern und nach unten gerutschten Fussballerstrümpfen. Tobias jongliert einen Fussball auf den Knien, Leo schaut Machfus zu, der an der Mauer zum Vorgarten Kapriolen schlägt.

»Mam, Machfus hat eine Maus«, schreit Leo. Sie bleibt neben dem Auto stehen.

»Ist sie tot? Warum seid ihr nicht auf dem Fussballplatz?«

»Wir hatten keine Lust mehr, wegen der andern. Schau, dort rennt sie!«

Ein kleines braunes Etwas ist unter Machfus' Pfoten hervorgeschlüpft und rast entlang der Mauer um sein Leben. Einen Sekundenbruchteil später schnellt der Kater nach vorne, überschlägt sich beim Landen und bekommt das Tierchen wieder zu fassen.

»Die arme Maus«, sagt Jetta. »Aber ich muss jetzt weg. Macht nichts Dummes.«

Sie steigt ein, startet den Motor und legt den Gang ein, um aus der Parklücke zu fahren. Durch den offenen Fensterspalt hört sie Leos Stimme. »Die Maus ist wieder los!«

Jetta vergewissert sich, dass die Strasse hinten und vorne

frei ist und löst die Kupplung. Dann geschieht alles blitzschnell. Ein kaum spürbarer Stoss unter einem Hinterrad, Leos gellender Schrei und ein anderer Ton, der ihr durch Mark und Bein fährt. Durch die Windschutzscheibe sieht sie Leos entsetzte Augen. Wieder dieser fürchterliche Laut. Längst hat sie gebremst, der Fiat steht mit laufendem Motor auf der Strasse. Ihr Körper weiss was passiert ist, bevor es im Bewusstsein ankommt.

»Machfus! Du hast Machfus überfahren!«

Leo rennt schreiend zum Heck, Tobias mit dem Ball unter dem Arm hinterher. Zitternd dreht Jetta den Zündschlüssel, der Motor geht aus. Es darf nicht wahr sein. Ihre Vorahnung. Leo schreit weiter. Immer wieder schreit er Machfus' Namen. Wie in Zeitlupe zieht sie am Türgriff und steht wenig später auf der Strasse, ohne zu wissen, wie sie dahin gekommen ist. Sie blickt auf das blutige Fellbündel, das mit zerquetschtem Hinterleib hinter dem Pneu liegt und leise Klagelaute von sich gibt. Einen Moment lang wird ihr schwarz vor den Augen. Mit beiden Händen stützt sie sich auf das Autodach.

»Mam, was machen wir denn jetzt? Mam!«

Leos Stimme erreicht sie aus weiter Ferne, Blut rauscht in ihren Ohren. Nach ein paar Atemzügen zwingt sie sich nochmal hinzuschauen. Machfus hebt den Kopf aus der verschmierten Fellmasse, mit geweiteten Pupillen sieht er sie an. Der Blick durchfährt sie wie ein Stromstoss, holt sie aus der Erstarrung.

»Leo, wir müssen ins Tierspital! Du musst mir helfen.«

Zitternd öffnet sie die Hecktüre, nimmt eine Decke aus dem Kofferraum und legt sie auf den Boden. Behutsam schiebt sie beide Hände unter das verletzte Tier, spürt Feuchtwarmes, Klebriges. Ohne genau hinzusehen hebt sie Machfus auf die Decke. Seine Klagelaute brennen sich in ihr Hirn. Ihre Hände sind mit Blut verschmiert, notdürftig reibt sie sie an der Decke sauber.

»Steig ein, Machfus kommt zu dir. Er darf nicht vom Sitz rutschen.«

Leo, käsebleich, schiebt sich wortlos auf den Rücksitz. Sorgsam hebt Jetta die Zipfel der Decke zu einer Hängematte und legt das leise jammernde Tier neben den Buben.

»Frau Henauer, darf ich mitkommen?«

Tobias schaut Jetta an, den Fussball unter dem Arm, scheinbar ungerührt.

»Nein, das kann lange dauern, und deine Mutter weiss nicht, wo du steckst.«

Tobias macht ein enttäuschtes Gesicht, sagt aber nichts. Auch Leo verhält sich still. So sanft wie möglich drückt Jetta Leos Türe ins Schloss und steigt ein. Sie fährt los, findet den zweiten Gang nicht, das Getriebe knirscht. Endlich ist er drin. Bis zur Einmündung in die Hauptstrasse versucht sie zu überlegen, welches der schnellste Weg zum Tierspital ist. Sie bremst, fährt an, biegt ab, hält hinter dem Neunertram, fährt wieder an, wie ein Automat. Ihr Atem geht flach, vom Rücksitz wimmert es unerträglich. Bei einem Rotlicht fällt es ihr ein: die Eigentümerversammlung! Eigentlich müsste sie schon dort sein, die ersten Leute stehen womöglich vor der verschlossenen Tür, haben sich beeilt, um pünktlich einzutreffen, und sind jetzt wütend. Ihre Achselhöhlen werden nass. Sie wühlt in der Handtasche, bekommt das Handy zu fassen. Die Autokolonne hinter dem Tram stockt, sie tritt auf die Bremse und findet Gesine Straubs Nummer.

»Gesine, ich kann nicht an die Versammlung im Baumgarten gehen. Ein Notfall. Ich habe unseren Kater überfahren.«

»Aber nicht den mit dem komischen Namen? Um Gottes Willen, du Ärmste!«

Gesines Schrecken ist nicht gespielt. Sie hört zu und verspricht, Christiane zu fragen oder notfalls selbst hinzugehen. Jetta wirft das Handy in die Tasche. Vom Rücksitz hört sie leises Schniefen.

»Wie geht es, Leo?« Sie wagt nicht, in den Rückspiegel zu schauen oder den Kopf zum blutigen Fellbündel zu drehen.

»Warum hast du nicht besser aufgepasst? Warum hast du Machfus überfahren?«

Jettas Magen verknotet sich. Sie fixiert die Bremslichter vor sich.

»Ich weiss es auch nicht, Leo, alles ging so schnell, wegen der Maus. Nie im Leben wollte ich Machfus überfahren, das weisst du doch.«

Leo schluchzt jetzt hemmungslos.

»Glaubst du, sie können ihn wieder gesund machen?«

»Ich hoffe es.«

Der stockende Verkehr, Leos Weinen, die Schmerzenslaute des Katers, es ist kaum auszuhalten. Das Schlimmste: Sie ist schuld. Sie hat nicht aufgepasst. Es wäre zu vermeiden gewesen. Sie hätte dieses Unglück unbedingt vermeiden müssen. Sie hat versagt. Der Knoten in ihrem Magen schwillt an, schnürt ihr die Luft ab. Sie öffnet das Fenster, umklammert das Lenkrad wie einen Rettungsring.

Nach Minuten, die sich wie die Ewigkeit angefühlt haben, biegt sie auf den Parkplatz vor der Tierklinik ein. Vorsichtig hebt sie Machfus vom Rücksitz. Nach einem kurzen Blick auf die blutige Decke schickt die Frau am Empfang sie zu den Notfällen; dort sollen sie klingeln. Eine gläserne Schiebetüre gleitet auf und schliesst sich wieder. Graue Plastikstühle an der Wand, auf drei Seiten geschlossene Türen. Machfus zittert und hält die Augen geschlossen, seine Hinterläufe stehen in unnatürlichen Winkeln vom Körper ab.

»Was passiert jetzt?«, flüstert Leo und sieht Jetta mit ängstlichen Augen an. Bevor sie etwas sagen kann, geht eine Türe auf, eine junge Frau im grünen Ärztemantel bleibt vor ihnen stehen. Sie grüsst knapp und schaut kalt auf den Kater.

»Kommen Sie herein«, sagt sie zu Jetta. »Der Bub muss hier warten.«

Ihr Ton ist schneidend, Leo erstarrt.

»Setz dich hin, Leo«, sagt Jetta leise und folgt der Ärztin ins Untersuchungszimmer. Wortlos weist diese auf einen metallenen Tisch. Behutsam legt Jetta Machfus hin.

»Was ist passiert?«

Während Jetta stockend den Unfallhergang beschreibt, zieht die Frau Latexhandschuhe an und hebt mit dem Zeigefinger ein Augenlid des Katers.

»Sieht übel aus. Ich gebe ihm eine Spritze gegen die Schmerzen, dann untersuche ich ihn.«

Mit dem Rücken zu Jetta zieht sie eine Spritze auf, dreht sich um und sticht die Nadel in eine Hautfalte über Machfus' Schulter. Sekunden später entspannt sich der Katzenkörper. Die Ärztin greift nach Machfus' Hinterläufen. Jetta dreht sich zum Fenster, kämpft gegen das Würgen im Hals. Die Sicht nach draussen ist wegen der Milchglasscheibe versperrt, nur im oberen Drittel gibt Klarglas den Blick auf kahle Äste frei. Jetta fixiert den rötlich verfärbten Himmel zwischen den Zweigen. Ihr Mund ist ausgedörrt. Hinter ihr klirren Instrumente auf den Metalltisch. Machfus macht keinen Laut.

»Da ist nichts mehr zu machen.«

Die Worte der Ärztin sind Hiebe in Jettas Magen.

»Darmriss, Leberriss, beide Hinterbeine gebrochen. Den haben Sie ja tüchtig erwischt.«

Warum sagt sie das, denkt Jetta und hätte am liebsten geschrien. Sie dreht sich um und versucht, dem Blick der Tierärztin standzuhalten.

»Müssen Sie ihn einschläfern?«

Die Frau nickt. Jetta beisst sich auf die Unterlippe.

»Ich hole meinen Sohn. Damit er sich verabschieden kann.«

Ohne die Reaktion der Ärztin abzuwarten, geht Jetta mit weichen Knien in den Korridor. Leo hängt in einem Stuhl und kickt mit dem Fuss einen unsichtbaren Ball in die Luft. Als er Jetta erblickt, springt er hoch. Sie schaut in seine Augen, sieht die Hoffnung darin. Ihre Unterlippe beginnt zu zittern, dann weint sie. Leo steht mit geballten Fäusten vor ihr.

»Mam, warum weinst du? Ist Machfus tot?«

»Nein, aber sie müssen ihn einschläfern. Willst du ihm vorher Adieu sagen?«

Sie presst die Hand gegen die Lippen. Leo schaut zu Boden, nickt traurig und ergreift ihre andere Hand. Hand in Hand betreten sie das Untersuchungszimmer. Die Tierärztin sitzt am Schreibtisch, vor sich ein Formular.

»Ich brauche Ihre Anschrift, Name und Alter der Katze. Für die Statistik und Buchhaltung«, schiebt sie nach.

Die Kälte in ihrer Stimme lässt Jettas Tränen gefrieren. Während sie mechanisch die Fragen beantwortet, sieht sie, wie Leo seinen Kopf neben Machfus auf den Metalltisch legt und ihm etwas zuflüstert. Wieder schiessen ihr die Tränen in die Augen. Leos Hand streicht zart über Kopf und Stirn des Katers, bis dieser mit den Ohren zuckt. Die winzige Reaktion scheint Leo seltsam zufrieden zu stellen. Er hebt entschlossen den Kopf, drückt einen langen Kuss hinter Machfus' Ohren und richtet sich auf. Blass schaut er auf das Tier, das nur noch flach atmet, und wartet.

Das Formular ist ausgefüllt, sie können gehen. Jetta berührt den Kater zwischen den Schulterblättern, wo das Fell seidig glänzt. »Verzeih mir Machfus«, flüstert sie lautlos. »Verzeih mir bitte.« Dann sind sie draussen, hinter ihnen fällt die Türe des Untersuchungszimmers ins Schloss. Ohne etwas wahrzunehmen rennt Jetta gegen die Schiebetüre, bevor diese sich geöffnet hat.

»Pass doch auf, Mam«, zischt Leo verlegen. Die Türflügel gleiten auseinander, sie stehen in der Öffnung. Jetta greift sich ans Gesicht, ein Schmerz im Nasenbein treibt ihr erneut Tränen in die Augen. Einen Augenblick lang fürchtet sie, das Bewusstsein zu verlieren.

Hinter ihr öffnet sich die Türe wieder.

»Sie haben etwas vergessen!«

Die Stimme durchdringt schneidend das Rauschen in Jettas Ohren. Die Hände der Ärztin, noch immer in Handschuhen, strecken ihnen die Decke entgegen. Jetta starrt auf die Flecken und Krusten aus eingetrocknetem Katzenblut; sie spürt, wie Leo neben ihr versteinert. Sie packt seinen Arm und zieht ihn, halb stolpernd, halb rennend, mit sich zum Ausgang.

2

Wie Jetta befürchtet hat, reagiert Nicole heftig auf die Unglücksnachricht. Weshalb sie Machfus nicht mit nach Hause genommen hätten? Jetzt bekomme der Kater nicht einmal ein richtiges Grab. Und bestimmt missbrauche ihn diese Ärztin für einen Tierversuch. Oder sie lasse ihn ohne Spritze langsam und qualvoll sterben. Beim Abendessen schiebt Nicole den Suppenteller von sich und schleudert Jetta ins Gesicht, sie sei eine Tiermörderin, sie habe Machfus umgebracht. Jetta ist den Tränen nahe und ringt um Fassung.

Andreas hat bis jetzt geschwiegen, nun greift er ein. Es sei genug, Nicole solle in ihr Zimmer verschwinden. Das Mädchen schnellt hoch, rennt in den oberen Stock und schmettert die Türe schluchzend hinter sich zu. Leo kratzt den letzten Löffel Suppe aus seinem Teller.

»Stimmt das mit den Tierversuchen, Paps?«

»Das ist völliger Unsinn. Machfus ist nach einer Spritze für immer eingeschlafen und hat bestimmt nichts mehr gespürt.«

»Ganz sicher?«

»Hundertprozentig sicher.«

Leo legt den Löffel hin und schöpft eine Portion Suppe nach. Jetta bringt mit Mühe einen halben Teller voll hinunter. Oben ist das Heulen und Schluchzen verstummt. Nicole ruft wohl ihre Freundinnen an und verbreitet die Neuigkeit, denn kurze Zeit später klingelt es an der Wohnungstüre. Leo öffnet, Melanie steht im Treppenhaus. Sie wünscht dringend Nicole zu sehen. Im Vorübergehen wirft sie Jetta einen vernichtenden Blick zu.

Jetta räumt die Küche auf, dann setzt sie sich zu Andreas und beschreibt zum ersten Mal ohne ständige Unterbrüche was geschehen ist. Ihr Nasenrücken ist geschwollen und schmerzt, die Prellung auf der Stirn pulsiert. Sie hat Mühe, die richtigen Worte zu finden. Andreas legt den Arm um ihre Schultern und drückt sie an sich.

»Vielleicht musst du lernen, dass sogar du nicht immer alles restlos unter Kontrolle hast. Ich finde das nicht nur negativ.«

»Aber doch nicht auf Kosten von Machfus! Ich kann mir das nicht verzeihen. In gewisser Weise hat Nicole recht.«

»Wegen der Tiermörderin? So ein Blödsinn! Hör auf mit deinem Masochismus. Du hast ihn doch nicht absichtlich überfahren! Machfus und du, ihr habt einfach Pech gehabt. Das kann passieren, leider.«

Andreas streichelt Jettas Nacken. Sie schliesst die Augen und lehnt sich erschöpft an ihn. Mit angezogenen Beinen bleibt sie auf dem Sofa sitzen, während Andreas die Tageszeitung fertigliest. Seine sachliche Anteilnahme tut ihr gut, auch wenn erneut die Selbstvorwürfe über ihr zusammenschlagen. Die Erinnerung an Leos aufgerissene Augen verfolgt sie. Er wird den Kater am meisten vermissen. Die Bilder des blutigen Fellbündels auf der Autodecke versucht sie zu verdrängen, so gut es geht.

Nicole bestraft Jetta einen Tag lang mit Gesprächsboykott, macht ein Gesicht wie eine Bestattungsunternehmerin und verweigert das Essen; danach hat sich der Reiz des Themas für sie erschöpft. Am Abend verkündet sie mit dramatischem Unterton, sie und Melanie und noch ein paar andere würden ein Ritual durchführen, mit Räucherstäbchen, Blumen und Musik.

»An der Aare, mit einem Grabstein, wenn Machfus schon keine richtige Beerdigung bekommt. Felix hatte die Idee.«

»Ist Felix dabei? Darf ich auch kommen?«, fragt Leo vorsichtig.

»Natürlich ist Felix nicht dabei, seit wann gehört er zu unserer Clique? Er hat es Mel bloss vorgeschlagen. Von mir aus kannst du kommen«, entscheidet Nicole grosszügig. »Aber die anderen müssen einverstanden sein.«

Das Ritual findet am Samstagnachmittag statt. Von Leo erfährt Jetta später, dass er sich beim Schleppen und Aufstellen des Steins nützlich machte. Nicole schien es zu geniessen, als Initiantin und Regisseurin im Mittelpunkt zu stehen. Ihre Freundinnen legten nach ihrer Anweisung einen Teppich aus Laub und Efeu um einen Stein, den sie wie einen Menhir aufstellten. Melanie zündete ein Bündel Räucherstäbchen an, dazu plärrte Nicoles iPod einen Song von Justin Bieber. Hier rümpft Leo beim Erzählen die Nase. Zum Schluss legten alle eine Hand auf den Stein und gelobten, Machfus nie zu vergessen. Richtig feierlich sei es gewesen.

Das Ritual scheint eine gewisse Wirkung zu entfalten. Zwar nervt und quengelt Nicole wie vorher, aber sie lässt Jetta wegen Machfus in Ruhe. Leo ist einige Tage stiller als sonst. Hie und da erwähnt er den Kater, aber nach und nach werden Fussball und Computerspiele wieder seine Hauptthemen. Jetta räumt Katzenkistchen und Fressnäpfe in den Keller, verschliesst die Katzenschleuse und versucht sich auf die Arbeit zu konzentrieren. Im Büro wollen alle die Geschichte des Unfalls hören. Auch ihr sei einmal eine Katze unters Auto gerannt, sie wisse, wie schlimm das sei, versucht Rahel zu trösten. Christiane behauptet, einen Igel zu überfahren sei noch viel schlimmer, überall Stacheln und dazu das plattgedrückte Näschen, das habe ihr fast das Herz gebrochen. Die Anteilnahme der Kolleginnen tut Jetta gut.

Ihre Selbstvorwürfe verlieren an Schärfe, aber legen sich nicht. Immer wieder hört sie den Schrei des angefahrenen Katers und sieht Leos Augen. Sie vermisst Machfus, wartet wider besseres Wissen darauf, dass die Katzentüre klappert. Das vertraute Gefühl, wenn der Kater seine Flanke an ihren Beinen rieb, fehlt ihr. Im Gegensatz zu vorher schläft sie schlecht. Nacht für Nacht erwacht sie zur gleichen Zeit und kann sich an nichts erinnern, spürt nur noch die Nachwirkungen eines hässlichen Traums. Am Morgen steht sie dann unausgeschlafen vor dem Spiegel. Sie sieht graue Ringe um ihre Augen und fühlt sich um Jahre älter als vor einem Monat.

Wenige Tage später spricht Silvia Beutler sie auf den Vorfall an. Jetta steht im Supermarkt vor den Broten und hat Silvia gar nicht bemerkt, bis sie ihr die Hand auf die Schulter legt. Sie trägt die Haare anders, kürzer und mit blonden Strähnchen. In einer weissen Jacke und schlammfarbigen, eng geschnittenen Hosen sieht sie aus wie eine Porzellanfigur, elegant und zerbrechlich. Beutlers wohnen ein paar Strassen weiter in einem modernen Einfamilienhaus, sie kennen sich seit längerer Zeit vom Sehen.

Jetta erschienen sie immer als glamouröses Paar, viel schicker als Andreas und sie – Bruno, der lässig gekleidete und gut aussehende Architekt, Silvia, zart und immer perfekt angezogen. Die Ehepaare lernten sich am Elternabend von Nicole und Melanies Klasse besser kennen. Frisch in die Oberstufe eingetreten, waren die beiden Mädchen noch nicht miteinander befreundet; das ergab sich erst im Laufe des Schuljahres. An jenem Abend kamen sie miteinander ins Gespräch, waren sich sympathisch. Beutlers luden Jetta und Andreas zu einem Glas Wein ein, später begegneten sie sich beim Einkaufen oder auf einer Vernissage. Die Männer diskutierten über die Arbeit und Sport; Bruno spielte

Golf, Andreas lief seit einigen Jahren den Inferno-Triathlon und den Jungfrau-Marathon. Die Frauen sprachen vor allem über die Kinder. Jetta erfuhr, dass Silvia in Teilzeit als Arztsekretärin im Universitätsspital arbeitete, daneben malte und schon einige Bilder verkauft hatte.

Das Gedränge zwischen Brot und Milchprodukten behagt Silvia nicht; sie schlägt das Bistro nebenan vor. Es ist Jettas freier Nachmittag, sie hat Zeit und Lust auf einen Kaffee. Als sie kurz darauf das Lokal betritt, sitzt Silvia schon an einem Tischchen und blättert in einer Frauenzeitschrift. Jetta wundert sich darüber; eher hätte sie erwartet, dass Silvia Zeitschriften über Kunst oder Innenarchitektur liest und nicht ein Heft mit schrillen Modeaufnahmen und Parfumwerbung. Sie bestellt Kaffee, Silvia einen Eisenkrauttee.

»Melanie hat eine wilde Geschichte von eurem Kater erzählt. Hat sie übertrieben, wie immer, oder ist er wirklich tot?«

»Übertreiben lässt sich die Geschichte gar nicht. Es war furchtbar, und das Schlimmste ist, ich bin schuld. Ich habe nicht aufgepasst.«

Jetta beginnt zu erzählen. Bei den blutigen Details hebt Silvia abwehrend die Hände.

»Wie bist du mit all dem fertig geworden? Ich wäre vollkommen durchgedreht. Die kleinste Aufregung bringt mich aus dem Konzept. Aber du wirkst stabil und ausgeglichen.«

Wie kommt Silvia zu dieser Einschätzung? Hat es damit zu tun, was Melanie über sie erzählt? Jetta zögert. Eigentlich kennt sie Silvia kaum. Soll sie preisgeben, wie schwer sie sich in letzter Zeit mit dem Alltag tut? Sie wickelt die mit dem Kaffee servierte Schokoladekugel aus der Hülle. Mit den Fingerspitzen streicht sie die Folie glatt.

»Stabil? Ich weiss nicht. Seit dem Unfall schlafe ich schlecht. Mache mir Vorwürfe wegen Machfus. Und Nicole bringt mich regelmässig an meine Grenzen. Manchmal bin ich richtiggehend sprachlos.«

Silvia nickt, eine Furche erscheint zwischen ihren sorgfältig gezupften und nachgezogenen Augenbrauen.

»Ich weiss. Sind wir mit unseren Müttern auch so umgesprungen wie unsere Töchter mit uns? Ich kaum, dazu war ich viel zu brav. Dabei hätte es meine Mutter wesentlich mehr verdient als ich.«

»Ich bin froh, dass du das sagst. Trotzdem habe ich ein schlechtes Gewissen, wenn ich mal unfreundlich zu meiner Mutter bin.«

Silvia nickt und kommt zu den Töchtern zurück. Am meisten nerve sie Melanies Unzuverlässigkeit.

»Vor einem Jahr wollte sie unbedingt eine Ratte. Nach endlosen Diskussionen haben wir ja gesagt, die Tierchen sind ja ganz süss. Aber wer liess die Ratte fast verhungern? Schliesslich haben wir das arme Tier weggegeben. Zu einem Punk mit Sicherheitsnadeln in den Ohren aus der Nachbarschaft.«

Sie schauen einander an und müssen lachen. Silvia wird wieder ernst.

»Aber um Felix mache ich mir mehr Sorgen. Melanie ist zwar frech, unzuverlässig und voller Ansprüche, aber meistens weiss man, woran man bei ihr ist. Felix schweigt fast nur und zieht sich zurück. Manchmal habe ich Angst um ihn.«

Jetta kennt Silvias Sohn flüchtig; bei ihrem Besuch bei Beutlers tauchte er auf und begrüsste sie. Seither ist sie ihm ein paar Mal im Quartier begegnet. Meist war er allein unterwegs, wirkte verschlossen.

»Kaum ist er von der Schule zurück, verzieht er sich in sein Zimmer«, erzählt Silvia. »Mit Stöpseln in den Ohren sitzt er bis in alle Nacht vor dem PC. Wir sehen ihn nur bei den Mahlzeiten. Zwischen uns herrscht praktisch Funkstille und ich weiss nicht warum. Er verweigert sich. Ich habe keine Ahnung, was unser Sohn denkt oder fühlt. Auch Bruno hat keinen Zugang zu ihm.«

Silvia starrt auf die Tischplatte und schweigt. Auf ihrer Oberlippe glänzen winzige Schweissperlen. Gerne würde ihr Jetta etwas Tröstendes sagen, doch ausser Gemeinplätzen fällt ihr nichts ein.

»Komm doch mal mit Bruno auf ein Glas Wein vorbei. Oder kommt zum Essen«, sagt sie aus einem plötzlichen Impuls heraus. Kaum ist der Satz draussen, befallen sie Zweifel. Sie wundert sich über sich selbst, spontane Einladungen sind überhaupt nicht ihr Ding. Hat sie sich aufgedrängt? Wollen Beutlers überhaupt enger mit ihnen verkehren? Und was wird Andreas dazu sagen, wird er einverstanden sein, dass Silvia und Bruno zum Essen kommen?

Silvias Gesicht hat sich aufgehellt.

»Wie lieb von dir! Bloss, es ist schwierig, mit Bruno einen freien Abend zu finden. Andauernd hat er Termine, Sitzungen, Kurse, was weiss ich. Oder Seminare, sogar an den Wochenenden.«

Ihre Stimme hat sich verändert, die letzten Sätze hatten gereizt geklungen. Trotzdem verspricht sie, mit Bruno zu sprechen. Bis Ende Monat sollte es mit einem Termin klappen. Wie um sich selbst von ihren Worten zu überzeugen, streckt Silvia den Rücken durch. Sie wechselt das Thema.

»Kennst du die Galerie Roth? Dort stelle ich demnächst neue Bilder aus, zusammen mit einem Bildhauer.«

Jetzt, da sie von ihrer Malerei erzählt, scheint Silvia wie ausgewechselt, jünger und voller Energie. Jetta und Andreas müssten bei der Vernissage dabei sein, sie bekämen eine Einladung. Später besteht sie darauf, Jettas Kaffee zu bezahlen. Jetta gibt nach, unter der Bedingung, dass sie das nächste Mal an der Reihe ist. Beim Hinausgehen fällt ihr Frau Plavsic ein. Silvia hat keine Ahnung, ob Bruno noch immer mit ihr zufrieden ist; sie werde ihn fragen.

Beim Abschied legt Silvia wie selbstverständlich die Hand auf Jettas Arm und küsst sie auf beide Wangen. Das hat sie bei früheren Begegnungen nie getan.

3

Der Gedanke an ein Abendessen für Beutlers macht Jetta nervös. Schon auf der Fahrt nach Hause überlegt sie, was sie kochen könnte. Fisch gerät meistens gut, aber er schmeckt nicht allen. Ist ein Rindsbraten zu gewöhnlich, müsste es Rindsfilet sein? Vielleicht im Teig? Und soll sie eine aufwendige Vorspeise servieren oder genügt ein gemischter Salat? Mit einem oder besser zwei Desserts wäre es dann wieder einfacher zu punkten.

Zuhause versorgt sie die Einkäufe und beginnt erste Ideen zu notieren. Gleichzeitig findet sie es idiotisch, wie sehr sie sich selbst unter Druck setzt. Warum kann sie nicht alles lockerer angehen? Wenn Andreas unangekündigt einen Sportkollegen mit nach Hause bringt, gibt es Spaghetti Carbonara oder ein Risotto, man öffnet eine Flasche Rotwein und alle sind entspannt und zufrieden. Doch dies ist etwas anderes. Beutlers kommen zwar nicht von einem anderen Stern, aber sie sind eleganter als Henauers. Sie haben mehr Stil, bewohnen ein modern eingerichtetes Einfamilienhaus mit Garten, Silvia ist Künstlerin und Bruno verdient mit Sicherheit einiges mehr als Andreas. All dies spielt nicht die geringste Rolle, versucht sich Jetta einzureden. Gleichzeitig weiss sie, dass sie keinen Aufwand scheuen wird, ein perfektes Abendessen auf den Tisch zu bringen. Mit Planung und Vorbereitung wird sie alles im Griff haben, und wenn es soweit ist, wird sie sich sogar ein wenig entspannen können. Sie wird sich keine Blösse geben.

Auf einmal wünscht sich Jetta fast heftig, dass Beutlers zusagen.

Andreas ist zum Lauftraining gefahren. Jetta rührt den Omelettenteig für das Abendessen glatt, als Silvia anruft. Ihre Stimme tönt verärgert. Für Bruno liege bis Mai kein Termin drin, auch wenn er das bedaure. Ihr tue es leid, sie wäre gerne gekommen. Jetta ist gleichzeitig enttäuscht und erleichtert. Sie rufe Silvia wieder an, verspricht sie, und man sehe sich doch vorher auf der Vernissage?

Später kommt Andreas verschwitzt nach Hause. Er ist seine Runde gelaufen: den Hausberg hinauf, hinunter ins Tälchen und durch den Wald wieder nach Hause. Nicole sitzt vor dem Fernseher, wo ein Film von Rosamunde Pilcher läuft, Leo und Tobias spielen im Bastelraum Tischfussball.

Jetta setzt sich zu Andreas und fragt, wie es beim Lauftraining war. Er hat geduscht, beschmiert eine Omelette dick mit Nutella und schiebt sich grosse Stücke in den Mund.

»Meine Zeiten könnten besser sein, vor allem bergab muss ich noch zulegen«, meint er.

»Ich dachte, beim Inferno und an der Jungfrau geht es bergauf?«

»Das war doch bloss ein Witz.«

Jetta erzählt von der Begegnung mit Silvia und der aufgeschobenen Einladung. Andreas nimmt die Nachricht kommentarlos entgegen. Er wischt den Mund an der Serviette ab und langt nach der Zeitung. Jetta räumt den Tisch ab.

»Ist es für dich in Ordnung, dass Beutlers mal zum Essen kommen?«

Andreas hebt den Kopf.

»Wann wollen sie kommen?«

»Irgendwann im Mai. Vorher hat Bruno keine Zeit.«

Das dauere ja noch eine ganze Weile, meint er nur und vertieft sich in die Sportnachrichten.

Am nächsten Tag kommt Jetta abends von einer Eigentümerversammlung nach Hause. Die Heizanlage der Liegenschaft muss teuer nachgerüstet werden, entsprechend schwierig ist die Sitzung abgelaufen. Zum Glück hat sie einen unabhängigen Fachmann dazu eingeladen; seine Argumente und ihr Vorschlag für eine gestaffelte Finanzierung vermochten schliesslich auch die Skeptiker zu überzeugen.

Ein paar Bewohner lobten Jettas Vorgehen ausdrücklich und zum ersten Mal seit langem fühlt sie sich besser.

Gut gelaunt ruft sie einen Gruss in die Wohnung. Leo antwortet von oben, Nicole, erinnert sie sich, ist beim Volleyballtraining. Andreas sitzt auf dem Sofa, vor sich einen Stapel Dossiers seiner Klienten. Sie habe Lust auf ein Glas Wein, ruft Jetta aus der Küche, er auch? Später, antwortet Andreas, zuerst müsse er die Berichte fertigschreiben. Sie füllt ein Glas, sucht die Packung mit den Grissini. Von oben ruft Leo nach Andreas, seine Stimme tönt verzweifelt.

»Was hat er?«, fragt Jetta und stellt das Tablett auf eine freie Ecke des Salontisches.

»Er hat sich ein Game ausgeliehen, das funktioniert offenbar nicht« erklärt er. »Ich komme, Leo!«

Andreas schraubt die Kappe auf den Füller, klappt das Dossier zu und wirft es auf den Stapel der Erledigten. Dann geht er nach oben.

Auf der Suche nach der Tageszeitung wandern Jettas Augen über das Durcheinander aus Zeitschriften und Kartonmappen auf dem Salontisch. Etwas stoppt sie, ihr Blick kehrt zum obersten unerledigten Dossier zurück. *Bruno Beutler, 1965* steht in Andreas' Schrift auf der Kartonmappe. Ungläubig starrt Jetta auf den Deckel. Die Klientinnen und Klienten ihres Mannes sind Menschen mit persönlichen Problemen. Sie befinden sich in Lebenskrisen, leiden an einem angeschlagenen Selbstbewusstsein, Beziehungsproblemen, Schlafstörungen, Burnout; sie fühlen sich depressiv oder sind auf der Suche nach einem eigenen Weg. Bruno Beutler strahlt Selbstbewusstsein und Tatendrang aus, sein Geschäft läuft gut, er ist in der Architekturszene anerkannt, hat eine interessante Frau und gesunde, intelligente Kinder. Jetta sieht ihn vor sich: attraktiv, mit seinem glatten, hinter die Ohren gestrichenen Haar und der markanten Nase, mit dem leicht spöttischen und doch sympathischen Lachen. Warum braucht er psychologische Beratung?

Jetta horcht nach oben. Es klingt, als brauchten Leo und Andreas noch eine Weile, um das Problem zu lösen. Ihre Verwunderung wegen Bruno hat sich in Neugier verwandelt, die zu brennen beginnt. Das Echo von tausend Verboten und Vorschriften ihrer Eltern wispert durch ihr Gehirn. Ihre Hände verhaken sich. Wieder schaut sie auf die Kartonmappe, liest den Namen. Nur einmal, nur jetzt, dann nie wieder. Nein. Doch. Etwas bewegt ihre Hand nach vorne, die Fingerspitzen berühren den Karton, schlagen den Deckel auf.

Das Dossier besteht aus wenigen Blättern. Das oberste Blatt ist halb beschrieben, mit Andreas' nach rechts geneigter Handschrift; blaue Schriftzüge auf weiss, in der linken Randspalte die Konsultationsdaten. Jetta beugt sich vor, überfliegt den Text, das Herz schlägt ihr bis zum Hals.

Gestern Telefongespräch mit dem Vater. Seit der grossen Konfrontation kann B. Forderungen bestimmter aussprechen. Aber Stress nicht weg, auch Schlafstörungen nicht, noch immer Funkstille mit Bruder. Was Kurt vorhat, weiss B. nicht. Von den Frauen unterschiedliche Unterstützung, Silvia findet die Erbsache nicht zentral, ist für Nachgeben und Rückzug, um des Friedens willen. Helen hingegen für Durchhalten und Angriff. B. findet das stärke ihm den Rücken.

Helen? Jettas Augen rasen nach oben und wieder zurück, ohne ein weiteres Mal auf den Namen zu stossen. Mit zwei Fingern hebt sie das Blatt, dreht es um und durchkämmt Andreas' Aufzeichnungen, welche die ganze Seite füllen. Da. *Ein WE mit Helen, neue Energie, Angstgefühle gingen vorübergehend zurück.* Das war im November. Sonst entdeckt sie den Namen nirgends. Sie legt das Papier zur Seite, horcht erneut, überfliegt das darunterliegende Blatt. Bruno Beutler hat Andreas kurze Zeit nach ihrer Begegnung am Elternabend erstmals aufgesucht; Grund waren Stresssymptome und Schlafstörungen. Als Ursache vermutet Bruno einen Konflikt mit seinem Vater und Bruder. Es scheint um verheimliche Erbvorbezüge des Bruders zu gehen, um Ungerechtigkeiten, Betrugsverdacht; alles in allem um viel Geld. Jettas Augen gleiten weiter. Dann, in der zweiten Konsultation, fällt der Name. *Seit einem halben Jahr eine Geliebte, Helen Fuchs (!?), S. weiss nichts davon, B. will es geheim halten. Angeblich keine Beeinträcht. der Ehe. Sex sei gut mit Silvia. Helen gebe ihm Energie, Selbstbewusstsein, Entspannung. »Anderen Fokus«. H.F. ist geschieden, zwei Söhne.*

Jetta friert plötzlich. Die Kälte kommt von innen. Sie legt die Blätter zurück, schliesst das Dossier und gibt Acht, dass alles genau so aussieht wie vorher. Dann läuft sie auf die Toilette im Flur, schliesst sich ein. Sie setzt sich aufs Klo, presst die Hände gegen die Schläfen und atmet, bis sie sich wieder unter Kontrolle hat. Nachdenken kann sie später, jetzt muss sie einzig den Schein von Normalität wahren. Sie hört Andreas die Treppe herunterkommen. Ein paar Minuten später geht sie zurück ins Wohnzimmer. Andreas schreibt, über ein Dossier gebeugt. Ohne hinzuschauen sammelt Jetta die verstreuten Teile der Tageszeitung ein und setzt sich in die andere Sofaecke. Andreas wirft die Mappe auf den Stapel der Erledigten.

»Habt ihr das Problem gelöst?«, fragt Jetta so unbefangen wie möglich. Ihre Stimme klingt gezwungen, heiser. Andreas bemerkt es bestimmt.

»Wir mussten ein Programm herunterladen, das war ziemlich kompliziert. Aber nun läuft es.«

Jetta sollte sich jetzt eigentlich erkundigen, um was für ein Spiel es sich handle, ob es brutal sei oder Gewalt verharmlose. Ob es Leo nicht überfordere, zu stark negativ beeinflusse. Zumindest würde sie das von sich erwarten. Doch sie ist viel zu aufgewühlt. Gleichzeitig fühlt sie sich kraftlos wie nach einer Fiebernacht. Sie trinkt einen Schluck Wein, blättert bis zum Ende der Zeitung und bekommt kaum etwas vom Inhalt mit. Andreas scheint zu stark von eigenen Angelegenheiten absorbiert zu sein, um sich über ihr

Schweigen zu wundern. Er beendet die Berichte, verstaut den Stoss in seiner Arbeitstasche. Dann greift er nach einer Fachzeitschrift. Die Lust auf ein Glas Wein ist ihm wohl vergangen. Um einem Gespräch auszuweichen, sagt Jetta eine Weile später, sie sei müde; heute gehe sie mal früher zu Bett.

4

Helen Fuchs ist eine Begleitmelodie in Jettas Leben, die kommt und geht, wie es Bauch- oder Kopfschmerzen tun, plötzlich da, dann wieder weg und unvermutet von neuem da. Die Melodie überfällt Jetta jedes Mal aus dem Nichts, als Schalmeienklang, als Spottliedchen, als Stiche einer Tarantel.

Sie lernte Helen mit elf Jahren kennen, beim Übertritt in die Sekundarschule. Helen war in der Parallelklasse; für Turnen, Englisch und Textiles Werken legte man die Mädchen aus beiden Klassen zusammen. Damals sprach noch niemand von Stars, aber allen an der Schule war klar: Helen war ein Star. Sie stand im Mittelpunkt; bei den Jungen der oberen Klassen, die sie umschwärmten wie Bienen ihre Königin, bei vielen Mitschülerinnen, bei den Lehrerinnen und Lehrern. Helen war gross, schlank, selbstsicher; sie trug modische Kleider, ging ins Ballett und spielte Tennis. Sie lachte viel und wickelte dabei Strähnen ihres dunkelblonden Haars um die Finger. Dass ihre schulischen Leistungen nur mittelmässig waren, minderte ihre Popularität in keiner Weise. Dafür glänzte sie im Turnen und stieg innert kurzer Zeit als Sängerin an die Spitze der Schulband auf. Mit den älteren Knaben flirtete sie, den Mädchen begegnete sie mit einer Mischung aus Koketterie und Herablassung. Ein paar Glückliche gehörten zu Helens Hofstaat, ein Schwarm

Vögel, der sich um sie plusterte, ihren Kleiderstil imitierte und ihre Art, die Schultasche lässig über eine Schulter zu werfen. Die übrigen Schülerinnen, zu denen Jetta zählte, schauten neidisch zu, wenn sich Helen vor den Jungen in Szene setzte oder im Turnen einen perfekten Überschlag mit Spagat auf die Matte legte. Fast sicher hatte sie mehr heimliche Feindinnen als echte Freundinnen, aber das schien Helen nicht zu bekümmern.

In der ersten Schulwoche der achten Klasse setzte die Werklehrerin Helen zur Strafe neben Jetta. Helen war undiszipliniert und schwatzhaft; die fleissige Mitschülerin sollte ein Vorbild sein. Jetta fühlte sich dick und hässlich. Am selben Pult im Schatten der schönen Helen zu sitzen, war eine Tortur. Sie kam sich noch unansehnlicher vor als sonst, schämte sich wegen ihrer Stummelfinger mit den kurz geschnittenen Nägeln. Helen ignorierte Jetta anfänglich, bis sie während einer Gruppenarbeit notgedrungen miteinander sprechen mussten. Gemeinsam sollten sie ein Stoffmuster entwerfen. Weil Helen nichts einfiel oder sie gerade keine Lust hatte, übernahm Jetta die Führung. Im Zeichnen war Jetta recht geschickt, also skizzierte sie ein Muster aus Mondsicheln, stilisierten Sternen, Kometen und galaktischen Spiralen, das Helen überraschenderweise lässig fand, und mit Farbvorschlägen anreicherte. Von da an sprachen sie manchmal miteinander, wobei vor allem Helen redete und Jetta meist beklommen zuhörte.

Helen hatte mit dem geschulten Blick schnell erkannt, dass Jetta von Dingen wie Geld, Mode, Sex und Männern wenig verstand.

»Gestern war ich in einer Lingerie-Boutique«, vertraute sie Jetta leise an, während sie an einem Teekannenwärmer stichelten. »Und Mama hat mir zu meinem schwarzen noch einen roten Tanga gekauft. Aus durchsichtiger Spitze. Ganz lässig. Hast du auch Tangas?«

Jetta wurde rot, schüttelte den Kopf und kam sich drittklassig vor. Helens Augen verengten sich befriedigt, sie flüsterte weiter, obwohl Frau Schaller sagte: »Helen, es reicht jetzt!« In der Pause floh Jetta auf die Toilette, erfüllt von der Gewissheit, ohne Tangaslips und Push-up-BHs wertlos zu sein. Zu wissen, dass ihre Mutter ihr eher ein Krokodil kaufen würde als einen sexy Büstenhalter, half auch nicht weiter.

Nichts tat Helen lieber als Andeutungen über sexuelle Abenteuer zu streuen. Alle wussten, Helens Freund war Maturand, und in den Sommerferien würden sie zusammen wegfahren, irgendwohin, an den Neuenburgersee oder nach Italien; natürlich mit dem Zelt. Helen dehnte das Wort ›Zelt‹ endlos, lächelte vieldeutig und spielte mit ihrem Haar. Ein paar Mädchen hatten ebenfalls einen festen Freund und taten zumindest so, als würden sie mit ihm schlafen. Sie scharten sich um Helen und kicherten, wenn ihr Idol etwas von Orgasmus oder erogenen Zonen flüsterte. Die weniger populären Mädchen standen mit brennenden Ohren in der Nähe.

Wenn sie allein zuhause war, zog sich Jetta manchmal aus und stellte sich vor den Spiegel. Sie fand den Anblick zum Heulen. Der Po war schwabbelig, die Oberschenkel zu fett, die Brüste viel zu klein. Weder die braunen Augen noch die wohlgeformte Nase noch das glatte dunkelbraune Haar, das sie offen oder als Pferdeschwanz trug, konnten den Gesamteindruck retten. Ihre Hände waren nicht schmal und elegant wie Helens, sondern breit und kräftig wie die eines Jungen, und die raue Haut über den Knien hatte nichts von der Seidenglätte an Helens Beinen. Von Sex hatte Jetta wenig Ahnung. Nie tauschten die Eltern vor den Kindern Zärtlichkeiten aus und Jetta hatte weder die Mutter noch den Vater je nackt gesehen. Griff sich Sam in den Schritt oder streichelte Jetta selbstvergessen die zarte Haut zwischen den Schenkeln, schlug ihnen die Mutter auf die Hand und sagte: »Pfui, schäme dich!« Als Sam acht und Jetta fünf Jahre alt waren, beendete die Mutter ihre gemeinsamen Badespiele in der Wanne. Sam sei jetzt gross, sagte sie, und wenn man gross sei, bade man allein.

Während der Periode turnten Helen und ihre Freundinnen nie. Alle vier Wochen sassen sie in der Turnstunde auf dem Bänkchen und bemühten sich zart und blass auszusehen. Jetta bekam mit dreizehn zum ersten Mal die Periode. Sie litt nie unter Beschwerden und liess sich nicht vom Turnen abhalten.

»Du bekommst wohl nie die Mens«, sagte Helen einmal, und sprach so laut, dass es alle hörten. Ein paar Mädchen kicherten, Jetta wurde rot.

»Ich habe die Mens. Schon seit Januar.«

Helens Augen wurden schmal.

»Du lügst, gib es zu. Warum turnst du dann immer? Während der Mens turnt man nicht.«

Jetta gab keine Antwort. Sie schämte sich und wusste nicht weshalb. Als es das nächste Mal soweit war, zog sie vor der Turnstunde die Schuhe aus und setzte sich in der Halle auf die Bank.

Auch nach der Schulzeit, Jetta begann eine kaufmännische Lehre bei einer Immobilienfirma, Helen besuchte die Handelsschule, begegneten sie sich immer wieder. Die Männer an Helens Seite wechselten mit den Jahreszeiten, gut aussehende Typen in Lederschuhen und weissen Hemden, die auf Motorräder stiegen und später in Mittelklassewagen. Einmal trafen sie an einem Geburtstagsfest aufeinander. Jetta hatte Stefan mitgenommen, einen schüchternen Physikstudenten. Um Helens Taille lag der Arm eines Beaus mit Goldkette im offenen Hemd. Sie rauchte in Minirock und hochhackigen Schuhen. Später wurde getanzt. Stefan schob Jetta unbeholfen vor sich her, zählte dabei halblaut den Takt. Helen hingegen liess den Po kreisen und ihr offenes Haar peitschte durch die Luft. Ihre Blicke streiften Jettas schlichten Hosenanzug und den Tanzpartner, ein Lächeln spielte um ihre Mundwinkel. Mit Holzschuhen und einem Gartenzwerg im Arm hätte sich Jetta nicht provinzieller gefühlt. Sie kam sich blossgestellt vor, wünschte sich weg von den fremden Augen.

Einige Jahre später hörte sie, dass Helen einen Juristen geheiratet hatte; das Paar bekam zwei Söhne. Der Anwalt kaufte ihr eine Kleiderboutique in der Altstadt, die sie seither führte. Später wurde die Ehe geschieden. Gelegentlich kreuzten sich Jettas und Helens Wege. Sie begrüssten sich, Helen mit der alten Herablassung, Jetta mit gezwungenem Lächeln, und wechselten nichtssagende Sätze. An einem Konzert stellte sie Helen Andreas vor. Natürlich war er beeindruckt, wie alle Männer, die auf Helen hereinfielen; auf ihre Selbstsicherheit, ihre Eleganz, ihren Sexappeal. Bei jeder Begegnung mit ihr spürte Jetta, dass ihr etwas fehlte, was Helen im Überfluss besass. Was es genau war, ausser Eleganz und körperlicher Attraktivität, vermochte sie nicht zu ergründen. Das Gefühl war unangenehm, es brannte und machte sie eng und kleinlich. Als Andreas später meinte, er habe gar nicht gewusst, was für tolle Frauen sie kenne, schnappte sie ein.

»Viel zu toll für ein Mauerblümchen wie mich, wie?«

Andreas reagierte erstaunt und wollte wissen, welcher Teufel sie da reite. Alte Geschichten seien das, wich Jetta aus, typische Frauengeschichten, das interessiere ihn eh nicht. Sie hatte keine Lust, in der Wunde zu stochern, auch wenn sie oberflächlich schien und nur selten schmerzte.

Umso heftiger trifft Jetta die Wiederbegegnung in Andreas' Aufzeichnungen: Helen Fuchs, die heimliche Geliebte Bruno Beutlers. Die Entdeckung ist ein Schock, dessen Tiefe sie nicht einordnen kann. Kälte dringt ihr bis in die Knochen und verlässt sie auch im Bett nicht. Bis weit nach Mitternacht liegt sie wach. Je länger sie nachdenkt, umso weniger kann sie damit aufhören. Ihre Gedanken kreisen und spucken in einer Endlosschlaufe Szenen und Gesichter aus: Bruno, der auf Helen zugeht, der offene Mantel schwingt im Rhythmus seiner Schritte; Helen wartet, im engen Kleid wie damals im Konzert, ihre Brüste schimmern im Ausschnitt, das Haar umrahmt ihr Lächeln; Bruno legt sein Gesicht auf ihre Brust, Helens Hände wühlen durch sein Haar, fahren Brunos Rücken entlang nach unten – und alles beginnt wieder von vorne. Jettas Atem geht stossweise, sie realisiert, wie erregt sie ist. Sie dreht sich auf die andere Seite und versucht, an etwas anderes zu denken. Andreas schnarcht, sie schubst ihn, bis er sich zur Seite wälzt. Jede Viertelstunde hört Jetta die Kirchenuhr schlagen, gegen zwei Uhr schläft sie endlich ein.

Kurz nach fünf erwacht sie. Draussen ist es dunkel, neben sich spürt sie den Rücken ihres Mannes. Mit einem Schlag kehrt die Erinnerung an den gestrigen Abend zurück. Auf einmal begreift Jetta, weshalb Andreas wegen des Abendessens für Beutlers so uninteressiert tat. Ahnungslos hatte sie heikles Terrain betreten, und er musste dazu schweigen. Als Bruno in der Therapie Helens Namen nannte, hatte sich Andreas bestimmt an sie erinnert. Helen Fuchs, ist das nicht Jettas sexy Bekannte, hatte er vielleicht gedacht und ein Fragezeichen zum Ausrufezeichen gesetzt. Wie soll sie Beutlers das nächste Mal begegnen? Vor allem Silvia? Wie kann sie so tun, als sei alles normal? Und dauernd wird sie jetzt Andreas beobachten, wie er den Nichtwissenden spielt. Jetta dreht sich auf die andere Seite und starrt ins Dunkel. Ist sie verrückt, sich so stark von diesem Geheimnis besetzen zu lassen? Es geht sie nicht das Geringste an. Es hat nichts mit ihrem Leben zu tun. Sie kennt Beutlers ja kaum.

Sie versucht, sich auf Geräusche zu konzentrieren, um die Gedanken auszuschalten. Im Heizkörper unter dem Fenster knackt es, ein Auto fährt vorbei. Für wenige Sekunden gelingt es ihr, dann zucken wieder Bilder auf: Bruno im wehenden Mantel, Helens üppiger Körper im kleinen Schwarzen, Silvia, durchscheinend in einer weissen Bluse. Weiss

Silvia von Helen? Kaum. Sonst hätte sie anders von Bruno gesprochen, nicht bloss verärgert über seine Überlastung. Bestimmt tut er alles, um die Affäre geheim zu halten. So ein Mistkerl. Er hintergeht seine liebenswürdige, künstlerische Frau. Bruno ist auf Helen Fuchs hereingefallen. Die Schlange hat sich Bruno Beutler geschnappt. Jetta presst die Oberschenkel aufeinander und schiebt ihre Hände dazwischen. Eine Weile liegt sie still, bis die Finger ein bisschen Wärme aufgenommen haben. Neben ihr schmatzt Andreas leise im Schlaf. Nicht zum ersten Mal streift Jetta die Frage, ob auch Andreas sie betrügt? So wie Bruno Silvia. So, wie viele Männer ihre Frauen betrügen. Und Frauen ihre Männer.

Der Gedanke daran ist wie ein schwarzes Loch, sie muss ihm unter allen Umständen aus dem Weg gehen. Vorsichtig schiebt sie sich aus dem Bett und geht aufs Klo. Im Spiegel sieht sie dunkle Ringe unter ihren Augen. Das kommt davon, von zu wenig Schlaf, von den sinnlosen Gedankengängen, die nirgendwo hinführen. Sie benetzt das Gesicht mit kaltem Wasser, tupft es trocken. Natürlich hilft es nichts, die Haut unter den Augen sieht aus wie zerknittertes Seidenpapier. Ein langer Bürotag wartet auf sie. Jetta schleicht ins Schlafzimmer zurück, kriecht unter die Decke in die Wärme von Andreas' Rücken.

5

Nicole spürt, dass ihre Mutter aus dem Gleichgewicht geraten ist, und nützt es gnadenlos aus. Anders kann sich Jetta die Kaskade an Provokationen nicht erklären. Jeder Tag bringt neues Kräftemessen, und ihr zunehmende Erschöpfung.

Ohne ersichtlichen Anlass steht Nicole ein paar Tage später so spät auf, dass sie keine Zeit mehr zum Frühstücken findet. So früh bringe sie keinen Bissen herunter, behauptet sie und fährt sich im Flur mit den Fingern durch die ungekämmten Haare. Jetta will das nicht durchgehen lassen. Gestern noch habe Nicole mit Appetit gefrühstückt, was das für ein Unsinn sei; ohne Frühstück im Magen breche jede Leistungskurve sofort ein.

»Kein Mädchen aus der Klasse isst Frühstück«, mault Nicole und zwängt die Füsse in die Stiefel.

»Erstens glaube ich das nicht und zweitens ist es mir völlig egal, was die anderen tun«, gibt Jetta zurück. Doch sie muss ins Büro und die Diskussion bricht ab.

Am nächsten Tag weckt sie Nicole zur gewohnten Zeit. Als das Badezimmer Minuten später noch immer leer ist, schaut sie nach. Ihre Tochter liegt mit geschlossenen Augen im Bett. Jetta schlägt die Decke zurück, mahnt. Nicole schimpft, bequemt sich schliesslich ins Badezimmer. Nach einer Ewigkeit kommt sie herunter, und wieder ist es zu spät zum Frühstücken.

Andreas stellt sich auf den Standpunkt, das sei eine vorübergehende Laune; je weniger Geschrei Jetta deswegen mache, umso schneller kehre Nicole an den Frühstückstisch zurück.

»Du machst es dir wirklich einfach«, beschwert sich Jetta. »Was ist, wenn so eine Magersucht beginnt? Nicole ist genau im kritischen Alter.«

Der Disput wird heftig. Andreas wirft Jetta vor, sie blähe mit ihrer Kontrollmanie jedes Schneeflöckchen zu einer Lawine auf, anstatt zu warten und zu beobachten, wie sich die Dinge entwickeln. Und er wolle keine Gefahren sehen, gibt sie zurück, und lasse sie mit der Erziehung allein. Ausserdem seien ihre Sorgen begründet: An Nicoles Schule seien mehrere Fälle von Anorexie bekannt geworden. Unsinn, meint Andreas. Nicole esse zu den anderen Mahlzeiten normal, von Magersucht könne keine Rede sein.

Am nächsten Tag beginnt Nicoles Unterricht eine Stunde später; sie kündigt an, sie werde etwas zum Frühstück essen. Jetta verlässt die Wohnung vorher und kann es nicht überprüfen. Dafür entdeckt sie nachmittags beim Heimkommen, dass ihre Tochter weder die Haare aus der Duschwanne gefischt noch die schmutzige Wäsche in den Korb geworfen hat; BH, Slip, Jeans und ein T-Shirt liegen verstreut im Badezimmer. Im Wohnzimmer läuft der Fernsehapparat, davor steht das Bügelbrett samt Bügeleisen. Zumindest hängt das Eisen nicht mehr am Strom. Eine fertig gebügelte Bluse hat Nicole über eine Stuhllehne drapiert, vom Bügelbrett baumelt ein zerknittertes Paar Jeans. Der Salontisch ist übersät von Brotbröseln, eine Bananenschale gammelt neben einem angebissenen und braun angelaufenen Apfel auf den Zeitschriften vor sich hin. Die Familienregeln sind klar, für Eltern und für Kinder: Man räumt hinter sich auf. Dies ist eine Provokation.

Zu Jettas Erleichterung ist Nicole noch nicht da; sie würde sie sonst anschreien, so wütend ist sie, und so hilflos. Sie macht sich einen Kaffee, blättert fahrig durch die Zeitung. Bis Nicole die Wohnungstüre öffnet und ihre Stiefel in eine Ecke schleudert, hat sie sich beruhigt. Die Fünfzehnjährige will sich mit Unschuldsmiene in ihr Zimmer verziehen, Jetta hält sie auf. Wie das mit dem Verursacherprinzip sei, fragt sie und nickt mit dem Kopf Richtung Wohnzimmer. Zuerst stellt sich Nicole dumm, dann bringt sie lahme Ausflüchte. Melanie habe geläutet, es sei keine Zeit geblieben zum Wegräumen.

Etwas reisst in Jetta.

»Schweig, Nicole, augenblicklich!« schreit sie. Sie zittert und flieht in die Küche, stützt sich mit den Händen auf die Ablage.

Kurz darauf verstummt der Fernseher, das Bügelbrett wird geräuschvoll versorgt, Bananenschale und Apfelbutz landen im Kompostbehälter, die Stiefel auf der Schuhmatte.

Als Jetta ihre Tochter im Badezimmer rumoren hört, setzt sie sich und reisst mit den Zähnen ein vorstehendes Nagelhäutchen weg.

Der nächste Tag, weitere Tage, keiner ohne Kollision. Nicole boykottiert das Frühstück, lässt ihre Haare im Waschbecken und die Unterwäsche neben dem Klo, sie denkt nicht daran, das Bett zu machen und ihr Zimmer zu lüften, mäkelt am Essen herum. Nach Hause kommt sie lange nach der verabredeten Zeit und vergisst Besorgungen zu machen, die ihr Jetta aufgetragen hat. Die Schularbeiten erledigt sie widerwillig und erst nach wiederholten Aufforderungen. Auch Leo beschwert sich: Die Schwester blockiere das Badezimmer, verdrecke das Klo und höre ihre Boygroups absichtlich zu laut. Im Wechsel bittet, erklärt, beschwört und droht Jetta. Sie appelliert an Nicoles Vernunft und Einsicht, und wird kraftlos von der Anstrengung, den Griff nicht ganz zu verlieren. Die herausfordernden Blicke ihrer Tochter erträgt sie kaum noch. Einmal entgleitet ihr der letzte Zipfel Fassung. Als Nicole beim Duschen den Vorhang nachlässig schliesst und das Badezimmer unter Wasser setzt, ohne danach sauber zu machen, verliert Jetta die Fassung. Schreiend schleudert sie Nicole ein nasses Frottiertuch ins Gesicht. Dann flieht sie ins Elternbadezimmer, setzt sich erschöpft auf den Klodeckel und fühlt sich als Versagerin.

Selbst Andreas geht die Geduld aus. Beim Abendessen stochert Nicole im Maisauflauf, schiebt den Teller zur Tischmitte und erklärt patzig, das sei viel zu trocken, sie esse das nicht. Andreas' flache Hand knallt auf den Tisch, so dass die Gläser hochspringen.

»Du isst deinen Teller leer, und das Dessert kannst du heute vergessen!«

»Juhui, es gibt gebrannte Creme!« schreit Leo und strahlt triumphierend. Nicole wagt weder einen Gegenangriff noch Widerspruch. Sie zieht den Haarvorhang über die Augen und isst mit aufgestützten Ellbogen aufreizend langsam den

Teller leer. Jetta sucht Andreas' Blick und versucht ein halbes Lächeln, Andreas übersieht es geflissentlich.

Später sitzen sie vor dem Fernseher. Jetta näht einen abgerissenen Blusenknopf an, Andreas zappt durch die Sender.

»Weiss der Kuckuck, warum Nicole auf einmal so renitent ist«, sagt er unvermittelt.

»Was heisst auf einmal?«, gibt Jetta zurück. Kaum gesagt, bereut sie die Schärfe in ihrer Stimme und schiebt etwas Versöhnliches nach. Er erwidert nichts, zappt zu einem Dokumentarfilm über Kung-Fu-Krieger und stellt den Ton laut.

Nicoles Zumutungen, die Sprachlosigkeit zwischen ihr und Andreas, der Büroalltag und die üblichen Kleinigkeiten beschäftigen Jetta so stark, dass ihr wenig Energie bleibt, um über Bruno, Helen und Silvia nachzudenken. Auch dass sie Bruno manchmal während der Arbeit begegnet, ändert nichts daran. Gesines Immobilienfirma hat die Vermarktung einer neuen Überbauung übernommen, ein Teil der Planung stammt aus Brunos Architekturbüro. Gelegentlich treffen sie aufeinander, wenn Jetta Interessenten durch die Rohbauten führt. Bruno steht in einer Gruppe von Bauleuten und Handwerkern und gibt Anweisungen, die Sonnenbrille ins Haar geschoben und Baupläne in den Händen. Sie nicken einander zu und lächeln, einmal hebt Bruno die Hand in ihre Richtung und winkt.

Das Datum der Vernissage hat Jetta nicht mehr im Kopf; gut möglich, dass alles schon vorbei ist und Silvia die Einladung vergessen hat. Doch dann liegt die Karte im Briefkasten, in einem königsblauen Kuvert und an Familie Henauer adressiert. Bilder anzuschauen sei öde, erklären die Kinder zuerst, bis sie erfahren, dass auch Melanie und Felix bei der Eröffnung dabei sein werden und sie erwarten.

Die Galerie befindet sich im Villenquartier in einem Privathaus; grossformatige abstrakte Gemälde ohne Rahmen hängen an den Wänden. Jetta kann weder Silvia noch Bruno irgendwo sehen, aber Melanie schlängelt sich hinter einer improvisierten Bar hervor und begrüsst sie. Andreas und Jetta nehmen ein Glas Weisswein, Leo greift in eine Schale mit Kartoffelchips, die Mädchen stecken die Köpfe zusammen. Jetta stellt sich vor die Bilder. Sie ist überrascht. Die Einladungskarte zeigte ein gegenständliches Bild, aus zarten Pinselstrichen und mit stilisiertem Naturmotiv. Hier hängt ein abstraktes Acrylgemälde in kräftigen Blau- und Grautönen, das mit Zartheit und Pastellfarben wenig zu tun hat. Mit wuchtigem Pinsel hat Silvia Farbschichten von Rauchgrau bis Azurblau um ein quadratisches Zentrum aus Dunkelblau gelegt. Die Spannung des Bildes liegt nicht in der Komposition, sondern im kühnen und grossflächigen Strich. Das Gemälde heisst ›Nacht I‹. ›Nacht II‹, gleich daneben, ist von ähnlicher Kraft; nur dominiert hier Grau statt Blau.

»Hättest du erwartet, dass Silvia so malt, mit so viel Kraft, in einem fast männlichen Stil?« Jetta berührt Andreas, der mit den Händen in den Taschen seiner Jeans vor den Bildern steht.

»Ich habe nichts Bestimmtes erwartet, im Gegensatz zu dir. Ausserdem kenne ich Silvia kaum.«

»Auf mich wirkt sie zart, nicht robust. Doch ich finde so malt jemand mit starkem Selbstbewusstsein. Jemand, dem man besser nicht auf die Füsse tritt.«

Sie sagt es mit Nachdruck und merkt, dass sie Andreas herausfordert. Sie möchte, dass er etwas über Bruno und Silvia preisgibt. Etwas, wovon er Kenntnis hat und sie nicht. Andreas schaut sie fragend an. Blitzartig wird Jetta klar, dass sie nicht weiter gehen darf. Um von ihrer Bemerkung abzulenken, wendet sie sich zum nächsten Bild. Das Werk heisst ›Dämmerung‹ und ist im gleichen Stil gemalt wie die anderen beiden Gemälde. Auch hier symbolisiert ein dunkelblauer Bereich die Nacht, nur durchscheinender gemalt und an den unteren Bildrand verschoben. Darüber zerfliessen ineinander verwobene Bänder aus Perlgrau, Zartgrün und Rosa.

»Ich könnte mir das Bild über unserem Sofa vorstellen. Die Farben sind wunderschön«, sagt Jetta und nippt am Weisswein.

»Zu gross und sicher auch zu teuer«, meint Andreas nach einer Weile. »Aber gekonnt gemalt, muss ich sagen. Wie die anderen Bilder auch. Hast du irgendwo eine Preisliste gesehen?«

Jetta schaut sich um. Besucher zirkulieren, laufend kommen Leute dazu. Nicole ist zu Melanie hinter die Bar geschlüpft und hantiert mit einem Korkenzieher, die Mädchen lachen. Jetta fällt auf, wie hübsch Nicole mit ihrem blonden Haar und der frischen Gesichtsfarbe aussieht. Neben der Bar kauert Leo, neben ihm eine getigerte Katze, die wohl zum Haus gehört und sich an seinen Waden reibt. Leos Hände streichen über das Fell des Tieres, zärtlich und selbstvergessen. Die Szene treibt Jetta Tränen in die Augen, eine Welle von Liebe und Dankbarkeit durchflutet sie. Wie kostbar die Kinder sind, trotz aller Mühen, und wie sehr will sie zu ihnen Sorge tragen. Vor allem Leo kommt zu kurz, die Freiheiten seiner Schwester beanspruchen sie viel zu stark. Sie berührt Andreas' Schulter.

»Schau mal zu Leo.« Der Junge nimmt einen Kartoffelchip aus der Schale und hält ihn der Katze vor die Nase. Diese schnuppert an seinen Fingern, bevor sie das Scheibchen ableckt. Jetta und Andreas wechseln lächelnd einen Blick.

»Hoffnungsloser Katzennarr. Das muss mit seinem Namen zu tun haben«, meint Andreas und wendet sich ab. Männer mit Notenständern und Instrumentenkoffern packen ihre Musikinstrumente aus.

»Ich gehe hinauf und suche Silvia«, sagt Jetta.

Im Vorraum des oberen Stockwerks sind die Werke des

Bildhauers ausgestellt. Gewundene Metallflammen züngeln aus Kuben und Kegeln. Ein Mann in Cordhose und rotem Halstuch unterhält sich auf Französisch mit einer Frau. Sicher der Künstler, vermutet Jetta. Sie bleibt vor einem Würfel stehen, der aussieht, als habe jemand an mehreren Stellen gewaltsam die Faust durch die Oberfläche geschlagen. Schartige Ränder ragen ins Würfelinnere. Die Skulptur heisst ›Implosion‹, auf Jetta wirkt sie bedrohlich. Der Mann mit dem Halstuch mustert sie. Jetta überlegt, ob sie ihn ansprechen und etwas über den verletzten Würfel sagen soll, da tritt Bruno aus dem angrenzenden Raum. Jettas Herz macht einen jähen Schlag. Bruno sieht auffallend gut aus. Er trägt das Haar sehr viel kürzer als bei ihrer letzten Begegnung und ist braungebrannt wie nach einer Woche Skiferien. Sie begrüssen sich, Bruno kommentiert den erfreulich grossen Besucherstrom. Jettas Gesicht wird heiss, sie fühlt sich unbehaglich. Zu allem Überfluss fällt ihr ausgerechnet jetzt Frau Plavsic ein. Aus Verwirrung schafft sie nur einsilbige Antworten, Bruno scheint es nicht zu bemerken.

»Entschuldige, aber ich sollte mich um die Musiker kümmern. Falls du Silvia suchst: Sie ist dort drinnen, umgeben von ihren Fans.«

In seiner Stimme schwingt leichter Spott. Er zeigt mit der Hand hinter sich und sagt: »Bis später.«

Silvia steht inmitten einer Gruppe Frauen, in weissen Leinenhosen und einer Tunika aus türkisfarbener Seide, wie sie Chinesinnen tragen. Felix lehnt an einem Fenstersims, im Gespräch mit einem Jungen. Silvia löst sich aus dem Kreis. Lächelnd kommt sie auf Jetta zu, als wäre sie froh über die willkommene Unterbrechung. Sie freue sich, dass sie gekommen seien. Doch jetzt sollten alle nach unten gehen, es sei Zeit für Musik und die Begrüssungsworte des Galeristen.

Eine Klarinette spielt erste Läufe, die Gitarre setzt ein. Die Besucher stauen sich vor der Bar, Melanie und Nicole füllen Gläser und reichen Teller mit Häppchen weiter. Felix kriecht unter dem Tisch durch und hilft den Mädchen Gläser zu füllen. Jetta sieht sich nach Leo um; zufrieden sitzt er neben der Bar, auf seinen Oberschenkeln zusammengerollt die Katze.

Der Galeriebesitzer zupft den Seidenschal in Form und winkt Silvia an seine Seite, die Musik bricht ab. Die Künstlerin Silvia Beutler habe ihn mit ihrer bemerkenswerten Entwicklung beeindruckt, sagt er. Innert kürzester Zeit habe sie es geschafft, wofür viele Maler viele Jahre brauchten: den Übergang von der gegenständlichen Malerei zur Abstraktion. Die abstrakten Werke in dieser Ausstellung zeigten eine erstaunliche Könnerschaft. Mehr und noch Reiferes sei in Zukunft zu erwarten. Silvia schaut über die Köpfe hinweg auf die Stuckaturen an der Decke. Die Besucher applaudieren, Silvia küsst den Galeristen auf beide Wangen. Wieder spielen die Musiker und der Lärmpegel steigt.

Jetta entdeckt Andreas auf der anderen Seite des Raums im Gespräch mit einem Unbekannten. Auf dem Weg zu ihm passiert sie den Eingang zu einer kleinen Halle, die sich zum Garten hin öffnet. Einige Besucher sitzen in Korbstühlen und strecken die Beine vor sich aus. Bruno Beutler steht bei der Gartentüre, das Smartphone am Ohr, den Rücken zur Halle. Jetta bleibt stehen. Brunos Fingerspitzen gleiten langsam den Türrahmen hoch und wieder hinunter. Sie beobachtet ihn, bis er den Kopf in ihre Richtung dreht und sie sein Lächeln sieht. Seine Haltung, dieses Lächeln – sie ist überzeugt, dass er mit Helen telefoniert. Mitten auf der Vernissage seiner Frau; der Kerl hat Nerven, denkt sie und schiebt sich weiter. Andreas stellt ihr einen Berufskollegen vor. Während sie mit halbem Ohr das Gespräch verfolgt, kommt Silvia auf sie zu. Jetta berührt sie am Arm.

»Wunderschön, deine Ausstellung! Und so viele Leute!«

Silvias Wangen sind gerötet, sie strahlt. Nie habe sie mit so vielen Besuchern gerechnet; drei Bilder seien schon verkauft. Sie lacht vergnügt und winkt über die Köpfe hinweg einem Bekannten zu. Jetta möchte wissen, ob sie eng mit dem Bildhauer zusammenarbeitet.

»Serge ist ein alter Freund von uns, er wohnt im Kanton Jura«, beginnt Silvia und wird von Bruno unterbrochen.

»Silvia, Liebes.« Er legt die Hand auf ihren Oberarm.

Silvia dreht sich um und schaut ihn an ohne zu lächeln. »Hier bist du. Ich habe dich während Claudios Ansprache nirgends gesehen. Warst du dabei?«

»Natürlich, jedes Wort habe ich gehört, er hat das sehr gut gemacht.« Bruno räuspert sich. »Silvia, es tut mir sehr, sehr leid, aber ich muss dringend weg.«

Silvias Augen werden gross, ihr Mund öffnet sich. In Jettas Bauch erstarrt etwas zu einem Stein.

»Albert hat angerufen. Der Amerikaner, der die Überbauung im Schönberg anschauen will, hat nur jetzt Zeit. Da muss ich hin, so leid es mir tut. Das kann niemand sonst übernehmen.«

Silvias Gesicht wird blass. Jettas Hände verkrampfen sich ineinander. Bruno lügt, dieser Mistkerl lügt seiner Frau knallhart ins Gesicht und wird nicht einmal rot dabei. Sie bringt es nicht länger fertig ihn anzuschauen.

»Das kannst du mir, und vor allem Serge, nicht antun. Der Ami soll warten. Oder auch herkommen. Ja, sag ihm, er soll herkommen, und nachher gehen wir ins ›Verdi‹ zum Abendessen, und ihr zum Schönberg.«

Silvias Stimme ist ruhig und bestimmt, sie scheint Gefallen an der Idee zu finden, den Amerikaner in die Ausstellung zu holen. Bruno verzieht keine Miene.

»Das wäre toll, aber leider unmöglich, er hat einen viel zu engen Zeitplan. Ich werde versuchen, später ins ›Verdi‹ zu kommen. Kannst du mich bei Serge entschuldigen?«

Silvias Wangen haben sich gerötet, jetzt ist sie wütend. Sie will etwas sagen, presst die Lippen zusammen, öffnet sie wieder.

»Deine Prioritäten sind je länger je mehr eine Zumutung«, mehr bringt sie nicht heraus. Sie dreht sich zu Jetta und lässt Bruno stehen. Er hebt die Achseln, nickt Jetta zu und schlängelt sich durch die Leute zum Ausgang. Silvia presst die Lippen zusammen.

»Immer kommt die Arbeit zuerst, immer. Manchmal macht mich das unglaublich sauer«, sagte sie nach einer Weile gepresst. Vor Empörung wagt Jetta kein Wort zu sagen. Sie nickt bloss und drückt Silvias Arm. Dieser Mistkerl, dieser Lügner, denkt sie, dieser infame Lügner. Der Stein in ihrem Bauch wird zur glühenden Kugel. Sie darf sich nichts anmerken lassen. Silvia bewegt den Oberkörper, als ob sie die letzten Minuten von sich abschütteln wollte, ihr Lächeln wirkt angestrengt. Sie entschuldigt sich bei Jetta und begrüsst ein Ehepaar, das neben ihr stehengeblieben ist.

Auf der Heimfahrt im Tram ist Jetta einsilbig, dafür reden die Kinder pausenlos. Die Vernissage sei lässig gewesen, abgesehen von der tranigen Musik, und nein, von den Bildern hätten sie kein einziges wirklich angeschaut. »Hätte man das müssen?«, fragt Nicole und schwärmt ein bisschen von Felix. Der sei komisch und sage seltsame Sachen, dass Bilder einen Klang hätten und nach etwas schmeckten, nach Essig oder nach Erde. Und dass nur intelligente Frauen graue Augen hätten.

»Der ist doch in dich verknallt«, spottet Leo. Nicole streckt ihm die Zunge heraus, er solle keinen Blödsinn von sich geben. Leo sagt, er wolle wieder eine Katze haben, auch wenn nie wieder eine so lieb wie Machfus sein werde. Ob Andreas gewusst habe, dass Katzen Kartoffelchips und Salzstängel ässen? Nein, gibt Andreas zurück, aber ob Leo wisse, dass heute Abend eine getigerte Katze mit Bauchweh herumlaufe? Leo lacht, dann müsse sie eben Katzengras fressen. Andreas erzählt Jetta, nach einigem Suchen habe er eine Preisliste gefunden; was sie glaube, wie viel die ›Dämmerung‹ koste. Jetta sagt dreitausend, um überhaupt etwas

zu sagen, und Andreas nickt: »Nicht schlecht, dreieinhalb.«
Leo reisst die Augen auf.

Jetta überlegt, ob sie Andreas fragen soll, was er von Brunos plötzlichem Abgang hält. Dann lässt sie es bleiben; ihre noch immer lodernde Empörung könnte sie nur schlecht verbergen.

6

Das Schwierigste ist, dass sie mit niemandem und am wenigsten mit Andreas darüber sprechen darf. Bestimmt ist ihm gar nicht aufgefallen, dass Bruno die Vernissage vorzeitig verlassen hat. Oder wenn, hat er sich keine Gedanken darüber gemacht. Jetta tut sich schwer mit der Abgeklärtheit ihres Mannes dem Tun und Lassen seiner Mitmenschen gegenüber und sie fragt sich, ob diese Haltung nicht eher mit Desinteresse zu tun hat als mit moralischer Grosszügigkeit, wie er behauptet. Genauso wie es ihn nicht wirklich kümmert, wenn Leo stundenlang am Computer spielt, scheint es ihm unerheblich, wenn ein Mann nach aussen den perfekten Partner und Vater gibt aber sich im Verborgenen eine Geliebte hält. Ob etwas gut oder schlecht sei, darüber habe er nicht zu befinden. Entscheidend sei, was die Beteiligten aus der Situation machten. Schön, aber was, wenn einige Beteiligte nichts davon wissen? Auf diese Frage hätte Jetta jetzt gerne von ihm eine Antwort.

Zunehmend empfindet sie ihr Schweigen als Käfig, darin hockt sie, ein Spielball ihrer Gedanken, die Gesehenes, Vermutetes, Erinnertes und Phantasiertes wild vermengen. Es nützt nichts, dass sie das Gedankentheater idiotisch und nutzlos findet. Dauernd erfindet sie neue Szenen mit Bruno und Helen. Ihr Gehirn wird zur Bühne für die beiden, ein Auftritt jagt den nächsten. Helen erscheint, Verführerin im

Schlangengewand. Lasziv lehnt sie an einem Baum, Bruno tritt auf, zerrt ihr Kleid nach unten, küsst ihre Brüste. Helen spreizt die Beine, wirft lachend den Kopf in den Nacken. Und alles beginnt wieder von vorne, womöglich noch greller und kitschig wie im Kino.

Wenn sie an Silvias Ahnungslosigkeit denkt, wächst Jettas Empörung. Wie ist es möglich, dass Bruno und Helen so leichtes Spiel haben? Unfair ist es, entwürdigend. Unerträglich. Gelegentlich streift sie die Ahnung, das Gefühlsgelände, durch das sie taumelt, könnte unbekannte Abgründe bergen. Doch ist sie nicht bereit, dieses Terrain zu ergründen.

Eine Woche nach der Vernissage schneidet Jetta rote und gelbe Peperoni in dünne Streifen, während das Gedankentheater wieder einmal in ihrem Kopf spielt. Unangekündigt wie ein Meteor schlägt es auf der Bühne ein: Dies muss ein Ende nehmen. Silvia muss es erfahren.

Bewegungslos starrt sie auf das Gemüse. Wie soll das gehen? Andreas würde Silvia nie etwas verraten und Bruno tut bestimmt alles, um sein Geheimnis zu bewahren. Sie kann Silvia nicht einfach anrufen und sagen, du hör mal, Silvia, dein Bruno betrügt dich. Jetta schluckt, schneidet weiter, verteilt Tomatenstücke auf den Mozzarellascheiben und streut die Peperonistreifen darüber. Schriftlich? Anonym? Mit einem anonymen Brief? Sie könnte Silvia einen anonymen Brief schreiben.

Ein Stück Peperoni fällt zu Boden, Jetta bückt sich. Darf sie das? Erfährt Silvia nicht ohnehin von Brunos Affäre? Vielleicht ahnt sie schon etwas, kombiniert Brunos häufige Abwesenheiten mit seinem neuen Aussehen. Sie streut Oregano über die Pizza und entkorkt die Flasche mit dem gewürzten Olivenöl. Ein Lieblingswort Gesines kommt ihr in den Sinn: Empowerment. Dauernd gebraucht Gesine dieses Wort, immer in Zusammenhang mit Frauen und immer stemmt sie dabei die Arme in die Hüften. Frauen müssten ermächtigt werden, dieses und jenes zu tun oder nicht zu tun, ihre Bedürfnisse zu äussern, sich zu wehren, sich zu behaupten. In solchen Dingen ist Gesine unmissverständlich, beinahe missionarisch. Jetta schiebt das Blech in den Backofen. Wäre das Wissen um des Partners Untreue Empowerment? Sie nimmt vier Teller aus dem Schrank, zieht die Besteckschublade heraus.

Leo stürmt in die Küche. Mit seinen dünnen Armen umfasst er Jetta, drückt das Kinn in ihren Rücken und lässt sie wieder los.

»Gibt es Pizza? Ich habe Hunger!«

Froh um Leos Nähe und die Ablenkung reicht sie ihm Teller und Besteck.

»Würdest du bitte den Tisch decken?«

Auch wenn sie sich während des Essens einredet, die Idee sei wieder begraben, malt sich Jetta erste Einzelheiten aus. Später sehen Andreas und Leo den Fernsehkrimi, sie sitzt daneben und blättert durch die Sonntagszeitung. Ihre Gedanken streunen in eine andere Richtung, weg von den Wirtschaftsnachrichten und dem bärtigen TV-Kommissar auf der Rheinbrücke. Ein weisses Blatt. Allerweltsschrift, Arial oder Times New Roman. Laserdrucker. Ein neutrales Kuvert, Klebeverschluss. Die Adresse auf eine Klebeetikette gedruckt. Eine Briefmarke. Natürlich kein Absender. Und der Text? An diesem Punkt bricht ihr Gedankengang ab. Der Polizeitaucher lässt sich rückwärts vom Boot ins Wasser fallen, ohne den kleinsten Spritzer. Sie hat nichts entschieden. Sie würde das eh nicht wagen. Nie. Idiotisch, ein gefährliches Experiment mit ungewissem Ausgang. Wagen? Hat es etwas mit wagen zu tun? Ist es feige, es nicht zu tun? Der Taucher erscheint an der Oberfläche, zieht etwas Dunkles ans Ufer. Eine Hand voll Neugieriger drängelt an der Absperrung, gafft.

Nachts schläft Jetta schlecht, nichts Ungewöhnliches. Im Traum läuft sie durch eine unbekannte Stadt, durch Strassen, die ständig Breite und Richtung verändern. Sie schleppt ein glitschiges Bündel, es gleitet ihr vom Rücken, will aus ihren Händen rutschen, doch darf sie es auf keinen Fall verlieren. Wieder und wieder bückt sie sich, fasst das schlüpfrige Paket und zerrt es weiter. Sie versucht schneller zu gehen, doch ihre Füsse stecken in einer klebrigen Masse und sind so schwer, dass sie sie kaum zu heben vermag.

Sie erwacht schweissnass. Sofort bohrt sich der Brief in ihre Gedanken, wie ein lästiges Insekt, das sich nicht verscheuchen lässt. Sie wälzt sich auf den Bauch und schiebt die Hände unter die Hüftknochen. Viel später schläft sie wieder ein.

Der Montag ist ein Bürotag. Im Betrieb herrscht dicke Luft. Gesine hat Christiane vor den Kolleginnen getadelt, weil sie mit den Sitzungsprotokollen im Verzug ist; die Kunden hätten sich beschwert. Jetzt sitzt Christiane beleidigt hinter dem Bildschirm und kultiviert ihre Verstimmung. Beim Kaffee erkundigt sich Gesine diskret, ob Jetta sich nicht wohlfühle; in letzter Zeit mache sie einen etwas hohläugigen Eindruck. Jetta schüttelt den Kopf. Sie erwähnt die Schlafprobleme und Nicole, die ihr das Leben momentan nicht einfach mache.

»Ach diese Teenager! Du bist nicht zu beneiden«, meint die Chefin und tätschelt Jettas Arm.

Mitte des Nachmittags wird es ruhiger. Christiane und Gesine leiten auswärts Sitzungen, Dieter ist auf eine Baustelle gefahren, Rahel hat das Kaffeegeschirr abgewaschen, die Post eingepackt und sich verabschiedet. Das Telefon klingelt selten und wenn, sind es Routineanfragen. Jetta unterschreibt den Begleitbrief zu einer Liegenschaftsdokumentation, steckt alles in einen Umschlag und legt ihn ins Fach zur ausgehenden Post. Noch eine Stunde bis zum Büroschluss, alles Dringende ist erledigt.

Ohne nachzudenken öffnet sie ein leeres Dokument, wählt Arial, Schriftgrösse 12. Lange sitzt sie da, die Hände auf der Tastatur. Sie starrt auf den Bildschirm, formuliert in Gedanken, verwirft es wieder. Schliesslich schreibt sie einen Satz ins obere Drittel der Seite, ersetzt ein Wort durch ein anderes, verändert ein Satzzeichen, liest das Geschriebene durch. Sie klickt auf Drucken. Der Drucker summt, spuckt die Seite aus. Kein Tippfehler, alles korrekt und unauffällig. Sie löscht das Dokument, tippt Silvias Namen und Adresse in die Etikettenvorlage, bedruckt einen Adressaufkleber, klebt die Etikette auf ein weisses Kuvert und löscht die Anschrift aus der Vorlage. Bevor sie den Ausdruck zusammenfaltet und in den Umschlag steckt, liest sie den Satz noch einmal: Ihr Mann hat eine Geliebte, Boutique Marion, Gerechtigkeitsgasse. Auf den Umschlag klebt sie eine B-Post-Marke.

Jetta löscht das Licht, sperrt ab und verlässt das Büro. Gleich um die Ecke hängt ein Briefkasten. Langsam geht sie näher, die Tasche über der Schulter, den Brief in der Hand; geistesabwesend, wie von einer fremden Hand geführt. In der Sekunde, in der sich der Brief aus ihren Fingern löst und sie gleich darauf den leisen Aufprall im Kasten hört, ist es Jetta, als springe sie ins Leere, mit verbundenen Augen und in eine unbestimmte Tiefe. Sie landet auf den Füssen und läuft weiter, ohne einen Gedanken daran, ob und wie sich die Landschaft um sie herum verändert hat. Was sie zum Springen verleitet hat, weiss sie nicht, will sie nicht wissen.

7

Das Offensichtliche liegt nahe wie eure Hand, euer Bett, euer Stuhl – gleich daneben. Und dennoch packt ihr es nicht. Ihr steht am Fenster, glotzt auf die andere Strassenseite, hinter die Stadt, über den nächsten Hügel, auf die andere Seite der Grenze, glaubt es dort zu finden. Ihr rennt hinaus, hockt ins Auto, schmeisst euch aufs Motorrad, drückt aufs Gas, schiesst hinaus in die Nacht, keucht um die halbe Welt. Und findet nichts.

Du hörst dich lachen, das Lachen bleibt in deiner Kehle stecken. Die Illusion, dass du es besser machst, hast du abgestreift wie eine tote Haut. Du wirst wie sie. Bist auf dem besten Weg dazu. Du wirst wie dein Erzeuger, der Getriebene, der sich kaum mehr blicken lässt vor lauter Getriebensein.

Manchmal, selten, glaubst du eine Spur zu sehen. Sie leuchtet auf, wenige Sekunden, eine phosphoreszierende Schlange, die sich vor deinen Füssen windet, weg ins Dunkel und zu den Felsblöcken, die vielleicht zusammenschlagen wie Skylla und Charybdis, dich zu Pulp zerquetschen. Du schliesst die Augen, starrst durch geschlossene Lider auf das Blau, tust einen halben Schritt, und bleibst wo du bist. Starr, furchtsam. Gefangen in deinem bequemen Leben. Angst? Angst wovor? Die Phosphorschlange erlischt – lacht sie dabei?

Sieh bloss deine Hände an. Milchweiss, durchsichtig. Viel zu zart zum Zupacken. Computerhände, Handyhände, Schülerhände, Bücherhände, Schreibhände.

Sie sollten anders sein. Entscheidungshände, Bauhände, Tathände, Protesthände.

Zärtlichkeitshände.

Lass mich in Ruhe mit Zärtlichkeit, du Idiot.

Heute hast du eine Geschichte gehört, genau, über das Naheliegende, das einer tun müsste und nicht tut. Bloss dumm, irrational handelt. Aus Selbstüberschätzung und Machtwahn. Und damit die Zukunft unzähliger Generationen versaut. Solches passiert pausenlos, quer durch die Weltgeschichte. Saurer erzählte die Story in der Geschichtsstunde, ihr habt über den Nahostkonflikt diskutiert. Aus dem Alten Testament (tatsächlich!), und längst zu Staub zerfallen. Dennoch, daraus sind Jahrhunderte und Schicksale hervorgewachsen, gedüngt mit Torheit und Engstirnigkeit, wirksam bis heute. Vielleicht der Beginn von allem, was heute im Nahen Osten geschieht, hat Saurer gesagt.

930 vor Chr., Rehabeam, Sohn des Salomon, König über zwölf Stämme Israels. Seine Berater beschwören ihn, den Menschen weniger Fronarbeit aufzuzwingen und mehr Freiheit zu gönnen. Es würde ihm die Zuneigung und Treue seiner Untertanen sichern, seine Position stärken, sagen sie. Wäre naheliegend, oder? Doch nein, Rehabeam tut das Gegenteil. Er geilt sich an seiner Macht auf und unterdrückt die Leute noch stärker als sein Vater. Ohne Notwendigkeit, aus einer Laune heraus. Und weil er auf die Falschen setzt. Gegen seine eigentlichen Interessen, entgegen dem simplen Verstand. Aus Torheit, schreibt Barbara Tuchman in ihrem Buch über törichte Machthaber. Später wundert sich Rehabeam, dass die Menschen rebellieren. Dass Aufstände und Krieg statt allgemeines Wohlergehen die Folge sind, dass sich zehn Stämme loslösen und das Reich Salomons in zwei Teile zerfällt. Geschwächt kann es sich nicht mehr gegen Angriffe von aussen wehren. Fremdherrschaft, Exil und Bürgerkriege sind die Folge. Die Bewohner fliehen, zerstreuen sich in ferne Länder, in die Diaspora. Die Konsequenzen wirken, durch die Jahrhunderte bis ins Mittelalter und in die Gegenwart, bis zu Judenverfolgung, Ghetto und Massenmord. Hätte Rehabeam das Richtige getan, wäre vielleicht der Holocaust nicht geschehen. Und der Nahe Osten ein friedlicher Ort.

Spekulation? Wunschtraum? Wie sähe Südamerika heute aus, wenn sich Montezuma die Verblendung, die Spanier seien Abgesandte der Götter, hätte ausreden lassen? Und in welchem Europa würdest du leben, wenn Franz Ferdinand 1914 auf seine Fahrt durch Sarajewo verzichtet oder jemand dem Serben Gavrilo Princip rechtzeitig den Revolver aus der Hand geschlagen hätte? In einem Europa ohne zwei Weltkriege auf dem Rücken? Die Geschichte, ein Strom von

Ursache und Wirkung und Ursache und Wirkung, der nie abreisst, sagt Saurer. Mit allen Folgen.

Wahnsinn. Du hast plötzlich gefroren, als dir das klar wurde. Wo bleibt dabei der lernfähige Mensch? Zum Glück schlug der Gong und du konntest ins Physikzimmer hinauf. Bei Adi Müllers Teilchen-Wechselwirkungen ist dir die Lust vergangen, weiter darüber nachzudenken.

8

Andreas ist zu einem Kongress gefahren, Nicole hockt mit hennaroten Haaren vor dem Fernseher. Später findet Jetta die Spuren der Färbeaktion auf einem Frottiertuch. Beim Abendessen spottet Leo, Nicole sehe aus wie Pippi Langstrumpf, bloss die Zöpfe fehlten und die Ringelstrümpfe. Seine Schwester zieht während des ganzen Essens den Rotz hoch und übergeht die Bemerkung. Der Farbton stehe ihr ganz gut, meint Jetta beschwichtigend, insgeheim erleichtert, dass Nicole nichts Schlimmeres mit den Haaren gemacht hat – sie kurz gesäbelt oder eine Kopfhälfte kahlrasiert –, wie der Punk aus der Nachbarschaft. Sie beschliesst, das Hochziehen zu überhören.

Den nächsten Arbeitstag verbringt Jetta ausserhalb des Büros. Am Vormittag steht ein Besichtigungstermin in einer Dachwohnung an. Junge Paare und Familien schlurfen in Filzpantoffeln über das Parkett und wundern sich halblaut über den hohen Mietzins. Jetta beantwortet Fragen und notiert Namen von Interessierten. Mittags begleitet sie ein Ehepaar durch den Rohbau im Schönberg. Sie steigen über Bauschutt und Erdhaufen zur Gerüsttreppe, klettern zum ersten Stock hoch. Jetta registriert, dass sie nervös ist. Trotz der Mittagszeit treffen sie Handwerker und Bauleute an; sie befürchtet, Bruno zu begegnen.

Unterwegs zu einer Wohnung, um die Spuren eines Küchenbrandes zu dokumentieren, isst sie beim Take-away einen Griechischen Salat und ein Brötchen. Der Termin danach ist eine Eigentümerversammlung. Halb freiwillig hat Jetta anstelle von Christiane die Leitung übernommen. Beim Bau wurde gepfuscht, Nachbesserungen sind nötig und den Wohnungsbesitzern ist es egal, dass Jettas Firma für die Verwaltung und nicht für den Bau verantwortlich ist. Lautstark lassen sie ihren Ärger über die Mängel an ihr aus; der Architekt hockt stumm daneben. Jetta bemüht sich, die Fassung zu bewahren. Sie arbeitet die Traktandenliste durch, der Architekt, in die Enge getrieben, verspricht eine Frist für die dringendsten Reparaturen einzuhalten. Alles werde genau protokolliert, versichert Jetta den Eigentümern. Am Ende packt sie die Tasche und verlässt rasch den Versammlungsraum. Die üble Stimmung hat ihr zugesetzt, sie fühlt sich ausgelaugt und ist wütend auf den Architekten, der für nichts geradestehen wollte.

Am liebsten würde sie jetzt nach Hause fahren, etwas kochen und Andreas zuhören, was er über den Kongress berichtet. Doch Gesine hat die Belegschaft zur Feier ihres fünfzigsten Geburtstags zu einem Apéro eingeladen. Die Fahrt dorthin beruhigt Jetta kein bisschen. Es brodelt in ihr, bis sie merkt, dass sie ausser auf den Architekten auch auf Christiane wütend ist. Und auf sich selbst. Wie kommt es, dass die schwierigen Fälle immer an ihr hängen bleiben? Christiane stöhnte heute früh etwas von Kopfweh und blickte Jetta flehend an. Und schon willigte sie ein, eine Sitzung zu übernehmen, von der die Kollegin genau wusste, wie unangenehm sie sein würde. Ist sie bescheuert, sich einfach ausnutzen zu lassen, anstatt Christiane eine Kopfwehtablette anzubieten und im Büro zu bleiben? Zu Hause läuft es ja ähnlich ab. Dauernd steht sie im Erziehungssperrfeuer, während Andreas entspannt auf die gesunde Natur der Kinder vertraut. Irgendetwas macht sie falsch. Wie zur

Bestätigung heult der Motor auf, als sie vom zweiten in den dritten Gang schaltet. Sogleich drehen draussen zwei Männer die Köpfe und grinsen sie an.

Die Belegschaft steht mit Champagnergläsern auf der Restaurantterrasse am Fluss, als Jetta als Letzte dazukommt. Gesine trägt ein grünes Kleid, das ihren Busen betont; an ihrer Seite Steff, ihr aktueller Partner, mit einer Krawatte aus derselben Seide wie das Kleid. Gesine drückt Jetta ein Glas in die Hand, alle stossen mit der Chefin an und wünschen ihr ein langes Leben. Evelyne ist für eine Stunde dem Mutterschaftsurlaub entflohen und nippt an einem Orangensaft. Sie könne es kaum erwarten, wieder mit der Arbeit anzufangen. Den ganzen Tag allein mit dem Kleinen, da falle ihr manchmal die Decke auf den Kopf. Das Kind schreie viel und ihr Mann könne nicht mal Windeln wechseln, geschweige denn das Baby einen Tag lang allein hüten. Jetta streichelt Evelynes Oberarm und ist erleichtert, dass zumindest solche Zeiten für sie vorbei sind.

Der Champagner steigt ihr in den Kopf. Der Groll auf Christiane und den Architekten verflüchtigt sich, die Gedanken an die Versammlung gleiten von ihr ab wie ein loses Tuch. Sie fühlt sich nur noch angenehm müde. Ans Geländer gelehnt spricht sie mit Dieter über Ferienpläne, beide schauen dem Strömen des Flusses zu. Der Kollege plant ein Hausboot zu mieten. Während Jetta zuhört, überkommt sie die Lust, es ihm gleichzutun: in ein Boot zu steigen und davonzufahren, den Fluss hinunter und weiter, über stille Kanäle bis aufs Meer hinaus, weg vom täglichen Stress mit Nicole, weg von den Sorgen um Leo, weg vom Gefühl, dass Andreas und sie einander in wichtigen Dingen nicht verstehen, weg vom Druck, die Mutter zu besuchen, den Haushalt in Ordnung zu halten und die Arbeit jederzeit perfekt zu erledigen. Weg von allem. Wie Sam. Des Bruders Ausbruch aus der Beengtheit hat über den Bootsbau geführt. Bei den Schiffen scheint er sein Glück und seine Freiheit gefunden zu haben. Kähne, Wasser und die Sehnsucht nach Freiheit, was haben sie miteinander zu tun?

Gerade will sie Dieter fragen, was er darüber denkt, da bittet Gesine um Aufmerksamkeit. Sie dankt den Angestellten für die gute Arbeit, erwähnt neue Aufträge und kündigt an, zur Feier ihres Geburtstags eine Lehrstelle für Jugendliche zu schaffen. Alle applaudieren, Gesine strahlt. Später verabschieden sich die ersten. Als Jetta einfällt, dass sie mit Dieter über Boote und Freiheitsgefühle sprechen wollte, ist er bereits gegangen. Sie umarmt Gesine, winkt den Übriggebliebenen zu und verlässt das Lokal.

Unterwegs fällt ihr der Brief ein. Manchmal gehen Briefe verloren. Vielleicht kommt er nie bei Silvia an. Hat sie ihn überhaupt eingeworfen? Gut möglich, dass sie das nur geplant, aber dann doch nicht getan hat. So etwas zu tun passt nicht zu ihr. So verrückt ist sie doch gar nicht. Sie bremst ab, weil ein Mann mit seinem Hund die Strasse überquert. Beim Weiterfahren sieht sie, wie das Tier hinkauert. Der Mann ist neben dem Hund stehen geblieben, ein Plastiksäckchen in der Hand. Braune Ködel plumpsen auf den Asphalt.

9

Pinkfarbene jagen hinter schwefelgelben Boliden her, eine Stichflamme schiesst hoch, qualmender Rauch überall, bis alles mit einem lauten »Whammm« explodiert.

»Mein Rennstall verbrennt!« Leo ist nur noch Augen und eine Hand, die wild mit der Maus herumfährt.

»Schluss jetzt, eine Stunde ist vorbei.«

Jetta steigt über Fussballsocken, Tischtennisschläger und einen Haufen zerfledderter Comics und legt die Hand auf Leos Nacken. Es ist später Nachmittag, der Junge seit mehr als einer Stunde zuhause. In der Küche füllte er sich ein

Glas mit Milch, strich Butter und Honig auf Brotscheiben und verschwand in seinem Zimmer. Wenig später drangen Motorenlärm und Explosionsgeräusche durch den Türspalt, ab und zu ein Freudenschrei. Jetta versuchte sich auf ein Protokoll zu konzentrieren, bis die Zeit um war.

Widerwillig fährt Leo den Rechner herunter, bückt sich nach dem Rucksack mit den Schulbüchern.

»Zeig mir mal dein Matheheft. Wie ist die letzte Prüfung ausgefallen?«

Leo blättert zur letzten Probe.

»Ich war genügend, das ist die Hauptsache.«

Jetta sieht die Note, eine rote Vier unter einer wirren Doppelseite voller Zahlen, Formeln, Pfeile und viel Durchgestrichenem. In der vorletzten Prüfung hatte er eine Drei geschrieben, eine davor eine Dreieinhalb. Sie setzt sich auf den Bettrand und sucht Leos Blick.

»Mit Dreiern und Vierern kommst du nie auf einen grünen Zweig, das ist dir auch klar, oder? Was könntest du denn tun, damit deine Noten besser werden?«

Unten schlägt die Wohnungstüre ins Schloss.

»Mam?« ruft Nicole in die Wohnung.

»Ich bin oben! Also, Leo.«

Der Junge dreht sich im Bürostuhl von einer Seite auf die andere und grinst Jetta entwaffnend an.

»Wahrscheinlich müsste ich mehr lernen. Aber Mathe ist nicht mein Ding. Viel zu langweilig.« Mit den Füssen schiebt er sich nach hinten, bis der Stuhl gegen den Schreibtisch knallt.

»Mathe ist nicht dein Ding, Deutsch auch nicht, Französisch und Geschichte nur knapp. Was interessiert dich denn wirklich, ausser Turnen und Fussball?«

Nicole springt die Treppe hoch, steht in der Türe. Sie sieht aus wie eine reife Frucht kurz vor dem Zerplatzen.

»Mam, kann Melanie heute bei uns schlafen? Bei ihr daheim ist Riesenzoff, ihre Mutter dreht durch.«

Jettas Magen zieht sich zusammen. Ein paar Augenblicke starrt sie Nicole wortlos an, ihre Gedanken überschlagen sich. Silvia dreht durch. Die kühle, beherrschte Silvia? Sie versucht unbefangen zu scheinen.

»Was heisst, sie dreht durch?«

»Sie wirft Geschirr auf den Boden, Vasen, Bücher, solche Sachen. Melanies Père hat sie ein Fotoalbum ins Gesicht geschmissen. Jetzt schreien sie einander nur noch an. Voll krass ist das, nicht zum Aushalten, sagt Mel.«

»Warum denn?« hört sich Jetta fragen. Nicoles Wangen glühen.

»Etwas wegen einer Frau, Mel weiss es auch nicht. Ihre Eltern finden es unnötig, sie zu informieren. Die schreien lieber herum. Also, darf sie hier übernachten? Bei mir auf einer Matratze?«

Natürlich darf Melanie bei ihnen übernachten, wenn das die Situation entspannen hilft. Jede Mutter einer Tochter mit Freundin in Not würde so entscheiden, denkt Jetta. Kaum hat sie genickt und ja gesagt, realisiert Jetta, wie sie mitten ins Drama hineingezogen wird. Doch sie hat keine Wahl, sie muss mitspielen. Nicole strahlt sie an, wie sie als Dreijährige unter dem Weihnachtsbaum gestrahlt hat, und verschwindet in ihrem Zimmer.

»Mel kommt zum Abendessen, okay?«, ruft sie wenig später und schleppt eine Matratze aus der Abstellkammer in ihr Zimmer. Jetta bringt ein schwaches »Ja, natürlich« hervor. Die Neuigkeit und Nicoles Aktivismus lähmen sie. Jeder Versuch, den Faden mit Leo wieder aufzunehmen, misslingt. Seit der Unterbrechung hat Leo auf einsilbig und störrisch geschaltet. Jetta gibt auf.

»Vielleicht bringt es etwas, wenn du am Abend mit Paps redest. Jetzt mach bitte die Aufgaben.« Rasch fährt sie mit der Hand durch Leos Haare, eine versöhnliche Berührung, die für beide wichtig ist.

Während Jetta Äpfel für den Kuchen schält, läutet es. Nicole rast die Treppe herunter, reisst die Wohnungstüre auf. Melanie ruft einen Gruss in die Küche. Von ihrer Schulter hängt eine riesige Umhängetasche, ein halber Seesack. Jetta fragt sich, was sie alles heranschleppt; es sieht nicht nach einer kurzfristigen Notlösung aus.

Um halb sieben kommt Andreas heim. Er küsst Jetta auf die Wange und schnuppert am Apfelkuchen, der auf der Küchenablage auskühlt. Es duftet nach Zimt.

»Melanie Beutler isst mit uns, sie übernachtet auch hier.« Beiläufig zu sprechen und gleichzeitig zu beobachten, wie Andreas reagiert, fällt Jetta schwer. »Offenbar ist bei Beutlers etwas passiert. Silvia drehe durch, behauptet sie.«

Andreas hat sich ein Stück Brot abgeschnitten und in den Mund geschoben. »Durchgedreht? Wie das?«, fragt er kauend.

»Ausgerastet. Melanie glaubt, wegen einer Frau.«

Jetta wickelt Käse aus dem Papier und legt die Stücke auf ein Brett. Aus den Augenwinkeln sieht sie, dass Andreas für einen Moment mit Kauen aufhört. Er sieht aus, als wolle er etwas sagen. Sie kann nicht anders, als sich weiter vorzuwagen.

»Kannst du dir vorstellen, dass Bruno eine Geliebte hat?«

Es klingt weniger naiv, als sie beabsichtigt hat. Andreas schluckt den Bissen Brot hinunter.

»Keine Ahnung. Alle möglichen Männer haben neben der Ehefrau eine Freundin. Warum nicht Bruno?« Er vermeidet es, Jetta anzuschauen und nimmt die Zeitung.

Wie er das sagt! Als ob es das Natürlichste der Welt wäre. Wie wenn auch er eine andere hätte. Mit hastigen Bewegungen setzt sie Teewasser auf, holt die Blechbüchse mit den Teeblättern aus dem Schrank, der Deckel fällt scheppernd zu Boden. Geht Andreas fremd? Wird sie es je über sich bringen, ihm diese Frage nicht bloss in Gedanken zu stellen? Und würde er die Wahrheit sagen?

Konkret könnte sie Andreas nichts vorwerfen. Er ist nicht

öfter abwesend, behandelt sie nicht gleichgültiger als früher. Sie schlafen zusammen, wenn auch nicht oft; meistens wenn einmal beide Kinder weg sind. Trotzdem wird Jetta ihre Zweifel nie los. Die Auseinandersetzungen wegen der Kinder entzweien sie, Entfremdung macht sich breit. Dazu regen sich alte Ängste, Andreas nicht zu genügen; nicht als Frau, und nicht als Geliebte. Vor lauter Bemühen, alles gut und richtig zu machen, findet sie fast nie zur eigenen Lust. Das unausgesprochene Wissen, keine ekstatische Liebhaberin zu sein, setzt ihr zu. Sie ist eben nicht wie Helen, wird es nie sein. Todsicher zöge Andreas eine Helen vor. So wie er Gerda vorgezogen hätte.

Warum sollte nicht auch bei ihm eine Helen anbeissen? Andreas sieht nicht zwar glamourös aus wie Bruno, aber er hat einen athletischen Körper und ist angenehm im Umgang. Jettas Freundinnen finden, mit seinen breiten Schultern und den tiefliegenden Augen wirke Andreas vertrauenswürdig; er sei geradezu die personifizierte Einladung zum Anlehnen. Ist die Stadt nicht voller anlehnungsbedürftiger Frauen? Andreas brauchte sich nur hinzustellen und ihnen der Reihe nach in die Augen zu sehen.

»Können wir essen? Soll ich die Kinder rufen?«

Das Brotmesser rutscht aus Jettas Hand. Andreas' Stimme hat geklungen, als wolle er eine abhanden gekommene Normalität wiederherstellen. Munter, und viel zu nett. Wortlos trägt sie Käse, Brot, Tee und den Apfelkuchen auf den Esstisch.

Melanie setzt sich neben Nicole, sie wirkt aufgekratzt. Das Haar hat sie zusammengedreht und hochgesteckt. Beim Sprechen wippt das Haarende wie ein Palmwedel am Hinterkopf. Die Mädchen kichern über einen Mitschüler, Leo säbelt die Käserinde weg und schaut Melanie neugierig an. Beim Anschneiden des Apfelkuchens ist Jetta auf einmal unsicher, ob sie das Thema Ehekrach vermeiden und nur von belanglosen Dingen reden soll.

Andreas verteilt Kuchenstücke, fragt, wer Schlagrahm wolle.

»Melanie, magst du erzählen, was bei euch vorgefallen ist?«, fügt er an, in einem Ton, der väterlich und kaum neugierig klingt. Jetta ist erleichtert, so locker hätte sie das nie herausgebracht. Melanies Finger spielen mit dem Serviettenring.

»Okay. Ich kam von der Schule heim, da war mein Père schon da. Was komisch war, sonst kommt er immer spät. Mami und er standen im Wohnzimmer und haben sich angeschrien. Also wirklich geschrien! Und in der Küche und auf dem Wohnzimmerparkett lagen überall Scherben, kaputte Teller und eine Vase, die Mami auf den Boden geschmissen hatte. Mami schrie etwas von einer Anderen, immer wieder, wie sie heisse und seit wann mein Père sie kenne. Als Mami mich sah, begann sie zu weinen und schrie, er sei ein Betrüger. Sie sah richtig schlimm aus, als sie das schrie, irgendwie gestört, ich hab sie fast nicht verstanden. Plötzlich dreht sie sich um, nimmt ein Fotoalbum aus dem Büchergestell und schleudert es gegen Pères Kopf. Ich bin in mein Zimmer gerannt und habe die Tür zugesperrt.«

»Und wie hat dein Vater reagiert?«

Melanies zur Schau getragene Munterkeit ist weg. Bei Andreas' Frage hält sie inne, fixiert mit den Augen ihren Teller.

»Irgendwie komisch. Er wehrte sich gar nicht. Er sagte immer nur jetzt beruhige dich, jetzt komm doch mal runter, solche Sachen. Er wusste überhaupt nicht, was er machen sollte.«

Leo atmet hörbar aus, ein paar Sekunden ist es vollkommen still. Melanies Haarwedel zittert.

»Dann hab ich nichts mehr gehört. Nach einer Weile bin ich hinuntergegangen und habe gefragt, was eigentlich los sei. Mein Père war dabei, die Scherben zusammen zu wischen; Mami sass auf dem Sofa und weinte. Dann begann es von neuem, Mami schrie, er solle zum Teufel gehen, sie wolle ihn nie mehr sehen. Ich fragte meinen Père, ob es stimme, was Mami behauptet, und er sagte, Quatsch, sie sei bloss hysterisch. Aber ich habe ihm nicht geglaubt. Er hat mir die ganze Zeit nie in die Augen geschaut. Mami schrie, er sei ein Lügner und hat ihm die Sofakissen hinterher geworfen. Da habe ich Nicole angerufen.«

»Wissen deine Eltern, dass du bei uns bist?«, fragt Jetta. Melanie nickt.

»Auch Felix. Er kam nach Hause, gerade als ich wegging.«

Wieder sagt niemand etwas. Nicole hat eine Haarsträhne um den Zeigefinger gewickelt und zieht sie so straff, bis sich die Kopfhaut hebt. Leo langt nach einem Stück Apfelkuchen, schaufelt eine Haube aus Schlagrahm darüber. Die Stuhlbeine kratzen in der Stille, als Andreas auf dem Stuhl nach hinten rückt.

»Solche Dinge passieren, Melanie«, sagt er ruhig. »Und das ist für niemanden lustig, am wenigsten für euch Kinder. Aber öfter als man glaubt, renkt sich eine solche Situation wieder ein. Auch wenn es zuerst nicht danach aussieht.«

Der Fachmann spricht, denkt Jetta. Sie hätte kein Wort herausgebracht und ist froh, dass er das Schweigen aufgelöst hat. Obwohl sie nicht mit ihm einverstanden ist. Bestimmt leidet Silvia mehr als die Kinder. Für Melanie und Felix ist es ein schmerzhafter Stoss hinaus ins Erwachsensein. Für Silvia eine tiefe Demütigung, ein Vertrauensbruch bis ins Bodenlose. Jettas beginnt zu schwitzen. Was, wenn Silvia wirklich durchdreht, oder schlimmer, sich etwas antut? Der Brief war ein Fehler. Unverzeihlich, dumm, idiotisch. Sie versteckt ihr Erschrecken hinter der Teetasse und verwünscht den irrationalen Drang, Silvia die Augen zu öffnen. Was ist in sie gefahren, sich in die Angelegenheiten einer anderen Familie einzumischen? Das kann tausend unkontrollierbare Dinge auslösen. War sie vollkommen verrückt?

Auf einmal hat sie einen Kloss im Hals. Auch eine zweite

Tasse Tee und alles Räuspern lindern den Druck nicht. Jetta bekommt nichts mehr vom Tischgespräch mit. Das Klingeln des Telefons schreckt sie auf, und weil sie in der Nähe des Apparats sitzt, nimmt sie ab. Es ist Bruno Beutler. Ihr Herz stolpert.

»Entschuldige die Störung, aber kann ich kurz mit deinem Mann sprechen?« Brunos Stimme klingt knapp, dringlich. Ihre Antwort ist kaum zu verstehen, sie gibt Andreas den Hörer und vermeidet es ihn anzusehen. Andreas verschwindet im Arbeitszimmer.

Glücklicherweise finden die Mädchen rasch etwas, worüber sie wieder kichern können, auch wenn es nur der blaue Mascarasplitter ist, der auf Nicoles Nase klebt. Leo fegt mit dem Finger einen Klacks Schlagrahm vom Teller und leckt ihn ab.

»Wie lange bleibst du bei uns? Bis deine Eltern wieder Frieden machen?«, fragt er.

Melanie zieht die Nase kraus. »Das kann dauern, so wie es aussieht.« Ihre Bemerkung, vorsorglich habe sie genügend Unterhosen und den Plüschhasen eingepackt, bringt Leo zum Lachen. Zu dritt helfen sie beim Abräumen, bevor sie beschliessen, im Bastelraum eine Partie Tischfussball zu spielen. Kurze Zeit später dringen Gelächter und das Gekreische der Mädchen nach oben.

Brunos Anruf dauert. Jetta überlegt, ob sie lesen oder die Tagesschau sehen will. Sie entscheidet sich für die Tagesschau, sie verspricht mehr Ablenkung. Die Beiträge handeln von nicht deklarierten Vermögen reicher US-Amerikaner auf Schweizer Bankkonten, einem Lawinenunglück in Graubünden mit zwei Toten und vom abnehmenden Erfolg der liberalen Partei. Der Türkei-Korrespondent berichtet über Friedensaktivisten, die per Schiff Hilfsgüter von Istanbul in den Gazastreifen bringen wollen. Während der Sportnachrichten setzt sich Andreas zu ihr aufs Sofa. Er legt die Beine auf den Salontisch, greift nach der Fernbedienung. Schweigend sehen sie die Sendung zu Ende. Der Werbeblock beginnt, Andreas stellt auf stumm.

Jetta zieht die Beine auf den Sitz und umschlingt sie mit beiden Armen. Noch immer steckt der Kloss in ihrem Hals, hart wie ein Stück Rindsleder. Sie räuspert sich ein paar Mal und schaut Andreas an. »Was wollte Bruno?« Andreas hat die Frage bestimmt erwartet; hätte sie nicht gefragt, wäre ihm das aufgefallen. Bruno habe mit jemandem sprechen wollen, meint er ausweichend, er mache sich Sorgen wegen Silvia.

»Warum ruft er ausgerechnet dich an?«

Das ist der Prüfstein, weiss Jetta plötzlich mit einer Klarheit, die sie atemlos macht. Wenn Andreas ihr vertraut, legt er offen, dass er Brunos Therapeut ist. Sie macht es ihm so einfach. Es gibt keinen Grund, es ihr nicht zu sagen. Sie ist verschwiegen, das weiss er. Ein Schwindel packt sie, das Herz schlägt ihr bis zum Hals. Und danach wird sie den Brief an Silvia gestehen. Sie schluckt. Nein, nein. Doch. Diesen Mut muss sie aufbringen. Sie muss. Sie hört das Pochen ihres Pulses, so laut, dass auch Andreas ihn hören wird. Mit steif angewinkelten Armen sitzt er neben ihr. Sekunden vergehen, bis er mit den Schultern zuckt.

»Keine Ahnung. Ich bin ihm wohl einfach in den Sinn gekommen.«

Er stellt den Ton des Fernsehapparats laut, wechselt zu CNN und hört zu, wie Richard Quest den Gang der Weltwirtschaft erklärt.

Jetta sinkt zurück. Enttäuschung kriecht durch ihren Körper, bleibt liegen wie Blei. Andreas vertraut ihr nicht. Sie ist es nicht wert, dass er ein Berufsgeheimnis mit ihr teilt. Sie ist eben zweite Wahl, das wird sich nie ändern. Nie. Sie wiederholt den Gedanken, trotziger. Und ist gleichzeitig erleichtert, dass sie den Brief nicht gestehen muss. Oder soll sie es doch tun? Gerade aus Trotz Andreas alles erzählen, und dann seine Verlegenheit wegen der Notlüge auskosten? Ihre Gedanken drehen sich im Kreis. Je länger es dauert, umso mehr fühlt sie sich wie ein Ballon, aus dem jemand die Luft herausgelassen hat. Stumm hängt sie zwischen den Kissen, von weit her erreicht sie Richard Quests heisere Stimme. Heute früh hat sie sich vorgenommen, nach dem Abendessen ihre Mutter anzurufen. Nichts wäre ihr jetzt unmöglicher.

Sie zieht das angefangene Buch näher, öffnet es und versucht weiterzulesen. Andreas stellt den Ton leiser; trotzdem erreicht kein einziger zusammenhängender Satz ihr Gehirn. Buchstaben und Gedankenfetzen taumeln hinter ihren Augen. Dazu drückt ihr der Kloss den Hals zu. Sie gibt auf.

»Mir ist nicht gut, ich gehe schlafen. Kannst du dafür sorgen, dass die Kinder rechtzeitig ins Bett kommen? Und unbedingt musst du mit Leo über seine Noten reden. Wenn ich ihn ermahne, bringt es nichts.«

Andreas schaut Jetta an.

»Du siehst richtig mitgenommen aus. Was hast du? Du wirst doch nicht etwa krank?«

Er küsst sie neben das Ohr. Ohne den Kuss zu erwidern schleppt sich Jetta ins Schlafzimmer.

10

Die Enttäuschung brennt. Für eine Weile vertreibt sie das Nachdenken über Silvia und den Brief. Unerwartet ist eine alte Wunde in Jetta aufgebrochen. Andreas würde es nie zugeben, doch sie weiss es. Für ihn war sie nur die zweite Wahl. Zweite Wahl zu sein, damit kennt sie sich bestens aus. Schon als Teenager gehörte sie zu jenen, die nicht aufgefordert wurden, wenn die Musik einsetzte und die erste Wahl – gute Tänzer und schöne Mädchen – die Tanzfläche einnahm. Danach, wenn die Schüchternen, die mit Akne im Gesicht und jene ohne Rhythmusgefühl sich zum Auffordern entschlossen, dann war Jetta an der Reihe. Am Ende der Pubertät fand sie sich zwar nicht mehr so hässlich und dick wie früher, dafür aber gewöhnlich, alltäglich. Zweite Wahl eben; keine Frau, um die ein Mann kämpfen würde. Nach Frauen zweiter Wahl dreht sich kein Mann um. Sie angeln sich keine tollen Hechte, wie Bruno einer ist. Ein attraktiver Mann würde sich nie von einer Frau zweiter Wahl verführen lassen. Nur von einer wie Helen.

Gerda hiess Andreas' erste Wahl, eine aparte Baslerin mit wuchtigem Smash, der alle zujubelten, am lautesten Andreas, wenn sie sich am Netz in die Höhe schraubte und den Ball im Feld des Gegners versenkte. Dass Gerda ohne Jettas präzises Zuspiel gar nicht hätte punkten können, war unwichtig. Da konnte die Trainerin noch so sehr die Zuverlässigkeit der Zuspielerin rühmen – die Bewunderung galt der schönen Angriffsspielerin.

Andreas war Jetta sogleich aufgefallen. Seit sie achtzehn war, trainierte sie im lokalen Volleyballclub. Andreas war Angreifer im Männerteam, das zur gleichen Zeit in der anderen Turnhalle trainierte. Manchmal spielten sie gegeneinander, oder sie formten gemischte Teams. An Wettkämpfen feuerten sie sich gegenseitig von den Zuschauerrängen an. Andreas war nicht der Star seiner Mannschaft, dazu war sein Smash nicht immer hart genug. Aber sein athletischer Körper, seine braunen Augen und der dunkelblonde Wuschelkopf gefielen Jetta. Weil er an der Universität Psychologie studierte und als guter Kommunikator galt, wählte ihn seine Mannschaft zum Captain; in Jettas Augen eine besondere Auszeichnung. Andreas war nett zu ihr, wie zu allen Spielerinnen.

Rasch war allen klar, dass er sich in Gerda verguckt hatte. Im Café, wo die beiden Teams nach dem Training den Durst löschten, setzte er sich in Gerdas Nähe und bemühte sich um ihre Aufmerksamkeit. Sie schien geschmeichelt. Jetta, welche die beiden im Auge behielt, bekam nie den Eindruck, dass auch sie verliebt war. Sein Werben dauerte ein halbes Jahr. Dann sass Gerda während einem Meisterschaftsmatch der Männer auf der Tribüne, neben ihr ein Unbekannter, der den Arm um sie legte und sie vor allen Leuten küsste. Andreas schlug ins Netz, verspielte den Anschlag und verpatzte Zuspiele, bis ihn der Trainer auswechselte. Mit rotem Kopf sass er auf der Ersatzbank, starrte abwechselnd auf seine Füsse und zur Tribüne. Er tat Jetta leid, sie litt mit ihm unter der Demütigung. Gleichzeitig regten sich Freude und eine unsinnige Hoffnung in ihr.

Nach dem nächsten Trainingsspiel, bei dem Gerda gefehlt hatte, nahm sie all ihren Mut zusammen und ging zu Andreas, der gerade seine Sachen zusammenpackte, und kommentierte seine Angriffe am Netz.

»Wie schaffst du bloss diese Sprunghöhe? Und manchmal hast du links genauso präzis gesmasht wie rechts. Bist du Linkshänder?«

Andreas schaute Jetta an, als sehe er sie zum ersten Mal. Bevor sie die Garderoben aufsuchten, fragte Andreas, ob sie auch ins Café komme. »Natürlich, so wie immer«, gab sie zurück und erschrak, weil es spitzer klang als gewollt. Trotzdem sang sie leise unter der Dusche. In der Gaststätte verflog ihr Hochgefühl. Andreas sass neben ihr, aber er sprach fast nur mit den Teamkollegen.

Wochenlang kam er nicht mehr mit auf ein Bier. Jetta ahnte, dass er Gerdas Gegenwart nicht ertrug und ihr auswich. Dann fiel Gerda wegen einer Knieverletzung für längere Zeit aus. Im Trainingsmatch gegen die Männer rettete Jetta ein paar verloren geglaubte Bälle und ihr gelangen gute Ballabnahmen; auch deswegen ging die Partie an die Frauen. Jetta genoss die Aufmerksamkeit von allen Seiten, sie strahlte und fühlte sich gut. Beim Weg zur Busstation lief auf einmal Andreas neben ihr und fragte nach ihrem Heimweg. Bis zum Bahnhof fuhren sie im gleichen Bus. Er erkundigte sich nach ihrem Beruf und erzählte von seinem

Studium. Sie erfuhr, dass er als Austauschstudent in den USA gelebt hatte und dort gerne noch ein Praktikum machen würde. Beim Bahnhof begleitete er sie zum Tram und wartete, bis sie einstieg.

Aus Selbstschutz und Schüchternheit hielt sich Jetta zurück. Nach Gerdas Verletzungspause intensivierte Andreas seine Zeichen der Zuneigung, fasste Jetta vor den anderen manchmal um die Taille. Ihr war klar, dass er damit in erster Linie seiner früheren Flamme etwas beweisen wollte. Trotzdem genoss sie die Berührungen. Wochen später, nach einem Kinobesuch, küsste Andreas sie zum ersten Mal und sie küsste zurück, ungläubig zuerst, dann voller Seligkeit.

So begann ihre Beziehung. Kein fulminanter Start, aber immerhin ein Start, entschied Jetta, wie es einer Beziehung zweiter Wahl eben zukam. Drei Jahre gingen sie zusammen. Andreas machte sein Abschlussexamen und trat seine erste Stelle in einer psychiatrischen Klinik an. Sie bezogen eine kleine Wohnung. Auf ein Praktikum in den USA war Andreas die Lust vergangen. Ein Jahr später, beide waren 27 Jahre alt, heirateten sie.

11

Wie dich alles anwidert.

Du kommst heim, findest das Haus in Scherben. Geschrei im Salon, Bücher auf dem Boden statt in ordentlichen Reihen, die Lady in Tränen. Der Erzeuger, sonst kaum je zu sehen, hastet von der Küche in den Keller und vom Keller in die Küche. Luft wie Qualm, sie brennt in den Augen. Keiner sagt etwas. Die Schwester zieht mit Sack und Pack aus, nach einer halben Erklärung. Du glaubst es nicht. Nicht ihr. Ihn willst du hören. Warum fällt dem Erzeuger auf einmal das Sprechen schwer? Ihm, dem Wortgewandten, dem Dauersieger, der keine Zweifel kennt und weiss, wie die Gestirne rotieren und wo die Gezeiten fluten, wann der Dow Jones steigt und ob Renzo Piano oder Jean Nouvel das KKL gebaut und dass Ai Weiwei und nicht Damien Hirst die Kunstdekade dominiert? Der sich an euren Kinderaugen gelabt hat, die zu ihm aufschauten, und sich in Blicken sonnt, die zusehen, mit welcher Meisterschaft er Champagnerflaschen öffnet, einen Neubau einweiht oder der Lady in den Mantel hilft. Oder dir demonstriert, wie Mann den vollendeten Krawattenknopf schlingt, sollte die Gelegenheit eine Krawatte erfordern. Der Erzeuger, ein glattpolierter Spiegel. Immer schärfer hat er dir dein Ungenügen zurückgeworfen, hat deine Schwächen blossgestellt, bis du wegschautest, weil du es, weil du dich, nicht mehr ertragen hast.

Und jetzt: Er stammelt wie ein Clown, verheddert sich in Behauptungen, eine lächerlicher als die andere. Weil du darauf beharrst, gibt er es schliesslich zu. Eine andere Frau, ja. Kennst du sie? Das geht dich nichts an. Und was ist mit den Umarmungen, was mit seinen Händen, die noch gestern den Rücken der Lady massiert haben? Und was mit dem oft geäusserten Stolz auf ihre Malerei – alles leere Show? Hohles Theater? Du schreist jetzt, schreist ihn nieder, willst nicht mehr hören, was ihm zu deinen Fragen noch alles einfällt. Der Lack fällt von ihm ab in riesigen Schuppen, legt sich vor seine Füsse, er stelzt, knietief, durch die Fetzen seiner abgeblätterten Fassade und holt immer neue Phrasen hervor. Bis du es nicht mehr aushältst, dich in dein Zimmer sperrst und etwas zerstören musst. Deine Hände finden das Buch, das er dir zu Weihnachten geschenkt hat, sie reissen das Cover weg und den Buchrücken aus Leinen, die Fadenbindung zerrst du auseinander, zerfledderst die Seiten, bis die Blätter auf dem Boden liegen, ein Meer aus bedrucktem Papier. Solange deine Finger noch Kraft und Wut spüren, reisst du jetzt die Seiten in Streifen. Reisst, reisst. Du watest im Papier, wie der Erzeuger durch den Lack.

Schnipsel, Trümmer, Schutt. Shit.

Und die Lady? Sitzt da mit blassem Gesicht, tigert auf und ab, isst nichts, simmert in ihrer Wut, die Augen gerötet vom Weinen, von Schlaflosigkeit. Deinen Impuls zu trösten blockst du ab. Nicht dein Job. Sie tut dir leid, ja ja, aber ihr lebt schon lange auf verschiedenen Planeten, und jetzt erst recht –

– auch wenn du beim Vorübergehen innehalten, ihre Hand fassen und an deine Wange legen möchtest. Ihre Sache ist ihre Sache. Du kümmerst dich um dich. Du lässt dich nicht in den Strudel ziehen.

Elender Strudel, aus Mitgefühl, Solidarität. Und aus Verachtung.

Fernhalten. Abschotten.

Sonst ertrinkst du.

12

»Lies mal diese Katzengeschichte, vielleicht heitert sie dich auf.«

Christiane legt die Gratiszeitung auf Jettas Schreibtisch. Jetta quittiert die Zuwendung mit einem Kopfnicken und tut zunächst nichts. Sie fühlt sich miserabel. Nach unruhigen Träumen ist sie heute mit Kopfweh aufgewacht, brachte ausser einer Tasse Tee zum Frühstück nichts hinunter. Auch nach einer Schmerztablette hat das Hämmern im Kopf kaum nachgelassen. Der Kloss hockt in der Kehle und zwingt sie andauernd zu schlucken. Bloss aus Pflichtgefühl ist sie ins Büro gefahren.

Sie hat Christiane gebeten, für heute alle eingehenden Anrufe zu übernehmen. Als die Kollegin Jettas Gesicht sah, willigte sie ein. »Du wirst doch nicht krank?«, meinte sie besorgt und ohne den schnippischen Unterton, den sie in letzter Zeit häufig anschlägt. Genau die gleiche Frage hatte ihr Andreas vor wenigen Tagen gestellt. Dass ihr ihre innere Verfassung so deutlich anzusehen ist, irritiert Jetta. Nie hat sie zu denen gehört, die wegen nichts gleich zusammenklappen, unpässlich oder arbeitsunfähig werden. Etwas zu heftig sagt sie deshalb zu Christiane: »Nein, Unsinn«, versucht zu lächeln und wendet sich wieder der Dokumentation zu. Durch die Konzentration aufs Schreiben ist der Kopfschmerz am ehesten zu ertragen.

In der Kaffeepause bröckelt ihr Widerstand. Lustlos rührt sie im Kaffee und lehnt den halben Buttergipfel ab, den Dieter ihr anbietet. Er zieht die Brauen in die Höhe und meint: »Kein Gipfel, das ist ein Alarmzeichen.« Müde wehrt Jetta ab, hört schweigend den Kollegen zu, die darüber streiten, wer dem neuen Lehrling Platz machen muss. Alle freuen sich, dass ihnen bald jemand die Routinearbeiten abnehmen wird, aber niemand ist zu einer Einschränkung bereit.

Um nicht mehr zuhören zu müssen, zieht Jetta Christianes Gratiszeitung näher. Die schwarz-weiss gefleckte Katze in der Reportage gehört zu den Miezen, die aus Neugier in den Zügelwagen steigen und dann mit dem Hausrat der wegziehenden Nachbarn verreisen; in diesem Fall von Basel nach Chur. Drei Wochen später miaute es auf dem Türvorleger in Basel; Tilla, abgemagert und zerzaust, so der Text, stand wieder vor ihren Besitzern. Jetta denkt an Machfus. Und an Leo, der jeden Tag wegen einer neuen Katze quengelt. Es ist nur eine Frage der Zeit, bis sie wieder eine anschaffen werden. Vorläufig legt sich Andreas quer, wie früher schon. Irgendwann wird Leo ihn weichgeklopft haben. Jetta hat nichts dagegen. »Katzen sind eigensinnige Trösterinnen.« Den Satz hat sie irgendwo gelesen; auf Machfus hatte er vollkommen zugetroffen.

Abwesend blättert sie weiter, bis ihr Bilder eines Geschäfts in der Altstadt auffallen. Schaufensterpuppen stehen in der Auslage; hinter Zacken, Blitzen und einem hochgereckten

Stinkefinger aus roter und schwarzer Farbe auf den Scheiben, sind sie kaum zu sehen. Über die gläserne Eingangstüre hat jemand ›Hure‹ gesprayt. ›Vandalen in der Altstadt‹, besagt der Titel.

Ohne ein weiteres Wort zu lesen weiss Jetta, worum es geht. Atemlos überfliegt sie den Text. Getroffen habe der Anschlag eine exklusive Boutique in der Gerechtigkeitsgasse, schreibt die Journalistin; Sprayereien auf Türe und Schaufenster, aber sonst keine weiteren Schäden. Die Inhaberin H. F. habe die Graffiti entdeckt, als sie morgens das Geschäft öffnete, und sofort die Polizei verständigt. Andere Läden seien verschont geblieben, keine Tatzeugen, Frau F. erwäge eine Strafanzeige. Ob die Diffamierung auf sie gemünzt sei, wolle sie nicht kommentieren, ebenso wenig, ob sie einen Verdacht hege. H. F. geniesse in der Modeszene einen Namen für stilsichere und hochpreisige Damenmode.

Dreimal liest Jetta den Bericht. Je länger sie die Fotos anschaut, umso sicherer ist sie, dass eine Person im Hintergrund der Boutique Helen ist. Das läuten eines Telefons und Christianes laute Stimme holen Jetta in die Realität zurück. Sie legt die Zeitung weg, spült das Kaffeegeschirr aus und geht mit weichen Knien zum Schreibtisch zurück.

Nach einer Weile stellt sie fest, dass das Kopfweh nachgelassen hat. Während sie die Nebenkosten einer Liegenschaft zusammenstellt, rasen ihre Gedanken von Helen zu Silvia und zurück zu Helen. Dass Silvia die Schaufenster besprayt hat, scheint ihr unfassbar. Wie, wenn jemand sie ertappt und zur Polizei gebracht hätte? Unmöglich. Aber wer sonst? Auftragssprayer fallen nicht vom Himmel, lassen sich kaum so einfach anheuern. Bestimmt stehen in Silvias Atelier jede Menge Spraydosen. Ist Silvia jetzt wirklich verrückt geworden? Was passiert als nächstes?

Jettas Beklemmung wächst mit jeder Minute. Sich auf die Arbeit zu konzentrieren ist unmöglich. Die Zahlen tanzen vor ihren Augen. Ständig gibt sie falsche Werte ein, die sie korrigieren muss. Sie geht auf die Toilette, benetzt das heisse Gesicht. Im Spiegel sieht sie rote Flecken auf ihren Wangen. Vielleicht sollte sie Übelkeit vorschützen und nach Hause gehen; es wäre das erste Mal, seit sie bei Gesine arbeitet. Wieder am Arbeitsplatz bekommt sie mit, dass jemand im Schönberg vorbeigehen sollte; das Anliegen eines Kunden kläre man am besten vor Ort. Dieter wird zu einer Besprechung erwartet, Rahel ist schon in einer Sitzung, Gesine und andere sind unabkömmlich, Christiane macht Telefondienst.

»Ich kann hingehen«, sagt Jetta rasch. »Es geht mir wieder besser.«

Blitzschnell hat ihr Gehirn geschaltet. Die Gerechtigkeitsgasse liegt am Weg zum Schönberg. Was sie sich davon erhofft, überlegt sie nicht. Der Gedanke übt einen Sog aus, dem sie nicht widerstehen kann.

Mit Kaufvertrag und Wohnungsplänen verlässt Jetta das Büro. Am Bahnhof nimmt sie den Bus durch die Altstadt, steigt beim Rathaus aus und läuft die Gasse hinunter. Helens Kleidergeschäft liegt auf der anderen Seite. Noch immer hat Jetta keine Ahnung, was sie hier will.

Ein Mann in langer Schürze schrubbt die Stufen vor einer Bar; er grüsst Jetta freundlich, sie grüsst zurück. Wenige Schritte weiter bleibt sie stehen und schaut durch den Laubenbogen hinüber. Autos holpern über das Kopfsteinpflaster vorbei. In der Rundung des gegenüberliegenden Bogens kann Jetta Helens Schaufenster sehen. Davor stehen zwei Arbeiter auf Leitern, sie ziehen Gummischaber über das Glas, Wasser tropft auf den Boden. Jetta überquert die Fahrbahn, steigt die Stufen zum Laubengang hoch. Dabei achtet sie darauf, die Deckung des Pfeilers nicht zu verlassen. Die Graffiti sind verschwunden, die Scheiben blank. Schaufensterpuppen spreizen Arme und Beine unter Capes aus Mohair, tragen rote Kalbslederhosen und graue Wickelröcke. Das Schimpfwort ist weg, dafür klebt ein Zettel an der Eingangstüre. Im Verkaufsraum befindet sich niemand.

Jetta wartet ein paar Sekunden und schaut den Männern zu, die ihre Leitern verschieben und jetzt das untere Ende des Schaufensters polieren. Sie sprechen portugiesisch und lachen. Eine Gruppe Touristinnen schlendert vorbei. Sie zeigen auf die Preisschilder. Mehr gibt es nicht zu sehen. Den Zettel an der Türe zu lesen wagt Jetta nicht.

Sie läuft zurück auf die andere Seite. Beim Betreten des Laubengangs stösst sie beinahe mit einem Paar zusammen, das soeben ein Café verlassen hat. Die Frau trägt getigerte Röhrenhosen und einen ausgeschnittenen Pullover, der ihren Brustansatz freigibt; blonde Haare fallen ihr ins Gesicht. Der Mann ist Bruno Beutler. Jettas Herz setzt für einen Moment aus. Sie starren sich an, sein Kiefer ist unkontrolliert nach unten geklappt. Auch wenn sie am liebsten stumm weiterlaufen würde, bleibt Jetta stehen und sucht nach Worten. Bruno hat sich gefasst, sein Mund verzieht sich zu einem Lächeln. Helen schaut Jetta überrascht an.

»Jetta, was für ein Zufall! Seit Ewigkeiten hab ich dich nicht mehr gesehen.«

»Du kennst Jetta?«, reagiert Bruno, und jetzt ist Helen erstaunt. Bis Bruno und Helen einander erklärt haben, woher sie Jetta kennen, tritt sie etwas zurück und realisiert ihren Vorteil. Die beiden wissen nicht, wieviel sie weiss. Helen vermeidet es, Bruno zu berühren, während ihre Hände durch die Luft fahren und goldene Armreifen klirren. Bruno laviert, schlägt Helen gegenüber einen distanzierten Ton an. Gleichzeitig wendet er sich mit ausgesuchter Höflichkeit an Jetta.

Die Begegnung beginnt sie zu amüsieren, das Gefühl von Beklemmung ist weg. Sie beobachtet, wie Bruno den Kühlen, Überlegenen spielt und Helen zwischen Frauchen und Geschäftsfrau schwankt. Sie tauschen Belanglosigkeiten aus. Dabei fällt Jetta die Spiegelung im Schaufenster hinter ihnen auf: die besonnte Gasse, davor drei dunkle Umrisse, wie

Figuren im Schattentheater. Jede Figur agiert, jede verbirgt, was sie denkt. Einen Augenblick lang packt Jetta die unbändige Lust, Helen nach dem verschmierten Schaufenster zu fragen und sich bei Bruno zu erkundigen, wann Melanie eigentlich bei ihnen ausziehe. Doch so viel Coolness bringt sie nicht auf. Bruno will aufbrechen, er habe einen dringenden Termin. Jetta schaut ihnen nach, wie sie die Gasse überqueren und Helens Geschäft betreten.

An der nächsten Haltestelle nimmt sie den Bus; das Triumphgefühl hält an. Auch hungrig ist sie jetzt. Nur der Kloss lässt sich nicht wegschlucken. Ständig sitzt er in der Kehle und drückt.

13

Die Besprechung im Schönberg ist mühsam; der Kunde uneinsichtig, der Architekt kommt zu spät, schaut ständig auf die Uhr und scheint in Gedanken schon beim nächsten Termin oder beim Mittagessen zu sein. Jettas euphorische Stimmung verfliegt so rasch wie sie aufgekommen ist. Einziges Resultat nach Dreiviertelstunden des Herumstehens, Ausmessens, des Planstudiums und wieder Herumstehens ist, dass sie eine weitere Sitzung mit noch mehr Beteiligten einberufen soll. Verdrossen läuft sie zur Bushaltestelle, von Hunger keine Spur mehr.

Im Grunde liebt Jetta ihren Beruf. Wenn bloss nicht die zunehmenden Ansprüche der Wohnungseigentümer und die Schludrigkeit der Bauleute wären. Beide stellen Jettas Ordnungsliebe und ihr Gebot der steten Korrektheit auf Dauerprobe. Während sie aus dem Busfenster schaut, ertappt sie sich beim Gedanken, die Stelle zu kündigen und etwas anderes zu suchen. Etwas anderes? Der Chor der Spötter in ihrem Gehirn zögert keine Sekunde. Vergiss es! Mit deinen fünfundvierzig Jahren bist du chancenlos auf dem Arbeitsmarkt. Sei froh um die gute Stelle, und erst recht in Teilzeit. Das Bisschen wirst du doch aushalten! Jetta knöpft ihre Jacke auf, lockert den Schal. Nicht einmal die Erinnerung an das Schattentheater unter den Lauben hilft jetzt.

Zuhause wird es nicht besser. Leo sitzt vor dem Bildschirm statt hinter den Schulaufgaben. Als sich Jetta erkundigt, ob sein Vater ein ernstes Wörtchen mit ihm gesprochen habe, meint Leo treuherzig, schon, aber so ernst sei es auch nicht gewesen.

»Habt ihr etwas festgelegt?«

»Dreimal hintereinander eine Vier in der Rechenprüfung.«

»Und wenn nicht?«

»Eine Woche lang keine Games und Filme und so.«

Jetta nickt wortlos. Wer kontrolliert, ob er das einhält? Natürlich sie. Weil Leo keine Anstalten macht den Laptop abzustellen, fährt sie ihn an. Maulend gehorcht er, sucht die Schulbücher hervor und blättert lustlos darin herum.

Im Zimmer der Mädchen ist es auffallend ruhig. Jetta bleibt vor der geschlossenen Türe stehen, hört Plastiksäcke rascheln und unterdrücktes Gelächter. Versuchsweise hält sie ein Auge ans Schlüsselloch; der Schlüssel steckt, sie kann nichts erkennen.

»Hey Girls, was treibt ihr?« Sie klopft und bemüht sich um einen lockeren Ton.

»Nicht hereinkommen, ein Geheimnis!« Es ist Melanies Stimme, laut und ohne zu zögern.

»Und wenn ich dringend etwas aus dem Zimmer brauche, zum Beispiel den französischen Dictionnaire?«

»Brauchst du den wirklich?« Nicole klingt nicht halb so selbstbewusst wie ihre Freundin. Jetta beschliesst, weiterzuspielen.

»Ja, jetzt.«

Hinter der Türe flüstert es, wieder raschelt ein Plastiksack, die Schranktüre klappt zu. Nicole ruft »sofort«, endlich dreht sich der Schlüssel, die Türe geht eine Handbreit auf. Nicoles Hand streckt den Langenscheidt durch den Spalt.

»Weshalb sperrt ihr zu? Ich will das nicht!« sagt Jetta. Nicole ist stark geschminkt, stärker als sonst. Die Lippen sind mit feuerrotem Lippenstift vergrössert, die Augenbrauen schwarze Balken. Kajalstriche umrahmen ihre Augen. Darüber leuchtet die kupferrote Haarfarbe. Wie eine Nutte siehst du aus – der Satz liegt auf Jettas Zunge, doch bremst sie sich, bevor er herausrutscht. Experimentieren mit Kosmetika ist normal, sagt ihr Hirn. Auch sie kaufte als Vierzehnjährige Lippenstift und Lidschatten und probierte die Wirkung aus, wenn niemand zuhause war.

»Das ist also das Geheimnis. Darf ich auch Melanie sehen?«

Sie versucht neutral zu klingen, nimmt Nicole das Wörterbuch aus der Hand. Die Mädchen kichern nervös, Melanie schiebt sich in den Türspalt. Das dunkelhaarige Mädchen ist auf gothic geschminkt, Lippen und Lider violett eingefärbt und das Gesicht hell gepudert. Jetta erhascht einen Blick auf ein glitzerndes, über und über mit Pailletten besticktes Oberteil, das ziemlich teuer aussieht. Sie wundert sich darüber, was alles in Melanies Seesack steckt.

»Ihr könntet auf einen Kostümball gehen, kein Mensch würde euch erkennen.«

Der Satz tönt schwach, etwas Besseres fällt ihr nicht ein.

»Ich nehme an, ihr habt genug Gesichtsmilch zum Abschminken vor dem Abendessen. Sonst kann ich aushelfen.«

Die Aufforderung hat nicht unerträglich schulmeisterlich geklungen, findet sie, während sie die Treppe hinuntersteigt. Langsam wäre es an der Zeit, dass Melanie nach Hause zurückkehrt. Das Mädchen ist zwar nett und wohlerzogen; unaufgefordert hilft sie beim Abräumen und lässt im Gegensatz zu Nicole kaum etwas herumliegen. Auch ist Nicole seit Melanies Ankunft nicht schwieriger als vorher. Nach wie vor gerät Jetta mit ihr in Konflikt, doch nicht öfter als bisher. Jedesmal hört Melanie mit einer Mischung aus Neugier und Überlegenheit zu. Einmal fragte Jetta Melanie, ob sie und Silvia die gleichen Gefechte führten. »Andauernd. Und meine Mère gewinnt noch viel seltener als du«, meinte das Mädchen ungerührt. Jetta musste lachen, die Mädchen stimmten ein – eine Verschnaufpause im täglichen Kleinkrieg.

Aber, zu viel Melanie tut Nicole nicht gut. Jetta stört es, dass sich die Mädchen zu den Familienzeiten zurückziehen. Sie erscheinen nur zu den Mahlzeiten, ausser Jetta hat sie zum Mithelfen aufgefordert, und sie schwirren sogleich nach dem Abräumen wieder davon. Mit Jetta und Leo eine Fernsehsendung anzuschauen oder etwas zu spielen, dazu haben sie keine Lust. Sie müssten für die Schule arbeiten oder hätten sonst zu tun. Meistens ist es Melanie, die solche Ausflüchte vorbringt. Am Tisch spricht sie viel mehr als Nicole und immer mit lauter Stimme; gibt die Selbstsichere und Erfahrene. Auch vermutet Jetta, dass sie über wesentlich mehr Taschengeld verfügt als ihre Kinder. Leos frühere Sympathie für Melanie ist verflogen; er gibt nur noch patzige Antworten und geht ihr aus dem Weg. Leo erträgt es schlecht, dass sie ihn wie einen kleinen Jungen behandelt und Nicole es ihr gleichtut.

»Fällt dir auch auf, wie Melanie Nicole zunehmend dominiert?«, fragt Jetta Andreas. Sie sitzen nach dem Abendessen auf dem Sofa, Jetta mit einem Buch, er mit der Zeitung. Andreas lässt das Blatt sinken. Sie wiederholt die Frage, weil er nicht zugehört hat.

»Spielt das eine Rolle? Es gibt nun mal Alpha- und Omegatierchen auf der Welt. Machst du dir schon wieder Sorgen, dass du etwas nicht im Griff hast?«

Sein Ton klingt spöttisch, dass er die Zeitung wieder hochnimmt, ist ein klares Signal. Jetta wird wütend. Zu ihrem Erstaunen verspürt sie nicht die geringste Lust, ihren Ärger hinunterzuschlucken wie sonst.

»Mit fällt einfach auf, wie sehr unsere sonst so dominante Tochter sich in den Schatten ihrer Freundin begibt. Und im Gegensatz zu dir beschäftigt es mich, welchen Einfluss Melanie auf Nicole hat. Einen positiven oder negativen, um es plakativ zu sagen.«

Andreas legt die Zeitung hin. Mit der Linken beginnt er den rechten Unterarm zu kneten, was er immer tut, wenn ihn etwas nervt.

»Da nehmen wir Nicoles Freundin bei uns auf, die beiden beginnen sich ans Zusammenleben zu gewöhnen, testen ihre Stellung im Gefüge aus, reiben sich meinetwegen aneinander, etablieren ihre Hackordnung, alles völlig normal. Und schon witterst du Gefahren, weil nicht alles genau so läuft, wie du dir das vorstellst. Bist du nicht fähig, Nicole ihre eigenen Erfahrungen machen zu lassen, ohne dass du schlaflose Nächte bekommst? Das Leben ist ein dauerndes Experiment, Herrgottnochmal, und die Menschen sind im Normalfall dafür ausgerüstet, es durchzustehen. Sogar gut durchzustehen! Und etwas dabei zu lernen! Auch unsere Kinder! Irgendwann musst du loslassen. Aber du bringst das nie zustande! Genauso wenig wie deine Mutter.«

Den letzten Satz empfindet Jetta als Schlag ins Gesicht. Immer wenn Andreas sie besonders hart treffen will, vergleicht er sie mit ihrer Mutter. Sie hasst den Vergleich, findet ihn ungerecht und masslos übertrieben. Am liebsten würde sie aufstehen, ihm ins Gesicht fauchen und verschwinden. Sie verschränkt die Arme vor der Brust und starrt auf das Buch in ihrem Schoss. Ihre Wangen glühen.

Nach ein paar Minuten gesteht sie sich ein, dass Andreas vielleicht ein bisschen Recht hat. Seit langem bemüht sie sich den Schatten ihrer wertenden und alles kontrollierenden Mutter von sich abzuschütteln. Oft zweifelt sie, ob sie es wirklich schafft. Was soll sie jetzt sagen? Sich entschuldigen? Zugeben, wie schwer es ihr fällt, den Dingen ihren Lauf zu lassen? Andreas hat sich längst wieder hinter die Zeitung verzogen. Nach langem Schweigen fällt ihr etwas ein.

»Ich wünsche mir ja nichts mehr, als dass du Recht hast mit deiner Überzeugung. Dass alles gut wird mit den Kindern. Nur kommt mir manchmal die Gewissheit abhanden.«

Andreas brummt etwas Versöhnliches als Antwort. Später holt er beiden ein Glas Rotwein. Jetta beschliesst, ihm den Ausrutscher wegen ihrer Mutter zu verzeihen.

14

Jetta zieht den Gemüseeintopf vom Kochfeld und nimmt den Hörer ab. Silvia ruft an, zum ersten Mal seit Melanies Flucht. Obwohl Melanie einen Anruf ihrer Mutter angekündigt hat, erschrickt Jetta, als sie den Namen hört. Silvias Stimme klingt belegt. Sie entschuldigt sich für ihr langes Schweigen; die Ereignisse hätten sie völlig überfahren. Bevor Jetta viel sagen kann, schlägt Silvia ein Treffen vor. Es sei Zeit, dass Jetta von ihr erfahre, was vorgefallen sei. Sie verabreden sich für den nächsten Tag zum Mittagessen.

Vor lauter Nervosität, wie vor einer schwierigen Sitzung, schluckt Jetta einen Betablocker, bevor sie das Büro verlässt. Ihre Stimme soll fest klingen, sie will Silvia ohne Herzklopfen und nasse Achselhöhlen in die Augen blicken können. Sie fühlt sich ruhig, nur am Kehlkopf drückt der lästige Kloss.

Die Freundin sitzt an einem Fenstertisch. Seit der Vernissage hat sie an Gewicht verloren, sie sieht mitgenommen und hohlwangig aus. Statt Schmuck und Farben trägt Silvia einen grauen Pullover, der sie noch bleicher macht. Sie küsst Jetta auf die Wange.

Jetta entscheidet sich für den Tagesteller, Silvia für einen orientalischen Salat. Während sie auf das Essen warten, erkundigt sich Silvia nach dem Benehmen ihrer Tochter; Melanie habe erzählt, dass sie sich wohl fühle bei Henauers, wohler als daheim, das sei verständlich, bei einer durchgedrehten Mutter. Die Ironie klingt bitter. Morgen hole sie Melanie nach Hause. Jetta fühlt sich zu einem Einwand verpflichtet. Das habe keine Eile, murmelt sie, doch tönt es wenig überzeugend. Sie ist froh, dass der Kellner sie unterbricht, volle Teller hinstellt und Mineralwasser nachfüllt. Silvia scheint abwesend. Mit der Gabel spiesst sie ein Gurkenstück auf und malt Ringe in die Salatsauce; eine Furche zieht sich zwischen ihre Augenbrauen. Dann beginnt sie zu erzählen, hastig und leise, hebt dabei kaum den Blick und isst fast nichts.

Jetta versucht zu verbergen, wie sehr Silvias Veränderung sie erschreckt. Am meisten fällt ihr die Hektik der Handbewegungen auf. Unablässig streichen sie die Serviette auf den Knien glatt, flattern zum Gesicht und schieben Haarsträhnen zur Seite. Das sind keine Hände mehr, die ruhig den Farbpinsel über eine Leinwand führen. Stumm kaut Jetta Bratkartoffeln und Hackfleischklösschen und lauscht einer Geschichte, deren Ereignisse sie bereits kennt. Während Silvias Bericht erschreckt sie ein Gedanke. Soll sie Silvia eröffnen, dass sie die Boutiquebesitzerin kennt? Ihr erzählen, welche Geschichte sie mit der Frau verbindet? Kaum gedacht, verwirft sie die Idee als verrückt und direkten Weg, sich zu verraten. Sie muss still bleiben, darf keine Berührungspunkte nahelegen. Und kein Wort über beschmierte Schaufenster sagen.

»Dreiundzwanzig Jahre sind wir verheiratet. Ich habe unsere Ehe trotz Spannungen für gut gehalten. Was ist mit meiner Wahrnehmung passiert? Warum habe ich jede Ausrede geglaubt, jede von Brunos hundert Lügen?«

Silvias Stimme zittert. Sie presst die Fingerspitzen auf die

Lippen und schaut Jetta hilfesuchend an. Unbedingt müsste sie nun etwas sagen, Bruno zur Hölle wünschen, die elende Verführerin verdammen, Trost spenden, aufmuntern, Ratschläge erteilen. Das Richtige sagen. Hilflos legt Jetta ihre Hand auf Silvias. Trotz Betablocker ist ihr Mund trocken, sie verbietet sich die eine Frage. Und dann ist sie plötzlich doch draussen.

»Hast du eine Vermutung, wer den Brief geschickt hat?«
Der ganze Raum scheint den Atem anzuhalten.
Silvia nimmt die Hand von den Lippen.
»Ich habe einen Verdacht. Nein, mehr als einen Verdacht. Ich bin mir praktisch sicher.«

Unmöglich, dass Silvia auf sie gekommen ist. Sonst sässen sie jetzt nicht zusammen beim Mittagessen. Jettas Herz schlägt bis zum Hals. Sie kann nicht anders, sie muss einen Augenblick den Kopf wegdrehen und aus dem Fenster schauen. Menschen mit aufgespannten Regenschirmen hasten vorüber. Ein Mann schiebt sein Fahrrad vorbei, eine Frau mit Kinderwagen ist vor dem Restaurant stehen geblieben und zündet sich eine Zigarette an.

»Du kennst sie wahrscheinlich nicht. Brunos Sekretärin. Es kann nur sie gewesen sein.«

Jetta zwingt den Blick zurück zu Silvia, noch immer hämmert ihr Puls.

»Unverheiratet, seit Jahren in Bruno verknallt. Er wollte es nie wahrhaben. Sie tut alles für ihn, rackert sich ab, macht gratis Überstunden; auch am Sonntag. Die sprichwörtliche Perle. Todsicher ein Racheakt, vielleicht hat sie ihn mit dieser Frau gesehen. Eifersucht und Rachegefühle – es gibt kein explosiveres Gemisch. Da ist man zu allem fähig.«

Den letzten Satz bringt Silvia nur leise hervor. Die verschmierten Schaufenster. War sie es tatsächlich? Wie wenn sie Jettas Gedanken erraten hätte, spricht Silvia rasch weiter:

»Auch ich bin explodiert. Ich, die Wohlerzogene, habe mit Geschirr um mich geworfen, Bruno ein Fotoalbum gegen den Schädel geknallt. Schlimmer als in einem schlechten Film. Und gestern habe ich seine Hemden aus dem Fenster geschmissen. Aus dem oberen Stock in den Garten. Damit er endlich begreift, dass ich ihn nicht mehr ertrage. Ich wollte, dass er auszieht. Er hat ja ein warmes Zufluchtsplätzchen.«

In einem Anfall von Energie rammt sie die Gabel in ein Stück Tomate und steckt es in den Mund.

»Weiss Bruno das von der Sekretärin?«, fragt Jetta nach einer Weile zögernd. Bestimmt würde er die Sekretärin zur Rede stellen, ihr die Unschuldsbeteuerungen nicht abnehmen.

»Ich habe verschwiegen, wie ich von seiner Affäre erfahren habe. Das verunsichert ihn, es gibt mir Macht über ihn. Ich würde die Frau nie verraten und ich denke, sie weiss das. Auch wenn es mir miserabel geht, ein Teil von mir ist ihr dankbar. Zumindest mache ich mir jetzt nichts mehr vor.«

Silvia geht auf die Toilette. Vorsichtig lehnt sich Jetta zurück. Die kaum erträgliche Spannung weicht aus ihrem Körper. Zum Tode Verurteilte, die man unerwartet begnadigt, müssen sich so fühlen. Nur die Sekretärin geht ihr nicht mehr aus dem Kopf. *Sie* hätte Grund gehabt, einen solchen Brief zu schreiben, aus Eifersucht, aus Rachegefühlen. Aber sie selbst? Warum versucht sie krampfhaft, sich diese Sekretärin vorzustellen: wie alt, wie schön, wie elegant? Sie kann die Gedanken nicht zu Ende denken, Silvia kommt zurück und bedeutet dem Kellner mit einem Zeichen, abzuräumen. Sie bestellen Kaffee.

»Gestern hat Bruno seine Sachen gepackt und ist gegangen. Die Hemden auf dem Rasen haben ihn überzeugt.«

Ein Anflug von Lächeln huscht über Silvias Gesicht.

»Gott, ich war ja so wütend! Und er im Grunde hilflos. Obwohl er den Unbeeindruckten spielte. Als Letztes habe ich ihm hinterhergerufen, dass ich über eine Scheidung nachdenke.«

Die Kinder stünden wohl auf seiner Seite. Felix spreche kaum mit ihr, Melanie habe sich dagegen gewehrt, wieder nach Hause zu kommen.

»Kein Wunder, gefällt es ihr bei euch. Ihr seid so eine normale, harmonische Familie.«

Jetta wehrt ab. Kein Tag vergehe ohne Kampf gegen Nicoles Rebellion und Leos Desinteresse. Und es gebe Spannungen zwischen ihr und Andreas. Silvia hört aufmerksam zu, und ihre Gesichtszüge nehmen etwas Lauerndes an.

»Woher weisst du, dass Andreas dich nicht auch betrügt? Es könnte doch sein, oder bist du dir sicher?«

Jetta schluckt. Soll sie erzählen, dass sie für Andreas bloss zweite Wahl gewesen ist? Dass sie täglich in Versuchung gerät, das Handy ihres Mannes zu überprüfen? Um Zeit zu gewinnen, trinkt sie einen Schluck Kaffee. Sie verspürt wenig Lust zu solchen Vertraulichkeiten. Zwar mag sie Silvia, fühlt sich ihr nahe. Doch die Furcht vor Sätzen, die sich verselbständigen und Unheil auslösen, ist stärker als ihr Mitteilungsbedürfnis.

»Bisher ist mir nichts aufgefallen. Aber wegen eurer Geschichte bin ich jetzt sicher aufmerksamer.«

Silvia antwortet nicht. Sie vermeidet es eine Weile, Jetta anzuschauen. Beim Bezahlen beharrt sie darauf, die Rechnung zu begleichen: »Ein minimales Dankeschön für deine Ersatzmutterdienste. Und morgen hole ich Melanie ab.«

Bevor sie sich trennen, umarmen sie sich. Zum ersten Mal seit Tagen spürt Jetta den Kloss in der Kehle kaum mehr.

15

Der Erzeuger hat sich verpisst, den Hemden hinterher, nachdem sie aus Ladys Hand durch die Luft gesegelt sind.

Schwach hoben sie vor dem Landen einen Ärmel, bevor der Regen sie auf dem Rasen festtrommelte und ihnen Grasflecken eintätowierte. Du hast ihn unbeobachtet beobachtet. Die Ray Ban in sein flottes neues Kürzesthaar geschoben, obwohl es goss, stopfte er Giorgio Armani, Hugo Boss, alles tropfnass, in einen schnöden Kehrichtsack. Später rollten Koffer – Samsonite, beste Qualität – vors Haus, gesellten sich zum Abfallsack im Kofferraum. Ein Aufheulen des Motors, gone.

Er wollte sich von dir verabschieden, du hast ihn nicht reingelassen, ja, ist gut, hast du geschrien, ich sehe dich später. Was dein Erzeuger treibt, willst du dir nicht ausmalen, auch wenn du letzthin davon geträumt hast. Es ekelte dich beim Erwachen. Du hast dir die Kopfhörer übergestülpt, Black Sabbath aufgedreht und dich aufs Bett gelegt, das Gewitter der Bässe schlug Dellen in dein Trommelfell. Dazu deinen Schwanz gerieben, kontrolliert dosiert, gefühlte Stunden später die Explosion.

Du dachtest an L. Die Finger kämmst du durch ihr Haar, sie gleiten durch glatte Strähnen, deine Fingerspitzen landen auf der Brust. Du spürst durch die Bluse, wie sich der Nippel unter deinen Fingerkuppen kräuselt. Die andere Hand schiebt sich auf ihren Rücken, du ertastest, dass sich die Wirbelsäule dehnt, nach hinten biegt, du erwiderst den Druck ihrer Schenkel auf den deinen. Jetzt wächst du, suchst mit den Lippen ihre Lippen, Speichel tropft über Kinn und Hals, eure Zungen verschränken sich, die Zähne schlagen aufeinander, ihr verspeist euch, ihr Atem fährt tief in dich und aus dir heraus in ihre Lungen, kommunizierende Gefässe seid ihr, ihr teilt eine Luftsäule. Deine linke Hand rutscht zum Nabel, schiebt sich zwischen Haut und Höschen, du spürst die Stoppeln ihrer rasierten Scham und tauchst in feuchtes Fleisch. Es öffnet sich, pulsiert, will mehr. Dein Handrücken schiebt und dehnt, Jeans und Höschen rutschen über ihre Schenkel und Knie bis auf die Knöchel. Mit einer einzigen Bewegung öffnest du deine Jeans. Du fieberst, reibst über ihre Scham, du gehst leicht in die Knie, suchst den Eingang zur Feuchthöhle und drängst in den Schoss. Ihre Hand rutscht durch den Schweiss auf euren Bäuchen, Finger tasten zwischen ihre Beine. Die Zähne schlägt sie in deine Schulter, wirft mit geschlossenen Augen den Kopf nach hinten, und du wippst in den Knien, du kommst, in mächtigen Wellen, und dann von der höchsten Woge hinunter ins kühle Wellental. Du streichelst sie bis sie schreit und legst dein nasses Gesicht zwischen ihre Brüste.

Heute hast du L. wieder mit Stefan gesehen. Seine Hand hat auf ihrer Schulter gelegen. Sie hat ihn nicht berührt.

Jemand hat gesagt, sie seien miteinander in der Freitagsdisco gewesen. Sie hätten geknutscht.

Dauernd schleppt Stefan sein Sax herum, ist ein Nobody ohne seine Röhre.

L. hat dich tagelang nicht gegrüsst und dir heute wieder zugelächelt. Sie hat den T.C. Boyle noch immer nicht gelesen. Sorry, keine Zeit, sagt sie, kann ich es noch eine Weile behalten? Aber klar, sagst du, kein Problem. Und lächelst dazu.

Shit. Merde. Fuck.

Die Lady ruft. Sie geht Melanie holen, ob du mitfährst. Natürlich nicht, schreist du. Dann tut sie dir leid. Sie macht krampfhaft auf Familie und zusammenhalten. Ist doch alles vorbei, jetzt erst recht. Der Erzeuger bei seiner Mätresse, die Lady halb im Irrenhaus, und Sis, die Model werden will oder Filmstar oder am besten beides und Kleider klaut, bei ihrer Komplizin. Ein Erstgeborener, der seine immensen Talente – immensen, sagt die Lady – wegwirft. Talente? Du lachst dich tot. Zum Ficken? Zum Verrücktsein? Zum Untergrundpoeten? Zum Blogger? Zum Mönch?

Halt, noch besser: Zum Aktivisten, in humanitärer Mission! Karsten beschwört dich, mit ihm und anderen nach

Gaza zu reisen. Leute aus halb Europa sind dabei, schreibt er, sie wollen etwas gegen Israels Blockade tun. Auch du, meint Karsten, sollst endlich was tun. Wir brauchen dich. Sagt Karsten.

Was hast du Landratte auf dem Mittelmeer verloren? Und deine Hände, die wegen weniger als nichts Blasen und Risse bekommen, sollen fürs Seeleben taugen? Taue festzurren? Das Deck schrubben? Zementsäcke und Medikamentenkisten stemmen? Beim blossen Gedanken daran wachsen dir Schwielen, schmerzt dein Rücken. Karsten ist ein hoffnungsloser Romantiker, du wirst es ihm schreiben. Glaubt er, er und seine Idealisten könnten die Leute zur Vernunft bringen? Gaza befreien? Das steinalte Erbe des israelischen Königs umkrempeln?

Wenn es nicht so trostlos wäre, müsstest du jetzt lachen.

16

Pfützen auf der Strasse, das Aprilwetter jagt Regenschauer über die Stadt. Es trommelt auf das Autodach, Jetta stellt den Scheibenwischer eine Stufe höher. Sie gibt Acht nicht zu nahe am Trottoir zu fahren. Trotz des garstigen Wetters sind Leute zu Fuss unterwegs, sie will niemanden mit der Brühe vollspritzen. Weil die Besprechung schnell vorüber war, liegt eine Mittagspause zu Hause drin. Sogar für Einkäufe hat sie Zeit gefunden. Bis Nicole und Leo zu Hause sind, wird das Mittagessen auf dem Tisch stehen.

Beim Kreisel biegt Jetta nach rechts, bremst nach wenigen Metern ab. Ohne sich umzublicken überquert vor ihr ein junger Mann die Fahrbahn. Trotz des starken Regens schützt er sich weder mit einem Regenschirm noch mit einer Jacke; das Sweatshirt hängt klatschnass über der Jeans. Über der Schulter trägt er eine Sporttasche; sein halblanges

Haar klebt dunkel vor Nässe am Kopf. Sie erkennt Felix Beutler.

Es dauert ein paar Sekunden, bis sie reagiert. Weil niemand hinter ihr fährt, stoppt sie und lässt das Wagenfenster hinunter. Sie ruft seinen Namen. Felix hebt den Kopf.

»Willst du einsteigen? Ich fahre nach Hause.«

Er zögert, dann erkennt er sie. Er läuft über die Strasse und öffnet die Türe zum Beifahrersitz.

»Ich bin ziemlich nass.«

»Kein Problem, steig ein.«

Er setzt sich, stellt die Tasche zwischen seine Beine und zieht die Türe zu. Während Jetta anfährt, kämmt er mit den Fingern die Haare aus der Stirn und wischt die nassen Finger an der Jeans ab. Danach schliesst er den Sicherheitsgurt.

Eine Weile sagen sie nichts. Jetta überlegt, ob sie ihn fragen soll, wie lange er schon unterwegs ist. Bestimmt ist ihm bewusst, wie unzureichend er angezogen ist. Aber sie ist nicht seine Mutter, es geht sie nichts an.

Felix bleibt stumm und schaut durch die Frontscheibe. Allmählich fühlt sich Jetta unbehaglich. Sie hat noch nie mehr als ein paar Worte mit ihm gesprochen; jetzt fällt ihr nichts ein, worüber sie sich unterhalten könnten. Das Wissen um seine Familiensituation verstärkt ihre Unsicherheit. Smalltalk ist keine ihrer Stärken, aber irgendetwas sollte ihr doch in den Sinn kommen!

»Brauchst du noch etwas aus der Schule, Bücher, deine Regenjacke oder so? Ich kann auf dem Parkplatz auf dich warten.«

Felix dreht den Kopf und schaut sie an. Jetta fällt auf, wie sehr er seiner Mutter ähnelt, dieselben zarten Gesichtszüge, die schmale Nase, die hellen Augen. Von Bruno hat er die braunen Haare und die Körpergrösse.

»Nein danke, ich bin morgens ohne Jacke los. Ich wusste nicht, dass das Wetter so hässlich wird.«

Er wühlt in seiner Hosentasche, zieht ein zerknülltes Taschentuch heraus und putzt sich die Nase. Nach einer Pause spricht er weiter. Seine Klasse habe in der Deutschstunde eine Theaterprobe in den ehemaligen Industriehallen besucht, ›Der Gott des Gemetzels‹ von Yasmina Reza. Ob Jetta das Stück kenne? Eine Art Huis-clos-Situation wie bei Sartre, vier Personen in einer Wohnung, zwei Ehepaare, die sich fertig machen, nach allen Regeln der Kunst und mit ständig wechselnden Bündnissen, die Paare über Kreuz, schliesslich jeder gegen jeden. Ein gutes Stück, doch auf einmal habe er es nicht mehr ausgehalten. Er sei einfach gegangen, noch vor dem Lehrer und den Mitschülern. Seine Stimme klingt ruhig, der Tonfall ist flach, fast ohne Hebungen und Senkungen. Während er redet, liegen seine Hände bewegungslos auf den Oberschenkeln. Jetta fällt auf, wie ungewöhnlich lang seine Finger mit den gewölbten Fingernägeln sind. Wieder schaut er sie von der Seite an.

Die Offenheit, mit der er von sich spricht, kommt für Jetta unerwartet. Es rührt sie und macht sie gleichzeitig befangen. Sie kann nicht einfach so tun, als wisse sie von nichts. Doch aufdringlich sein will sie auch nicht.

»Das kann ich verstehen, in deiner Situation. Wie geht es euch, dir und Melanie, und deiner Mutter, jetzt, wo – wo Bruno nicht mehr zu Hause ist?«, fragt sie vorsichtig.

»Keine Ahnung. Ich meine, keine Ahnung, wie es meiner Mutter und Mel geht. Wirklich geht. Ich frage nicht. Das Leben geht weiter. Und mir ist es egal, wo sich mein Vater aufhält. Eigentlich ist es besser, dass er weg ist. Er war in letzter Zeit sowieso kaum noch zuhause.«

Wieder diese abgeklärte Stimme; nicht cool, dafür spricht Felix zu leise, zu wenig forsch, seltsam emotionslos. Als ob er in seinem kurzen Leben schon alles gesehen hätte und ihn nichts mehr bewegte. Jetta fällt Silvias Ratlosigkeit ein, die Sorge um Felix, weil sie nicht weiss, was in ihm vorgeht. Jetta bremst ab, ein Bus biegt aus der Haltebucht auf die Strasse ein. Der Mittagsverkehr ist jetzt dicht.

Sie fragt nach seinen Ausbildungsplänen, wenn die Matura vorbei ist. Felix hat keine Pläne. Geschichte interessiere ihn, und Musik, aber beides zu wenig für ein Studium. Überhaupt habe er kaum Lust, an die Uni zu gehen.

»Wieder Schulbetrieb, mit Zwängen, Stundenplänen, Lektürelisten und Prüfungen, und das über Jahre. Das halte ich nicht aus.«

»Und eine Lehre?« fragt Jetta.

Weil Felix nicht antwortet, erzählt sie ihm von Sam. Statt ins Gymnasium zu gehen, wie man es von ihm erwartete, habe er Bootsbauer gelernt und arbeite als Werkstattchef einer Werft am Genfersee. Seine Berufswahl habe er nie bereut. Unter anderem habe er ein Jahr auf einer Werft bei Vancouver gearbeitet und ein Praktikum in Finnland gemacht.

»Sam spricht fliessend Englisch, ein bisschen Finnisch, und natürlich Französisch. Mein Bruder ist unabhängig, er hat keine Kinder, nur einen Hund. Es geht ihm gut. Sam ist schwul. Er lebt mit seinem Partner zusammen.«

Jetta hat keine Ahnung, weshalb sie Felix all dies erzählt; dass Sam homosexuell ist, ist unbeabsichtigt aus ihr herausgerutscht. Wieder ist sie verlegen und konzentriert sich auf den Strassenverkehr. Felix hat stumm zugehört. Nach einer Weile hebt er die Hände und lässt sie mit einer müden Bewegung auf die Oberschenkel fallen.

»Ein handwerklicher Beruf ist schon gut, wenn jemand zwei rechte Hände hat. Ich habe zwei linke. Ich bin ein hoffnungsloser Fall. Jede Linie, die ich zeichne, ist krumm, erst recht jeder Nagel, den ich einschlagen soll. Meine Boote würden augenblicklich absaufen.«

Er lacht freudlos und zieht die Arme enger um den Körper. Jetta errät, dass er in den nassen Kleidern friert. Sie stellt die Heizung höher. Ein Versuch, mit Felix über Musik zu reden und seinen Musikgeschmack herauszufinden, versandet, weil ihr die Namen der Musikgruppen nichts sagen.

Den Rest der Fahrt setzen sie schweigend fort. Vor Beutlers Haus gibt ihr Felix die Hand und bedankt sich. Dann läuft er durch den Regen zur Eingangstüre.

Beim Aussteigen sieht Jetta einen glänzenden Knopf auf der Beifahrerseite. Sie hebt ihn auf. Es ist kein Knopf, sondern ein münzgrosses Amulett aus Messing oder einem anderen Metall, mit einem Symbol in der Mitte, das aussieht wie eine Sonne oder Krabbe, umrahmt von arabischen Schriftzeichen. Es muss Felix aus der Hosentasche gerutscht sein. Sie steckt es ein und nimmt sich vor, es dem Jungen bei Gelegenheit zurückzugeben.

17

Nach der Arbeit ist Andreas seine Trainingsstrecke gerannt, hat geduscht und sitzt mit feuchten Haaren am Tisch. Jetta setzt sich zu ihm. Eine Weile schaut sie ihm zu, wie er Müesli löffelt, Käsestücke in den Mund schiebt und in der liegengebliebenen Sonntagszeitung liest.

»Was sind die Anzeichen einer Depression?«, fragt sie, als Andreas den Teller nachfüllt. Einen Augenblick schaut er sie prüfend an.

»Fehlende Energie, Schlafprobleme, kein Appetit, andauernde Gemütsverstimmung, sozialer Rückzug, niedriges Selbstwertgefühl, in schweren Fällen Suizidgedanken. Also nichts, woran du leidest. Warum?«

»Wie kommst du auf die Idee, dass ich von mir spreche? Es geht um Felix Beutler. Heute habe ich ihn im Auto mitgenommen, tropfnass und völlig verfroren. Bei diesem Sauwetter war er ohne Regenschutz von den Schauspielhallen unterwegs nach Hause.«

Sie beschreibt den Jungen.

»Kein Lächeln, alles freudlos und flach, völlig anders als

Melanie. Antriebslos, genau wie du sagst. Kannst du dir vorstellen, dass ihn die Sache mit Bruno so mitnimmt?«

»Woher soll ich das wissen, wenn ich nicht weiss, wie es ihm vorher ging? Viele Junge geben sich so, wie du ihn beschreibst, desinteressiert, cool und emotionslos. Das ist bei vielen normal.«

Jetta überlegt. Wie kann sie Andreas begreiflich machen, dass sie hinter Felix' Gleichmut eine Leere gespürt hat und nicht Coolness? Andreas' zur Schau gestelltes Desinteresse hilft ihr nicht weiter. Tut er das wegen Bruno, oder wegen ihr? Unmut steigt in ihr hoch. Sie versucht es noch einmal:

»Vielleicht fehlt Felix der Vater. Sag doch Bruno mal, er soll sich ein bisschen um ihn kümmern.« Kaum hat sie es gesagt, verwünscht sie ihre Unvorsichtigkeit. Andreas schaut Jetta misstrauisch an.

»Wie kommst du drauf, dass ich mit Bruno reden soll?«

Jetta atmet tief ein. Eine Erinnerung rettet sie.

»Bruno hat dich angerufen, als seine Affäre aufflog. Er scheint dir zu vertrauen.«

Das Thema ist voller Fallstricke; die Lust es weiter zu verfolgen, ist ihr vergangen. Andreas und sie würden sich nur verheddern. Doch er ist bereits aufgebracht:

»In letzter Zeit scheinst du von der Idee besessen zu sein, dass ohne dich nichts und niemand richtig läuft. Jetzt sind Beutlers dran, und ich soll dabei mitmachen! Dein Verhalten ist krankhaft!«

Die letzten Worte ruft er so laut, dass Nicoles Zimmertüre aufgeht.

»Hey, alles in Ordnung dort unten?«, ruft sie.

»Ja, alles okay, Nicole!«

Noch immer färbt Empörung Andreas' Stimme. Oben schlägt die Türe wieder zu. Jetta fühlt sich gedemütigt und empfindet den Vorwurf als ungerecht. Dieses Mal will sie das letzte Wort.

»Was zum Teufel ist falsch daran, wenn ich spüre, dass es

einem jungen Mann nicht gut geht? Und dass ich ihm gerne helfen würde? Nur weil du Psychologe bist und sowieso alles besser weisst, lasse ich mir das nicht ausreden!«

Mit einem Ruck stösst sie den Stuhl nach hinten. Sie muss raus aus der Wohnung, so wütend ist sie auf Andreas. Die Küche kann er allein aufräumen. Sie wird den Hund der Nachbarin holen und einen Spaziergang machen. Bevor sie in Gummistiefeln und der warmen Jacke die Wohnung verlässt, fällt ihr etwas ein. Andreas sitzt noch immer mit der Zeitung am Esstisch.

»Leo hat die Rechenaufgaben noch nicht gemacht. Und morgen schreiben sie eine Prüfung. Kümmere dich bitte darum.« Ohne seine Antwort abzuwarten, läuft sie durch den Flur und schlägt die Wohnungstüre hinter sich zu.

Es hat zu regnen aufgehört, die Luft riecht nach feuchter Erde und Fluss. Die Niederschläge der letzten Tage haben den Wasserstand anschwellen lassen; grün und mächtig zieht der Fluss an Jetta vorbei. Beim Eichholz versucht der Labradorrüde im Uferwasser ein Bad zu nehmen, bis sie es ihm mit strenger Stimme verbietet. Nun läuft Ricco auf dem Waldweg vor ihr her, folgt seiner Nase und schert ab und zu ins Unterholz aus. Von den Bäumen tropft es; nur wenige Spaziergänger sind unterwegs.

Die Kälte und das forsche Tempo tun Jetta gut. Beim Gehen blickt sie über den Fluss; am sonnenseitigen Ufer tragen die Bäume erstes Grün. Bei der Fähre bleibt sie stehen. Das Wasser wirbelt in Ufernähe, es gluckst und blubbert, wo die Wellen gegen den Uferwall schlagen. Immer wieder treibt ein vom Wasser gebleichter Ast an dieselbe Stelle, wird in die Tiefe gezogen und oberhalb des Wirbels ausgespuckt, ein Mahlwerk ohne Anfang und Ende. Vom Ufer hängen Zweige ins Wasser. Ein Entenpaar paddelt durch den Astvorhang und nimmt sich Zeit zum Gründeln. Ricco bellt, als er die Vögel erblickt; sie packt ihn am Halsband, zieht ihn zurück auf den Spazierweg.

Nach einer halben Stunde hat Jetta sich so weit beruhigt, dass sie ihre Gedanken ordnen kann. Am meisten bedrücken sie die Streitereien mit Andreas. In den letzten Wochen sind sie häufiger als sonst aneinander geraten. Ihre Wortgefechte gleichen dem Ast im Wasserwirbel: ein verbissenes Rotieren um die immer gleichen Argumente und Positionen, aus denen sie nicht hinausfinden. Ein Graben hat sich zwischen ihnen aufgetan, das Gefühl von Vertrautheit und das Vertrauen sind brüchig geworden. Ich misstraue ihm und er mir, denkt sie. Spürt er, dass sie ihn verstohlen beobachtet, sobald sie über Beutlers sprechen? Hat er deshalb so getan, als sei er nicht an Felix interessiert? Vielleicht müsste sie den ersten Schritt tun und Andreas alles beichten? Das ausspionierte Dossier. Den Brief.

Wie jedes Mal bei diesem Gedanken schreckt sie zurück. Die Wut, Vorwürfe und Ablehnung, die dann auf sie herunterprasseln würden, wären nicht auszuhalten. Dabei macht auch Andreas vieles falsch; geht der Verantwortung für die Kinder aus dem Weg, überlässt ihr das Feld und behauptet, sie sei zwanghaft kontrollierend. Wieder drehe ich mich im Kreis, denkt Jetta. Auf einmal fühlt sie sich so schlapp, dass sie sich am liebsten hinsetzen würde. Vielleicht sollten sie zur Eheberatung. Doch dazu wäre Andreas niemals bereit. Zu einem Kollegen in Therapie? Er doch nicht. Höchstens sie brauche eine Therapeutin.

Ein Windstoss schüttelt die Bäume, Tropfen landen auf ihrem Haar. Sie bleibt stehen und schaut sich nach Ricco um. Einige Meter hinter ihr steht er auf dem Weg und beschnüffelt einen Dackel. Jetta ruft. Als er nicht von dem Hund ablässt, läuft sie zurück, tätschelt den Hals des Rüden und zieht ihn am Halsband in die Gegenrichtung. Sie lässt los und beginnt zu laufen. Der Trick wirkt, Ricco rennt begeistert mit. Nach einer Weile drosselt Jetta die Geschwindigkeit und joggt ausser Atem hinter Ricco her.

Als ob der Geruch des Dackels seinen Jagdinstinkt angefacht hätte, biegt der Rüde unvermittelt vom Weg ab, bellt, und springt zu Jettas Entsetzen in den Fluss. Ein paar Enten ergreifen schnatternd die Flucht. Jetta rennt, so gut es das Wurzelwerk und die einmündenden Wassergräben zulassen, dem Ufer entlang und schreit unablässig Riccos Namen. Wie ein Korken tanzt der Hundekopf in der Strömung auf und ab. Er wird kleiner und kleiner, verschwindet hinter der Flussbiegung.

Keuchend stützt sich Jetta gegen einen Baum. Das Blut hämmert in ihren Ohren, unter dem Rippenbogen spürt sie einen stechenden Schmerz. Sie geht in die Hocke, lehnt sich an den Stamm und schliesst die Augen. Machfus. Zuerst Machfus, jetzt Ricco. Ihre Schuld. Alles hat sich gegen sie verschworen. Verzweifelt versucht sie ihr Bestes, aber immer versagt sie. Sie spürt die rissige Rinde an ihrer Stirn.

Wie lange sie dort kauert, weiss sie nicht. Nur, dass sich in ihrem Kopf ein neuer Gedanke breit macht: So rasch ertrinken Hunde nicht! Hunde können schwimmen, und ein Labrador erst recht! Neben ihr zieht der Fluss meerwärts, grün und kraftvoll, und sein gleichmässiges Rauschen hat etwas Beruhigendes. Noch etwas wacklig erhebt sich Jetta und stolpert durch das Unterholz zurück auf den Weg. Der Schmerz unter den Rippen hat nachgelassen. So schnell sie kann läuft sie flussabwärts, ruft wieder Riccos Namen.

Unversehens schiesst etwas Schwarzes aus dem Gebüsch und rennt ihr entgegen. Vor Erleichterung setzt sie sich mitten auf den Weg. Der Rüde tanzt um sie herum, leckt ihre Hände und schüttelt ausgiebig Wasser aus dem Fell. Es stört sie nicht, dass der Tropfenregen ihr Gesicht und die Haare besprüht. Statt mit Ricco zu schimpfen, nimmt sie seinen feuchten Kopf in beide Hände und krault ihn lange. Er riecht penetrant nach nassem Hundefell und Flusswasser.

»An die Leine, du Ausreisser.« Sie klinkt den Lederriemen ein und bemerkt erst jetzt, dass Rindensplitter und Reste von Moos unter ihren Fingernägeln stecken. Beim Weiterlaufen stossen ihre Finger auf etwas Rundes in der Jackentasche. Felix' Amulett mit den arabischen Schriftzeichen. Ihre Hand schliesst sich darum, bis das Metall die Wärme aufgenommen hat. Sie wird es Felix zurückbringen; vielleicht vermisst er es und weiss nicht, wo er es verloren hat.

Auf dem Heimweg läuft der Rüde brav wie ein Lamm an ihrer Seite. Das Gefühl, knapp einer Katastrophe entgangen zu sein, lässt Jetta bis nach Hause nicht los.

18

Wieder ein Mail von Karsten. Warum er ausgerechnet dich auf diese Gazareise mitnehmen will, ist dir ein Rätsel. Du hast dich im Snowboardcamp doch nicht als Idealist profiliert, als humanitär Angetriebener, Kämpfer für globale Gerechtigkeit – im Gegensatz zu ihm. Soll er die anderen fragen, Irina oder Sebastian, die haben sich schon mal an Eisenbahnschienen gekettet, haben sie zumindest behauptet. Oder sind sie mit Transparenten um den Bauch Kühltürme hochgeklettert? Und Reginas norwegische Freundin Mette ist angeblich mit einem Gummiboot zwischen Wale und Walharpunen geschippert und hat ein maritimes Massaker verhindert. Vielleicht ist die Geschichte sogar wahr, trotz der vier Wodkas, die Regina intus hatte, als sie sie erzählte. Warum tun andere, wozu du dich nie aufraffen könntest? Du bist kein Hosenscheisser, Angst ist es nicht, was dich lähmt. Immer bist du der erste gewesen, wenn ihr euch zwischen den Felsen hinuntergestürzt und Kurven durch unberührte Schneehänge gezogen habt. Oder wenn es die Halfpipe unter euren Sprüngen schüttelte. (Komm, sei ehrlich, das war im Winter vor einem Jahr, im letzten Winter bist du praktisch nie auf dem Brett gestanden. Bloss zweimal. Und warum? Weil L. kaum mehr mitmachte. Nicht mitkommen wollte. Weil Stefan sein blödes Grinsen auch im Schnee nie abgelegt hat. Weil der Erzeuger anderweitig beschäftigt war und nichts mehr mit euch unternommen hat. Weil. Weil. Lächerlich. Du bist so lächerlich mit deinen Ausreden.)

Du weisst es nicht. Typisch. Also beantwortest du Karstens Mail diesmal nicht, im Wechsel mit den immer gleichen Rechtfertigungen, die du selber nicht mehr lesen kannst, so schal und feige klingen sie – keine Zeit, die Schule geht vor, sollen doch andere, es nützt ja doch nichts.

Dabei wärst du froh, wegzukommen, egal wohin. Die Schule gurkt dich an, die Lehrer, die Noten, der ganze Betrieb. Fuck L. Fuck Stefan. Der Erzeuger mit seiner Mätresse, das tränende, wutschäumende Herz der Lady, Sis' pubertäre Macken. Das Leben kotzt dich an. Wenn es mal spannend und echt wird, wie heute in der Theaterprobe, bei dieser Wucht von einem Stück, in dem verlogene Fassaden aufreissen und einstürzen – dann klappst du zusammen, bekommst Atemnot, Schweissausbrüche, das Zipperlein und den Veitstanz, und du musst davonlaufen, weil du es nicht aushältst!

Du weisst nicht einmal, warum und wovor du davonläufst.

Zur Strafe gerätst du der Nachbarin vor die Räder. Netterweise fährt sie dich nach Hause, aber löchert dich mit Fragen und erteilt gute Ratschläge. Trotzdem hast du ihr von dem Stück, sogar vom Davonlaufen erzählt. Warum ihr, und der Lady nicht? Zu nahe zu Mutter. Zu sehr besorgte Mutter. Sofort wollte sie dich in ein warmes Bad stecken, du könntest dich erkältet haben! Wo du nichts mehr ersehnst, als verschleimt im Bett zu liegen, zusammengerollt unter der Decke, Kopfhörer auf den Ohren, Fieber im Kopf und die Arme vor der Brust, wie im Mutterleib. Manchmal die Hände der Lady spüren. Sie kühlen deine Stirn, führen eine Tasse Tee an deine Lippen, streichen die Bettdecke glatt und stopfen sie fest um deine Schultern. Sonst nichts. Keine Schule, keine Termine, keine Fragen, nur Schlaf, Musik, und nichts denken. Nichts fühlen. Ausser der Hitze im Körper und der weichen weissen Welt deines Betts. Schlafen. Nur schlafen. Wie Hamlet. To die: to sleep;/ No more; and by a sleep to say we end/ The heart-ache -

19

Jetta kann Andreas' schlechte Laune förmlich riechen, als sie die verschmutzten Stiefel in den Flur stellt. Er sitzt auf dem Sofa, reagiert kaum auf ihren Gruss. Um einen Zusammenstoss zu vermeiden, stellt sie sich oben unter die Dusche, massiert Shampoo ins Haar und kratzt das Moos unter den Fingernägeln hervor. Beim Haare föhnen hört sie ihn durch die Badezimmertüre Leo anschreien, Nicoles Stimme mischt sich dazu. Wegen des Gebläses versteht sie nicht, worum es geht. Andreas' Geschrei beunruhigt sie, so böse klingt es. Im Morgenmantel und den Pantoffeln verlässt sie das Badezimmer, hinter den Türen der Kinderzimmer ist es still. Sie wirft einen Beutel Orangenblütentee in kochendes Wasser und setzt sich mit der Tasse ins Wohnzimmer. Andreas lässt das Buch sinken und schaut sie mit verkniffenen Augen an.

»Hast du dich abgeregt?«

Missmut kratzt in seiner Stimme, aber immerhin, es könnte eine Aufforderung zum Dialog sein, besser als eisiges Schweigen.

»Es tut mir leid, dass ich davongerannt bin. Ich habe es nicht mehr ausgehalten, deine Vorwürfe waren ungerecht und aus der Luft gegriffen. Auch wenn du das vermutlich anders siehst. Aber okay, es ist jetzt vorbei.«

Er scheint keine Lust auf eine Diskussion zu haben, brummt nur etwas Undeutliches. Jetta ist es egal, müde und erschöpft wie sie ist. Deshalb verschluckt sie eine Bemerkung zur seiner miesen Laune und fragt, was mit Leo gewesen sei.

Andreas legt den Zeigefinger zwischen die Buchseiten und klappt das Buch zu.

»Er ist so etwas von renitent, wenn es ums Lernen geht. Er hat sich schlicht geweigert, die Aufgaben zu machen. Stur wie ein Esel. Das sei unnötig und solchen Stuss. Da habe ich ihn angeschrien.«

Jetta hebt die Augenbrauen. Etwas wie Schadenfreude wärmt sie von innen. Sie geniesst das Gefühl, gleichzeitig findet sie ihre Freude pervers. Es geht ja um Leo, nicht um sie. Leo darf nicht aus dem Tritt geraten.

»Mit Erfolg?«, fragt sie nach einer Weile.

»Keine Ahnung. Ich habe mich hinterher entschuldigt. Und mich zu etwas hinreissen lassen, weiss der Kuckuck weshalb. Jetzt bereue ich es.«

Andreas zieht den Finger aus dem Buch, legt ein Buchzeichen an die Stelle. Vorsichtig nippt Jetta am heissen Tee.

»Ich habe ihm eine Katze versprochen, sobald seine Noten über längere Zeit akzeptabel sind. Dabei will ich überhaupt keine.«

Wider Willen muss Jetta lächeln, wie sie das verdrossene Gesicht ihres Mannes sieht und sich das neue Haustier vorstellt. Sie hat nichts gegen eine neue Katze. Aber kein Weibchen, Katzennachwuchs wäre das Allerletzte, mit dem sie sich herumschlagen will.

»Keine schlechte Idee. Eine Katze als Köder ist vielleicht das einzige, was bei Leo wirkt«, sagt sie und versucht anerkennend zu klingen. Andreas' Stirn glättet sich ein wenig.

»Vielleicht lohnt sich der Versuch«, meint er zögernd.

Eine Weile spekuliert er weiter über die Gründe von Leos Lernfaulheit. Jetta kann es kaum fassen, wie wenig Andreas Leos sinkende Schulleistungen bemerkt hat, obwohl sie ihn dauernd darauf hingewiesen hat. Sie hätte genauso gut schweigen können. Oder über den Weltuntergang reden.

Kein einziges Mal hat er ihr wirklich zugehört. Als er endlich innehält und sich ausgiebig über die stoppeligen Wangen reibt, beschliesst sie das Thema zu wechseln. Sie erzählt von den Schreckmomenten am Fluss. Andreas nimmt die Hände vom Gesicht, setzt sich auf.

»Traumatisierte Menschen reagieren mit so einem Flashback. Doch dafür ist die Geschichte mit Machfus nun wirklich zu unwichtig. Er war bloss eine Katze, kein Kind. Warum beschäftigt dich das so?«

Sein Ton ist vorwurfsvoll. Jetta zuckt die Achseln und trinkt schweigend ihren Tee. Es sei einfach so, sie könne es nicht ändern, meint sie nach einer Weile. Andreas rückt ein wenig näher.

»Ich finde, du solltest mehr für dich tun, ein neues Hobby beginnen, oder mehr Sport treiben. Warum spielst du nicht wieder Volleyball? Das würde dich ablenken, statt dass du dauernd zwischen diesen dummen Gedanken, deiner Arbeit und den Kindern rotierst.«

Und zwischen dir, und meiner Mutter, und dem Haushalt, und Silvia, und Helen – ergänzt Jetta stumm. Andreas hat ja keine Ahnung. Trotzdem tut seine Zuwendung gut, und die Vorschläge sind ihr nicht fremd. Auch sie hat schon überlegt, ob sie nicht wieder regelmässig trainieren sollte. Wegen der geschäftlichen Abendtermine könnte es schwierig werden, aber vielleicht wäre es einen Versuch wert.

In den folgenden Tagen stossen Jettas Finger ein paar Mal auf das Amulett in der Jackentasche. Jedes Mal nimmt sie sich vor, es Felix zurückzubringen, immer sind die Umstände ungünstig.

Nicole hat sich die Haare gefärbt, diesmal Dunkelbraun mit einem Stich ins Kupfrige. Jede freie Minute verbringt sie mit Melanie: im Einkaufszentrum, am Treffpunkt, bei Beutlers, seltener in ihrem Zimmer. Sie frühstückt nie. Weil sie bei den anderen Mahlzeiten zulangt, versucht Jetta ihre

Besorgnis wegen einer Magersucht zu verdrängen. Oder isst das Mädchen am Tisch und erbricht sich später im Verborgenen? Nicole sieht gesund aus, ohne Anzeichen von Gewichtsverlust. Ihre Launen blühen, sie ist frech, gibt auf Fragen kaum Antwort, kommt selten zur vereinbarten Zeit nach Hause und hinterlässt Unordnung, wo immer sie sich hinbewegt. Andreas tut ihre Unverschämtheiten weiterhin als pubertäre Ausschläge ab. Jettas häufigste Frage an die Götter lautet, wann wird meine Tochter wieder umgänglich und vernünftig?

Eines Abends wühlt Nicole im Elternbadezimmer in der Schublade mit den Salben und Kopfwehtabletten. Sie blitzt ihre Mutter an, wie wenn diese dort eingedrungen wäre und nicht sie.

»Was suchst du hier, Nicole?«

»Nichts, bloss eine Crème gegen Jucken.«

»Wo juckt es denn?«

Nach Ausflüchten gesteht das Mädchen, im Bikinibereich, die Haut sei ein bisschen entzündet. Weil Jetta nicht locker lässt, öffnet Nicole die Jeans und schiebt das Höschen hinunter. Der ganze Bereich, auf dem sich normalerweise Schamhaar kräuselt, ist rasiert und ein einziges rot aufgeworfenes Feld aus kleinen Pusteln. Jetta setzt sich auf den Toilettendeckel, schaut vom Pickelfeld zu Nicoles abgewendeten Augen und wieder auf das entzündete Dreieck. Das kommt davon, du dummes Ding – denkt sie. Sie hält sich zurück, schüttelt bloss den Kopf.

»Muss das sein, dass du dir die Schamhaare abrasierst, kaum dass sie da sind? Die sind doch für etwas gut.«

Sie verkneift es sich, ihrer Tochter zu erzählen, wie sehnlich sie seinerzeit das Spriessen der verborgenen Härchen erwartet hat – als gefeiertes Zeichen des Erwachsenwerdens.

»Das verstehst du nicht«, gibt Nicole patzig zurück. »Alle Mädchen in der Klasse machen das.«

»Und warum?«

»Darum. Das macht man so. Haare dort unten sind voll daneben.«

»Auch wenn man keinen Freund hat, auch wenn niemand hinschaut?«

Jetta versucht nicht vorwurfsvoll zu klingen, obwohl sie die Praktik am liebsten vollkommen idiotisch nennen würde, mit Freund genauso wie ohne.

»Man weiss ja nie, ob man nicht plötzlich einen Freund hat und dann blöd dasteht.«

Jetta überwindet ihre Zurückhaltung.

»Hast du eigentlich einen Freund, Nicole?«

Als Nicole die Periode bekam, musste sie Jetta versprechen, nie ungeschützt mit einem Jungen zu schlafen. Zusammen besprachen sie die gängigen Verhütungsmittel und das Mädchen zeigte sich informiert und verständig. Die Episode liegt mehr als zwei Jahre zurück, in einer fernen Idylle vor Kratzbürstigkeit, Widerstand und Guerillakrieg. Jetta sucht vergeblich ihren Blick. Nicole schüttelt den Kopf.

»Und Melanie?«

»Auch nicht.«

Jetta ist erleichtert. Früher oder später wird sich auch das ändern, aber für den Moment erscheint ihr die Abwesenheit von Freunden als eine Sorge weniger. Versöhnlich streicht sie über Nicoles Arme, die schlaff herunterhängen. Sie kramt in den Tuben und reicht Nicole eine Salbe.

»Versuchs mal damit. Und lass vorläufig die Hände vom Rasierer.«

Nicole nickt und verschwindet in ihrem Zimmer.

20

Die Katze liegt neben der Schuhablage und spielt mit den Schuhbändern von Leos Turnschuhen. Erschreckt springt sie hoch und flieht, als Jetta die Haustüre aufschliesst. Sie erhascht noch einen Blick auf schmutzig-weisses Fell mit getigerten Flecken, bevor das Tier in der Küche verschwindet. Jetta ruft nach Leo. Mit Augen, in denen sich das Schuldbewusstsein duckt, kommt er aus der Toilette und blickt suchend durch den Flur.

»Was ist das für eine Katze?«

»Von Daniel Lüthy, sie haben sie aus dem Tierheim. Und jetzt wollen Lüthys sie nicht mehr, und da habe ich sie mitgenommen. Paps hat mir eine Katze versprochen.«

»Aber erst, wenn deine Noten wieder besser sind. Davon kann ja noch keine Rede sein. Du bringst die Katze jetzt gleich zu Lüthys zurück!«

»Das geht nicht, sie wollen sie nicht mehr!«

»Dann kommt sie eben wieder ins Tierheim.«

»Aber dort quälen sie die anderen Katzen! Schau, alles voller Wunden!«

Geschickt fängt Leo das Tier ein und hält es wie eine Puppe in den Armen. Er flüstert beruhigend auf es ein, bis es sich still verhält, und bläst das Fell über den Schultern auseinander. Jetta entdeckt eine haarlose Stelle, wo eine Wunde nässt, gross wie zwei Daumennägel und rundum entzündet. Ihr Magen zieht sich zusammen. Nicht schon wieder. Auch der eine Hinterlauf des Tieres ist verletzt und in einem Ohr klafft ein tiefer Riss.

»Was ist das für ein schreckliches Tierheim? Und wie kommen Lüthys dazu, eine verletzte Katze nach Hause zu nehmen und sie doch nicht zu behalten?«

Leo schaut Jetta von unten an und zuckt wortlos mit den Schultern. Wieder spricht er leise mit der Katze und wiegt sie in den Armen, ohne dass das Tier sich wehrt. Jetta holt Luft, atmet heftig aus und wendet sich ab.

»Du kannst das mit Paps ausbaden. Schliesslich hat er dir den Katzenfloh ins Ohr gesetzt. Doch mit dem armen Tier muss jemand zum Tierarzt.«

»Aber nicht zu der bösen Ärztin«, sagt Leo bestimmt, setzt sich mit der Katze auf die unterste Treppenstufe und streichelt sie. Wenig später springt er auf und holt die Katzenkiste, einen übriggebliebenen Sack Streu und die Fressnäpfe aus dem Keller. Während Jetta die Einkäufe versorgt und mit dem Zubereiten des Abendessens beginnt, füllt er Streu in die Katzenkiste und macht in einer Küchenecke Platz für die Näpfe. Die Katze streicht dabei um seine Beine, schnurrt und schaut zu. Sich hinzusetzen und seine Hausaufgaben zu erledigen scheint für Leo heute kein Thema zu sein.

Jetta verbietet sich, etwas zu sagen. Schularbeiten und Katze gehören ab sofort zu Andreas' Bereich. Entschlossen schält sie Kartoffeln, setzt Wasser auf und bekommt mit, wie die Katze hinter einem Pingpongball herrennt und hochspringt, sobald Leo eine Feder in die Luft bläst. Trotz ihrer Verletzungen wirkt sie lebhaft und verspielt.

Gegen halb sieben öffnet Andreas die Wohnungstüre. Wie versteinert steht er im Flur, starrt von Leo auf die Katze, zu Jetta in die Küche und wieder zu seinem Sohn. Zum ersten Mal scheint es ihm zu dämmern, dass Leo kein kleines Kind mehr ist, sondern ein Junge mit erwachtem Eigensinn und bereit, sich mit seinem Vater zu messen. Leo hat das Tier hochgenommen und steht da, ohne etwas zu sagen, den Vater fest im Blick. Nur sein Kiefer bewegt sich im langsamen Rhythmus, mit dem er seinen Kaugummi kaut. Nach langen Sekunden schiebt Andreas beide Hände in die Hosentaschen und fixiert seinen Sohn.

»Okay, Leo. Das ist klar gegen unsere Abmachung. Aber Tiere schiebt man nicht nach Lust und Laune von einem Ort zum anderen. Darunter leiden sie. Es ist jetzt deine Verantwortung, dass diese Katze nicht wieder von hier weg und leiden muss. Wegen der Schule gilt, was wir abgemacht haben. Ist das klar?«

Leos Kiefer hat zu kauen aufgehört. Stumm, fast feierlich nickt er. Erst als er sich bückt und die Katze auf den Boden stellt, entfährt ihm ein kleiner, fast zwitschernder Ton, etwas zwischen Lachen und Seufzen. Andreas lässt ihn stehen, geht in die Küche, wo Jetta Karotten schält, und gibt ihr einen Kuss auf die Wange.

Gut hast du das gemacht, sagen ihre Augen.

»Meinst du, er hält sich dran?«, fragt Andreas leise, sobald Leo ausser Hörweite ist. Jettas Hände halten mit Schälen inne.

»Er kann fast nicht anders. Es ist eine Art Charaktertest. Hoffentlich besteht er ihn.«

Die Katze, stellt sich heraus, ist ein Weibchen. Der Tierarzt in der Quartierklinik meint beiläufig, etwa im August sei sie geschlechtsreif. Was Jetta dann zu tun gedenke? Dann legt er eine Spritze und Schachteln mit Medikamenten neben die Katze. Das Tier sei verwurmt, habe Flöhe und die Ohren voller Milben, das müsse man behandeln. Offensichtlich hüte die Katze einen Bandwurm in ihrem Darm, und die seien schwer wegzukriegen. Man erkenne das an den Bandwurmgliedern, welche die Tiere auf Kissen und Teppichen hinterlassen. Mit einer Pinzette hebt er ein bräunliches Segment vom Untersuchungstisch. Angewidert schneidet Leo eine Grimasse, Jetta weicht zurück. Der Tierarzt lacht ein bisschen, seine dicken Finger bewegen die Pinzette hin und her.

»Wenn möglich sollten Sie diese Dinger auflesen und vernichten, sie führen in geeigneten Därmen zu neuen Bandwürmern. Aber Ihr Tierchen kriegen wir schon wieder hin. Typische Bauernhofkatze aus einem grossen Wurf. Keiner will sie, sie werden krank und landen im Tierheim. Sie haben sie doch aus einem Tierheim?«

Leo nickt stumm; Jetta kämpft gegen aufsteigendes Ekelgefühl und eine irrationale Wut auf Lüthys und auf Bauern, die ihre Katzenweibchen nicht kastrieren lassen. Mit Wurmtabletten, Tropfen gegen Ohrmilben, einer Salbe für die offenen Stellen, einem Flohhalsband und der Information, neben der Unterbindung gebe es auch die hormonelle Empfängnisverhütung, verlassen sie die Praxis. Fast tut Jetta ihr Sohn leid, als er sich mit hängendem Kopf auf den Rücksitz neben den Katzenkäfig schiebt.

»Hättest du nicht eine etwas weniger verseuchte Katze heimbringen können?« Kaum hat sie es gesagt, bereut sie es. Dafür kann er nun wirklich nichts. Sie entschuldigt sich, er nickt unglücklich. Weil er stumm bleibt, versucht Jetta ihn aufzumuntern.

»Wir suchen einen schönen Namen für sie, pflegen sie gut, dann ist sie bestimmt bald gesund.«

Leo brummt etwas; nach einer Weile sagt er, er wisse schon einen Namen. Nofretete, das sei ägyptisch und passe zu Machfus. Und bei Nofretete bleibt es, auch wenn Nicole findet, der Name sei ein absolutes No-Go und sowieso lieber einen schwarzen Kater gehabt hätte. Oder eine Angorakatze. Oder einen Siamesen.

Nicht überraschend bleibt ein guter Teil der Katzenfürsorge an Jetta hängen. Sie anerkennt, dass Leo bereitwillig mithilft. Niemandem sonst gelingt es, Nofretete einzufangen und ihren Kopf festzuhalten, während Jetta Milbentropfen in die Ohren träufelt und Salbe auf die Schulterwunde tupft. Die Katze dazu zu bringen, Entwurmungstabletten zu schlucken, ist Leos Meisterstück. Mit gezieltem Griff um den Kiefer zwingt er sie, das Maul zu öffnen, ohne dass sie zubeissen kann. Jetta wirft die Pille tief in ihren Rachen, und es bleibt ihr nichts anderes übrig, als zu schlucken. Der Gedanke, dass sie mit der aufwendigen Pflege Machfus ein kleines bisschen Abbitte leistet, tut ihr gut, auch wenn er mehr mit Wunschdenken als mit der Realität zu tun hat.

Nur langsam schliesst sich Nofretetes Wunde, und es dauert, bis sie an Gewicht zulegt und ihr Fell zu glänzen beginnt. Jetta berührt sie höchstens mit spitzen Fingern und weist Frau Plavsic an, im Erdgeschoss immer gründlich Staub zu saugen und den Staubsack sogleich zu entsorgen. Die Vorstellung von Katzenflöhen unter dem Sofa oder Bandwurmfragmenten im Flur ekelt sie. Bis der Tierarzt Entwarnung gibt, bekommt Nofretete striktes Schlafzimmerverbot. Leo mault; er verbringt jetzt mehr Zeit mit Hausaufgaben und liesse Nofretete gerne in sein Zimmer. In der ersten Rechenprüfung nach ihrem Einzug schreibt er eine Viereinhalb, im Aufsatz eine Fünf. Erleichtert stellen Jetta und Andreas fest, dass der Katzendeal zu wirken beginnt. Die Stimmung zwischen ihnen entspannt sich, die alten Vorwürfe ruhen. Zum ersten Mal seit Wochen schlafen sie wieder miteinander.

21

L. will nicht. Nicht mit dir. Auch nicht mit Stefan. Sagt sie.

Du glaubst ihr nicht, das mit Stefan. Dafür bläht der Kerl sich zu sehr auf, grinst zu penetrant und schmiert sich zu viel Gel in die Strähnen. Er suhlt sich in L.s Gunst, dass es zum Kotzen ist.

Doch dass L. dich nicht will, das kam so schneidend daher – du musstest, du musst es glauben. Die Klinge stiess tief, brannte, es brennt wie Eis und erfriert dich von innen. Wenn ein Nein, warum vorher diese Blicke? Warum die scheinbar absichtslosen, beabsichtigten, kalkulierten Berührungen? Weshalb ihr Interesse an dem, was du tust, was du denkst, an den Büchern, die du liest? Jedes Mal übergossen Glücksfarben die Welt, sekundenlang, hielten deine Hoffnung wach. War nichts davon echt?

Du wolltest L. fragen, du musstest es erfahren. Doch bevor du nur den Mund öffnen konntest, hat sie dir den Rücken zugedreht und ist davongelaufen. Du hast ihr nachgeschaut, wie zufällig glitt genau jetzt das Shirt über die nackte Schulter –

Blind bist du nach Hause gefahren, wolltest den Golf aus

der Garage holen und irgendwo hinrasen, deinen Schmerz in Geschwindigkeit ersticken, aber die Lady war weg, der Golf nicht da. So hast du einen Wodka runtergestürzt, mit dem Fusel ein Schlafmittel runtergespült und dich aufs Bett geworfen, mitten am Nachmittag. How weary, stale, flat and unprofitable / seem to me all the uses of this world...

Dass der Erzeuger mit dir sprechen wollte, dem konntest du nicht ausweichen. Du hast das Treffen auf ein kurzes Bier runtergeschraubt, weil du angeblich so beschäftigt bist. Er hat es geglaubt, hat dir den Essay über Palästina, den Englischaufsatz über Hamlet abgekauft. Im Halbdunkel zuhinterst in der Bar hat dich sein öliges Solariumbraun angegrinst. Diesmal zog er die Brille aus den Haarstoppeln und steckte sie in die Hemdtasche. Das Hemd war zerknittert, die Mätresse bügelt keine Hemden. Seine Anbiederung trieb dir den Schweiss aus den Poren, die Erklärungsversuche widerten dich an. Nie hast du ihn so klebrig, so hilflos erlebt. Wie weggeblasen Coolness, Überlegenheit. Vaterbild mit Schwindsucht, galoppierend. Dass du meistens geschwiegen hast und nur einmal sagtest, du fühlest dich nicht als sein Kumpel, hat ihn endgültig aus der Fassung gebracht. Darauf sagte er nicht mehr viel, verschluckte sich am Bier, legte ein unanständig grosses Trinkgeld auf den Tisch und hat dir Glück gewünscht, bevor ihr in verschiedene Richtungen auseinandergegangen seid.

Erstaunlicherweise wirkte er echt, als er dir Glück wünschte. Zwei Sekunden Echtheit. Er hat es so gemeint.

Glück. Du. Ausgerechnet.

22

Beutlers Vorhänge sind zugezogen, im Garten kann Jetta niemanden sehen. Obwohl sie sich seit Tagen vornimmt,

Silvia anzurufen, scheut sie eine ungeplante Begegnung. Sie wird den Umschlag mit dem Amulett in den Briefkasten werfen und nach Hause fahren. Es ist ihr freier Mittwochnachmittag, Nicole ist mit Melanie ins Kino gegangen, Leo auf dem Fussballplatz; sie sehnt sich nach zwei ruhigen Stunden.

Als ob das zuschlagende Gartentor einen Impuls ausgelöst hätte, öffnet sich die Haustüre. Felix, einen Kanister in der Hand, grüsst und schaut sie fragend an. Sie streckt ihm das Couvert entgegen.

»Du hast etwas in meinem Auto verloren. Ein Amulett, oder eine Münze, sie lag auf dem Boden. Ich hoffe, du hast sie nicht vermisst.«

Felix sieht übernächtigt aus, dünner und bleicher, als sie ihn in Erinnerung hat. Er trägt ein T-Shirt lose über der Jeans, die halblangen Haare sind hinter die Ohren gestrichen. Wieder fällt ihr die Ähnlichkeit mit Silvia auf.

»Doch, aber ich hatte keine Ahnung, wo ich sie verloren habe.«

Er stellt den Kanister auf den Boden, nimmt den Umschlag und reisst ihn auf. Jetta hat das Amulett in ein Papiertaschentuch gewickelt. Vorsichtig entfernt Felix das Taschentuch, schiebt es zusammengeknüllt in die Hosentasche und legt die Münze auf seine Handfläche. Er schliesst die Hand und öffnet sie wieder.

»Ein arabischer Glücksbringer, angeblich. Von einer Freundin. Mir gefällt er auch so. Auch ohne Glück, meine ich.«

»Wobei, ein bisschen extra Glück können wir immer gebrauchen«, sagt Jetta. Sie fragt, wie es Silvia und Melanie gehe. Felix schaut auf das Amulett.

»Es geht so, glaube ich. Ehrlich gesagt weiss ich es nicht wirklich.« Er hebt den Kopf. »Meine Mutter ist heute den ganzen Tag in Basel. Im Beyeler-Museum.«

Seine Stimme klingt, als müsse er etwas rechtfertigen, die

Abwesenheit der Mutter, oder dass er nicht weiss, wie es ihr geht. Er steckt die Münze in die Hosentasche und bückt sich nach dem Kanister. Eigentlich hätte ihn Jetta gerne gefragt, wie es ihm gehe, und ob er sich damals im Regen nicht erkältet habe. Aber mit der Bewegung macht er klar, dass er das Gespräch beenden will. So streckt sie ihm bloss die Hand entgegen und wünscht ihm alles Gute. Seine Hand liegt unerwartet warm und weich in ihrer, er bedankt sich für das Amulett. Als sich Jetta ins Auto setzt, hat Felix das Garagentor geöffnet und ist verschwunden. Sie erkennt Silvias silbernen Golf. Die andere Garagenhälfte, wo Brunos Wagen gestanden hat, ist leer.

Zuhause packt Jetta die Einkäufe aus und krault Nofretete, die sich gähnend von ihrem Schlafplatz erhoben hat, mit einem Finger zwischen den Ohren. Sie lässt einen Kaffee in die Tasse laufen, legt ein Stück Schokolade dazu und setzt sich mit der Zeitung draussen in die Sonne. Während sie einen Artikel über Chinas Bewässerungsprobleme zu lesen versucht, wandern ihre Gedanken zu Felix. Wie anders er ist als seine Schwester. Verletzlich, unentschlossen, zurückhaltend bis zur Schüchternheit, während Melanie vor lauter Selbstbehauptung und verdeckter Aggressivität an einen Kaktus erinnert. Melanie müsste man an die Leine nehmen, Felix ganz sanft aus dem wattierten Nest stossen, in das man ihn am liebsten einpacken würde, damit er nicht zerbricht. Wäre er ihr Sohn, dann brächte er sie noch stärker um den Schlaf als Nicole und Leo. Seit er neben ihr im Auto gesessen ist, wird sie das Gefühl nicht los, mitschuldig an seiner Verstörung zu sein.

Sie versucht sich wieder auf die chinesische Wassernot zu konzentrieren. Nofretete springt auf den Stuhl daneben und beginnt eine ausgedehnte Katzenwäsche. Eine Weile schaut ihr Jetta zu, wie sie mit der Zunge die Vorderpfote einspeichelt und damit über Ohr und Auge reibt; sieben-, achtmal, bevor die andere Seite an der Reihe ist. Noch immer bedecken hartnäckige braune Krusten das Ohrinnere, trotz Milbentropfen und Behandlungen mit Wattestäbchen. Und noch immer entdeckt Jetta jeden Morgen kleine braune Segmente auf Nofretetes Schlafdecke. Sie seufzt und beugt sich über die Zeitung.

Als das Telefon klingelt, hat Jetta wenig Lust zu reagieren. Mitten am Nachmittag kann es nur ihre Mutter sein. Hanna sitzt bestimmt zuhause, beschäftigungslos, nervt sich über den lärmigen Rasenmäher, den die Nachbarin soeben über den Rasen rollt, diese Frau, die nie zuerst grüsst, und die aus Bequemlichkeit den Kehrichtsack schon am Vorabend statt erst am frühen Morgen vor das Haus stellt. Alles genügend Gründe, die Tochter an ihrem freien Mittwochnachmittag anzurufen und den Ärger bei ihr abzuladen. Oder sie ruft wegen Sam an; er hat wieder nicht angerufen, oder er hat angerufen, aber einmal mehr das Falsche gesagt, und diese Verletzung will mitgeteilt und beklagt sein, neben dem widernatürlichen Umstand, dass Sam sich mit Männern herumtreibt. Hanna weiss seit Jahren von Sams Homosexualität und kann sie nicht akzeptieren. Bei Jettas letztem Besuch jammerte sie ausführlich über den Makel in der Familie, ihre Scham, dass Sam nicht wie jeder andere Mann eine nette Frau heiratet und Kinder bekommt, dass er mit Männern zusammenlebt. Jetta versuchte zu beschwichtigen, bis sie den anklagenden Ton nicht mehr ertrug. Sie schob starkes Kopfweh vor und floh. Sonst hätte sie Hanna unkontrolliert angeschrien, oder gar geschüttelt. Andreas erzählte sie nichts davon.

Das Klingeln nimmt kein Ende, Jetta wird unsicher. Ist es doch nicht Hanna? Sie geht hinein, hebt den Hörer ans Ohr. Die Männerstimme auf der anderen Seite ist tief und angenehm. Was sie sagt, passt nicht zur Stimme und reisst ein Loch in ihr Hirn.

»Stadtpolizei, Wachtmeister Suter, spreche ich mit Frau Henauer?«

Augenblicklich füllt sich der Riss mit grellen Bildern. Leo. Ist er verunglückt? Hat ein Auto Nicole angefahren? Ist Andreas etwas zugestossen? Jetta umklammert den Hörer, sagt mit schwacher Stimme: »Ja, hier Henauer.«

»Sind Sie die Mutter von Nicole Henauer, Schülerin, wohnhaft am Eichholzweg?«

»Ja, was ist mit ihr?«

Die freundliche Männerstimme spricht weiter. Beim Zuhören starrt Jetta die Bodenvase an. Die Blumen sind ein paar Tage alt, Riccos Herrin hat sie zum Dank fürs Gassigehen gebracht, und Jetta fällt auf, dass Schlieren im Wasser schweben. Während ihr der Polizist mitteilt, man habe Nicole und ein anderes Mädchen beim Kleiderdiebstahl erwischt, hält sich Jetta am Gedanken fest, sie müsse das Wasser erneuern, um die Lebensdauer der Zweige zu verlängern, und gleichzeitig denkt sie, ich bin verrückt, ein Polizist sagt mir, dass Nicole und Melanie Diebinnen sind, und ich ermahne mich, den Blumen frisches Wasser zu geben. Ihre Augen irren über die Fliederdolden und den Liguster, der die ersten Blütenblätter verloren hat und die auf dem Parkettboden liegen wie winzige weisse Boote auf einem See.

»Sind Sie noch dran?«, hört sie die Polizistenstimme aus weiter Ferne. Das Kleidergeschäft erstatte beim Jugendgericht Anzeige, fährt der Mann fort. Im Übrigen könne sie Nicole auf der Administration des Warenhauses abholen. Über die weiteren Schritte werde sie informiert; ob sie noch eine Frage habe? Bis zum Schluss bleibt er nett und klingt, als ob er ihr bloss eine Reiseversicherung verkaufen wollte. Er verabschiedet sich, Jetta hört das Knacken in der Leitung.

Mit dem Hörer in der Hand bleibt sie stehen, stützt sich auf den Tisch. Das Stufenröckchen. Melanies Paillettentop, das Rascheln der Plastiksäcke im zugesperrten Zimmer, die Schminke in den Mädchengesichtern. Der Rückzug von der Familie. Ihre hartnäckige Überzeugung, dass Melanie Nicole nicht guttut. Die einzelnen Teile fallen an ihren Platz, alles nimmt Gestalt an. Jetta holt Luft. Diebinnen, seit Monaten. Fälle fürs Jugendgericht. Ihr Mädchen. Und Silvias Tochter.

Jetta spürt, dass Nofretete um ihre Beine streicht. Mit weichen Knien geht Jetta in die Küche, trinkt ein Glas kaltes Wasser, setzt sich hin und ruft Andreas in der Praxis an. Er reagiert ungehalten, sie platze mitten in eine Therapie. Als Jetta das Vorgefallene knapp zusammenfasst, wird er stumm. Eine Schwere hat ihren Körper erfasst, als ob das Glas Wasser in alle Venen und Muskeln gesickert und zu Blei erstarrt wäre.

»Ich möchte, dass wir Nicole gemeinsam abholen. Jetzt.«

Andreas zögert, blättert in der Agenda. Zur Not könne er den letzten Termin verschieben und in einer halben Stunde vor dem Einkaufszentrum auf sie warten. Jetta kritzelt mit schweren Fingern eine Notiz für Leo. Mit dem Tram fährt sie in die Stadt und wartet vor den Schaufenstern des Warenhauses.

Andreas kommt zehn Minuten zu spät, Erklärung liefert er keine. Während sie mit der Rolltreppe in den obersten Stock fahren, redet er auf Jetta ein. Vielleicht hat sich die Detektivin geirrt. Vielleicht sei Nicole nur Mitläuferin und Melanie die treibende Kraft. Ob ihr nichts aufgefallen sei? Hat sie nie in Nicoles Kleiderschrank geschaut? So etwas könne doch nicht unbemerkt ablaufen, wenn man ein bisschen aufmerksam sei. Ausgerechnet er wirft ihr jetzt fehlende Überwachung vor, und Jetta nimmt einen schwachen Anlauf, die Vorwürfe zu kontern. Es ist zwecklos, Andreas hört gar nicht hin. Sie starrt auf die gelben Fussabdrücke, die vor ihr auf den Metallstufen in die Höhe fahren. Die Reaktion ihres Mannes ist ihr vertraut: Fühlt er sich in die Enge getrieben, teilt er reflexartig Anschuldigungen aus. Du hast, er hat, alle haben; alle, ausser ihm selbst.

Sie fragen nach der Administration, klopfen an eine Türe. Drinnen sitzen Nicole, Melanie und eine junge Polizistin. Sie stellt sich vor, Abegglen, Assistentin von Wachtmeister

Suter, er habe vorhin mit Frau Henauer telefoniert. Nicole hockt mit verheulten Augen da, presst ein Papiertaschentuch vor die Nase und hebt kaum den Blick. Melanie hat die Haare vor das Gesicht gezogen und streckt die Beine aus. Jetta fallen ihre hochhackigen Schuhe aus blauem Wildleder auf; Nicole trägt Ballerinas und Jeans.

Eine Dame in Hosenanzug und Namensschild erscheint. Die Eltern? Guten Abend, Sulzer, stellvertretende Geschäftsführerin, eine unangenehme Sache das Ganze, leider seien sie gezwungen gewesen, die Polizei einzuschalten, Anzeige zu erstatten, zwei Oberteile übereinander, vier teure Markentops wollten die Mädchen aus der Umkleidekabine schmuggeln, jedes gut zweihundert Franken wert. Sie könne ihnen Zahlen zeigen, Statistiken, über die Zunahme der Diebstähle und Schadenssummen, in solchen Fällen müssten sie einfach handeln. Ihr Ton wird schrill, sie zieht einen Ordner aus dem Regal, schlägt ihn auf und hält ihn Andreas vor die Brust. Ihr rot lackierter Fingernagel fährt über Zahlenkolonnen, während sie weiterspricht. Jetta schaut sich nach einem freien Stuhl um; die Luft im Raum ist stickig, ihr wird schwindelig. Die Polizeiassistentin ist aufgestanden. Die Anzeige beim Jugendgericht sei erfolgt, unterbricht sie Frau Sulzers Wortschwall, die Kleidungsstücke seien wieder im Besitz des Warenhauses, und nun wolle man die Mädchen der Obhut ihrer Eltern überlassen. Frau Abegglen dreht sich zu Melanie.

»Kannst du deinen Vater nochmal anrufen, damit wir wissen, ob er unterwegs ist?«

Melanie wühlt in ihrer Tasche. Sie könne auch mit ihnen nach Hause fahren, sagt Andreas, und Melanie, die bisher beharrlich weggeblickt hat, hebt sofort den Kopf und nickt. Wie es jetzt weitergehe, will Andreas von Frau Abegglen wissen.

»Die Mädchen haben gestanden, dass sie mehrfach Kleider gestohlen haben, hier und an anderen Orten. Also sieht es nach einer mündlichen Verhandlung vor dem Jugendgericht aus. Dazu werden auch die Eltern eingeladen.«

Andreas ist bleich geworden und starrt die Mädchen an, Jetta hält es nicht länger aus, sie muss sich setzen und die Jacke ausziehen. Nicole weint leise, presst das zerknüllte Papiertaschentuch gegen die Augen, Melanies Gesicht hinter dem Haarvorhang bleibt ausdruckslos. In der Handtasche findet Jetta ein frisches Taschentuch und streckt es Nicole wortlos hin.

Alles ist gesagt, Andreas schiebt die Mädchen vor sich her aus dem Raum. Jetta folgt auf unsicheren Beinen. Auf dem Weg zur Rolltreppe hastet ihnen ein braungebrannter Mann im offenen Trenchcoat entgegen; eine Sonnenbrille steckt im kurz geschorenen Haar. Als er vor den Mädchen anhält, erkennt Jetta Bruno. Er hat sich verändert. Jetta ist unsicher, ob ihr schwindeliger Kopf alles verzerrt oder ob Bruno wirklich dicker oder älter oder sonst anders aussieht. Er packt die Schultern seiner Tochter, schüttelt sie heftig.

»Was soll der verdammte Blödsinn, Melanie? Willst du unbedingt im Gefängnis landen?«

Seine Stimme ist laut, einige Kunden bleiben stehen. Andreas berührt Brunos Arm, spricht leise auf ihn ein. Brunos Therapeut in Aktion, registriert Jettas Hirn. Sie tastet an einem Gestell mit Reisezubehör nach Halt. Die Szene zwischen den Regalen voller Sporttaschen und Plastikkoffer erscheint ihr unwirklich – wie eine Episode in einem Film oder Theaterstück. Ein Mann, der einen anderen Mann beruhigt, ein Mädchen, das auf Highheels balanciert und die Gelangweilte spielt, daneben ein anderes Mädchen, hinter einem Taschentuch, gaffende Kundinnen und aus dem Off eine Stimme, die eine Sonderaktion für Herrenunterwäsche anpreist. Nichts scheint etwas mit ihr zu tun zu haben. Sie steht zufällig hier, gehört nicht dazu.

Die Männer schweigen, die Gruppe verschiebt sich zur Rolltreppe. Jetta schwankt hinterher, hält sich beim Hinunterfahren am Handlauf fest. Bruno will Melanie nach Hause fahren und warten, bis Silvia aus Basel zurück ist. Henauers ziehen es vor, das Tram zu nehmen. Vielleicht sehe man sich bald schon beim Jugendgericht, sagt Bruno beim Abschied und lacht dazu böse. Jetta sieht, wie sich Melanie beim Davongehen aus dem Griff ihres Vaters windet.

Das Tram ist voll, sie sprechen kaum miteinander. Nicole hält den Kopf gesenkt, die Haare fallen vor ihr Gesicht. Jettas Benommenheit ist nicht gewichen, auch nach dem Aussteigen fühlt sie sich schwindelig. Ewas hält sie zurück, sich bei Andreas einzuhängen, wie wenn es sich in diesem Moment nicht schicke, dieses Zeichen der Vertrautheit. Als ob eine Normalität vorgaukeln würde, die es nicht mehr gibt. Unsicher läuft sie hinter Mann und Tochter her. Zu Hause legt sie sich aufs Sofa und schliesst die Augen. Sie fühle sich nicht wohl, sagt sie auf Andreas' Frage. Leo setzt sich neben sie.

»Mam, was hast du? Und was ist los mit Nicole?«

Jetta öffnet die Augen. In seinen Augen liest sie Neugier und Verunsicherung. Wie soll sie ihm alles erklären, welche Worte soll sie wählen, um das Ganze nicht zu dramatisieren? Sie fährt mit der Zunge über die trockenen Lippen. Von oben hört sie einen scharfen Ausruf von Andreas, den sie nicht deuten kann.

»Melanie und Nicole haben Kleider gestohlen.«

Leos Augen werden gross, sein Mund öffnet sich, klappt wieder zu.

»Müssen sie jetzt ins Gefängnis?«

»Deswegen kommt man nicht ins Gefängnis, in ihrem Alter sowieso nicht. Aber sie müssen wohl vor den Jugendrichter. Damit so etwas nie mehr passiert.«

Leo atmet hörbar aus und denkt ein paar Augenblicke nach. Seine Augen wandern zu Nofretete, die auf dem Fussboden sitzt und sie unentwegt anblickt.

»Hundertprozentig war das Mels Idee! Die spinnt einfach. Ich kann sie nicht mehr sehen! Nicole macht alles, was Mel von ihr will, sie wehrt sich nie.« Er rutscht auf den Boden und streicht über Nofretetes Rücken. Eine Weile ist nichts anderes zu hören als das laute Schnurren der Katze. Der Junge dreht den Kopf.

»Warum liegst du auf dem Sofa?«

»Mir ist ein bisschen schwindelig. Aber das geht bald vorbei.«

Jetta überlässt sich den bleiernen Gewichten in Armen und Beinen, schliesst die Augen und öffnet sie erst wieder, als Andreas und Nicole die Treppe herunterkommen. Er trägt einen Wäschekorb voller Kleidungsstücke, stellt ihn im Wohnzimmer auf den Boden. Dann setzt er sich zu Jetta aufs Sofa, blass und mit zusammengepressten Lippen, seine Linke knetet den rechten Unterarm. »Ausräumen«, befiehlt er Nicole, die sich vor den Fernseher verziehen will. Leo greift sich Nofretete und rutscht mit ihr in sichere Distanz. Stück für Stück legt das Mädchen das Diebesgut auf den Boden, einen hellblauen Blazer, Leggins, einen kurzen Jupe aus Jeansstoff, Spitzenunterwäsche, das schwarze Stufenröckchen, billig aussehende Schals, ein paar blaue Lederballerinas, zwei Lippenstifte, einen Kajalstift, Eau de Toilette von Kenzo und Laura Biagiotti, beide noch in der Verpackung. Danach ist es totenstill. Von Nicoles Gesicht hinter den Haaren ist kaum etwas zu sehen. Sie schaut auf den Boden und schluchzt auf.

»Alles gestohlen? Du spinnst, Schwes!«

Leos Stimme schwankt zwischen Unglauben, Entsetzen und etwas wie Bewunderung. Sein Ausruf bricht den Bann, provoziert Nicole zu einem schwachen Schnauben in seine Richtung. Die Unterarme auf die Knie gestützt lehnt sich Andreas nach vorne.

»Sag mal, was habt ihr euch dabei gedacht? Wie kommst du dazu, diese Sachen zu klauen?« Bodenlos enttäuscht sei er von ihr, schiebt er nach. Seine Stimme klingt leise, brüchig,

Erschütterung schimmert durch. Nicole beginnt zu weinen. Ein lückenhafter Bericht tröpfelt aus ihr heraus, unterbrochen von Schluchzern. Melanies Idee sei es gewesen; sie habe nicht mitmachen wollen, aber Melanie habe sie ausgelacht und gedroht, sie sei sonst nicht mehr ihre Freundin. In vier Geschäften hätten sie gestohlen.

Jetta zieht sich hoch. Es sei billig, jetzt die Freundin zu beschuldigen; Tatsache sei doch, dass sie mitgemacht und nicht nein gesagt habe. Und beim Klauen habe sie sich auch nicht zurückgehalten, wie sie alle sehen könnten. Jetta legt die Arme um den Oberkörper. Zum Schwindel ist ein Kältegefühl gekommen, es macht ihre Finger weiss und gefühllos.

Weil Jettas Schwächeanfall nicht nachgelassen hat und sonst niemand Lust verspürt, Abendessen zu machen, suchen Leo und Andreas im Kühlschrank nach etwas Essbarem. Nicole räumt die Kleider in den Korb und verschwindet in ihrem Zimmer. Das Telefon klingelt; nicht einmal Andreas nimmt ab. Es könnte Silvia sein, denkt Jetta. Spätestens morgen müssen sie miteinander sprechen.

Andreas bringt ihr eine Decke und eine Tasse mit heissem Tee.

»Das ist tatsächlich zum Krankwerden«, meint er mit belegter Stimme und setzt sich zu ihr; am liebsten würde er auch krank. Er fasse es nicht, wie er sich in Nicole getäuscht habe. Man hätte sie besser überwachen, führen müssen; labil und beeinflussbar, wie sie offenbar sei. Jetta verbrennt sich die Lippen am heissen Tee. Andreas lässt offen, wen er mit *man* meint. Immerhin wiederholt er die Vorwürfe von vorher nicht. Sie wartet ein paar Sekunden, ohne dass er etwas nachschiebt. Ein Eingeständnis seiner eigenen Versäumnisse täte ihr jetzt so gut.

»Vielleicht kannst du jetzt anerkennen, dass mich Melanies Einfluss nicht grundlos beunruhigt hat. Damals hast du das völlig daneben gefunden.«

»Darin habe ich mich getäuscht, ja«, gibt er zu. »Möglicherweise hat Beutlers Ehezoff Melanie zusätzlich befeuert. Die Reaktion von Jugendlichen auf solche Situationen sind ja oft Protesthandlungen wie Diebstahl und Vandalismus.«

Jettas Magen zieht sich schmerzhaft zusammen. Um sich abzulenken, fragt sie, wogegen denn Nicole protestiert habe.

»Dass sie geklaut hat, halte ich eher für Mitläufertum als einen Protestschrei.«

Das Schlimmste für ihn sei, wie wenig Nicole ihrer Freundin entgegenhalten konnte. Jetta versucht seinen Gedankengängen zu folgen, während ihr Gehirn wiederholt: Die Antwort auf Krisen sind oft Protesthandlungen. Vielleicht hat der Brief alles noch schlimmer gemacht. Vielleicht hätte sich Melanie ohne die akute Krise ihrer Eltern gefangen und die Diebstähle abgebrochen. Warum hat sie den Brief bloss geschrieben – warum? Sie hält es im Liegen nicht mehr aus, sie muss sich bewegen, auf die Toilette gehen, ein Glas Wasser trinken, irgendetwas tun, trotz Schwindel. Mit Anstrengung steht sie auf. Andreas unterbricht seinen Monolog.

»Du glühst wie eine Tomate! Ich hole den Fiebermesser, und am besten legst du dich ins Bett.«

Jetta tappt zur Toilette. Später misst sie ihre Temperatur. Trotz Hitzestau im Gesicht und einem flauen Gefühl im Magen hat sie kein Fieber. Dennoch kriecht sie lange vor der üblichen Schlafenszeit ins Bett. Sie rollt sich zusammen, versucht alle Gedanken von vorher abzuschütteln und einzuschlafen.

Es ist aussichtslos. Ein halbe Stunde später spült sie eine Schlaftablette hinunter. Im Morgengrauen erwacht sie, Andreas liegt auf dem Rücken und schnarcht. Sie schluckt. Der Kloss sitzt wieder im Hals und klemmt zu.

23

Familiendrama. Du hättest es eins zu eins auf die Bühne verlegen können – es hätte Yasmina Reza überflügelt!

Erster Akt: Du stehst im Wohnzimmer vor dem Büchergestell und suchst den Bildband über Schiele, als die Haustüre aufgeht und der Erzeuger hereinstürmt, dampfend vor Empörung, Sis im Schlepptau. Er sieht dich, fährt herum, die Ray Ban rutscht von der glitschigen Stirn schräg übers Gesicht, und weil er sie vorerst nicht zu fassen kriegt, denkst du, eine Brillenschlange ist nichts dagegen, fehlt nur, dass er zu züngeln beginnt. Vielleicht hast du sogar ein bisschen gegrinst bei der Vorstellung, hast die Mundwinkel verzogen, wie du ihn fummeln siehst, da fällt ihm die Brille auf die Schuhe und er macht vor dir einen tiefen Bückling. Unfreiwillig. Du stehst und schweigst, den Schiele unter dem Arm. Was soll der Auftritt? Ist der Erzeuger in sich gegangen, hat ihn die Mätresse satt oder er sie, kehrt er reumütig in den Familienschoss zurück? Sis' Gesicht gibt nichts her, du siehst es kaum hinter den Haarzungen, die über ihre Augen und Wangen lecken und nur den fett geschminkten Mund preisgeben. Dazu trägt sie blaue Highheels und ein Fetzchen Stoff um die Hüften, so klein, als ob sie geradewegs vom Strich kommt oder dorthin unterwegs ist.

Der Erzeuger streckt sich, das Gesicht rot wie ein Puter. Er fragt dich, ob du weisst, wann die Lady zurück ist, und du sagst nein, du weisst nur, dass sie bei Basel bunte Bilder betrachtet, und willst dich an ihm vorbeidrücken. Da hält er deinen Arm fest. Ob du weisst – jetzt ist sein Gesicht so nahe, dass du die Schweisstropfen auf seiner Stirn und auf der rasierten Oberlippe siehst – ob du gewusst hast, dass deine Schwester eine Diebin ist? Des Erzeugers Stimme ist lauernd, oder drohend, oder anklagend, will er dich dafür verantwortlich machen? Du tust einen Schritt rückwärts, er lässt deinen Arm los, schreit auf einmal, schreit Sis an, schreit, Schande für die Familie, mit einem Bein im Gefängnis, solches Zeug, und punktgenau, als Sis während seinem Geschrei den Kopf hochwirft und sich wegdreht, beginnt der zweite Akt: Auftritt die Lady. Sie sieht den Erzeuger, wird blass wie ihre Bluse, drückt das Kreuz durch und starrt an ihm vorbei zu Sis. Und zu dir. Er ist verstummt, stemmt, als ob er sich selber aufrecht halten müsste, die Arme in die Seite. Du weisst, dass wahr ist, was er geschrien hat, Sis klaut Kleider, Schuhe, Parfüm, und sie ist auch noch stolz darauf. Geht es dich etwas an? Du bist nicht ihr Erzieher, nicht ihr Vorbild, auch nicht ihr Verräter, hast du beschlossen, und es gleich wieder vergessen. Verdrängt. Pokerface nach aussen und innen, Scheuklappen, vernähter Mund, Stöpsel in den Ohren.

Was der Erzeuger hier tue, will die Lady wissen, sie hat sich inzwischen gestählt oder tut zumindest so. Mit der Zeit schafft sie es, dass sich alle irgendwo hinsetzen, Abstände gewahrt, Fluchtwege offen, Visiere zu. Sag deiner Mutter, was los ist! Natürlich denkt Sis nicht daran, hinter den Haargardinen den Mund aufzutun. So geht es eine Ewigkeit, sag, sprich, rede, raus mit der Wahrheit, gesteh endlich, und du stehst schon wieder, weil du diesen Familienrat nicht mehr aushältst. Aus der Lady ist der letzte Rest Farbe ausgelaufen, und schliesslich bricht es aus des Erzeugers Mund, das Vergehen der Tochter, in allen Details. Niemand atmet, das Blut steht still, kein Haar wächst nach. Du kannst den Weberknecht hören, wie er sich an der Zimmerdecke entlang hangelt. Bis die Lady fragt, ob das wahr sei, und der Erzeuger nickt. Da steht sie auf, greift in die Vase auf dem Salontisch, reisst die Rosen oder Anemonen oder was immer da blüht heraus und schmeisst sie mit einem Laut zwischen Keuchen und Röcheln Sis mitten ins Gesicht. Filmreif! Bühnenreif! Im Leben nie hättest du der Lady diesen vulkanischen Ausbruch, diese gezielte Attacke zugetraut! Fast hättest du applaudiert.

Dritter Akt: Sis kreischt wie Lady Macbeth, eine blutrote Rose hängt kopfüber in den triefenden Strähnen, und du kannst dir nicht helfen, du beginnst zu lachen, mitten hinein in die allgemeine Erstarrung, erstickt zuerst und dann immer irrer, du lachst, dein Körper bebt, deine Eingeweide schütteln, deine Augäpfel rollen gen Norden, du hörst dein hysterisches Gegacker, ringst nach Atem und bist wohl schon tintenblau angelaufen, so wie dich die Lady jetzt entsetzt anstarrt. Da steht der Erzeuger auf und brüllt, hör auf, hör augenblicklich auf! Seine Stimme schneidet dir den Atem durch, dein allerletztes Lachen gefriert über euren Köpfen, und wie du dich umdrehst und hinausläufst, zerschellt es klirrend auf dem Boden.

Vorhang, Ende der Vorstellung.

Du hast dich in dein Zimmer eingesperrt, widerstehst jedem Klopfen. Übers Handy versucht dich die Lady zu erreichen, du siehst ihre Nummer und antwortest nicht. Was gäbe es zu sagen. Nichts. Nichts. Du stehst am Fenster, trommelst mit den Fingern an die Scheibe und alles, was du denken kannst ist, weg, nur weg von hier.

24

Soll sie die Wohnung wirklich als ›aussergewöhnlich‹ beschreiben? Gesine hat das bei der Besprechung vorgeschlagen. Wohnküche, Eichenparkett in allen Zimmern, die Einbauschränke, alles schön und praktisch, aber hebt das eine durchschnittliche Wohnung über das Gewöhnliche hinaus? Die Wohnküche ›edel‹ zu nennen, wie Gesine vorgeschlagen hat, bereitet Jetta ebenso Mühe wie den ›Blick ins Grüne‹ zu betonen. Die paar Bäume, die die Quartierstrasse tüpfeln, rechtfertigen eine solche Behauptung keinesfalls. Seit einer Viertelstunde brütet Jetta über dem Inserat, mit jedem zweiten Wort tut sie sich heute schwer. Sie wäre besser zu Hause geblieben, eigentlich fühlt sie sich immer noch krank. Sie schafft es kaum, sich zu konzentrieren.

Den ersten Entwurf fand Gesine zu nüchtern, zu wenig sinnlich, anschaulich, »da musst du nachlegen, sonst interessiert sich kein Mensch für das Objekt.« Jetta schluckt, massiert die Stelle, an der sie der lästige Kloss stört, und beginnt von vorne. Nein, edel passt nicht zu dieser Wohnküche, die in Wirklichkeit rustikal aussieht. Nur ist ›rustikal‹ für Gesine ein Tabuwort, ausser, wenn sie ein umgebautes Bauernhaus verkaufen will. Entnervt atmet Jetta aus, schaut zum Fenster hinaus. Draussen ist es trüb und viel zu kühl für Mai. Sie hat die Temperatur überschätzt, eine zu dünne Jacke angezogen und auf dem Weg zur Tramhaltestelle gefroren. Leo ist ohne Jacke und nur im T-Shirt zur Schule geradelt; sie hat Angst, dass er sich erkältet.

»Jetta, für dich«, ruft Christiane, die das Telefon bedient.

»Wer?«, fragt Jetta, fast froh um ein bisschen Ablenkung.

»Eine Frau Beutler, klingt ziemlich gestresst. Ist das die mit der Dreifachverglasung?«

Jetta schüttelt den Kopf. Alarmiert fragt sie sich, warum Silvia sie im Büro anruft. Wo sie doch gestern miteinander telefoniert und lange über die Töchter gesprochen haben. Jetta hat dabei vermieden anzudeuten, was ihre Familie denkt: dass Melanie die treibende Kraft war, und Nicole bloss Mitläuferin. Silvias Verfassung schien wacklig, ein paar Mal begann sie zu weinen, in der nächsten Sekunde brach Wut aus ihr heraus, auf Melanie, auf Bruno, der mit seinen amourösen Abwegen alles nur noch schlimmer mache. Und dann Felix: Seine einzige Reaktion sei Gelächter gewesen, es habe ihn vor Lachen geschüttelt! Danach sei er in seinem Zimmer verschwunden und habe sich jedem Gespräch verweigert. Für sie auch ein Zeichen, wie sehr er unter der Familiensituation leide. Das sei fast noch schlimmer als der Ladendiebstahl.

»Hat Melanie eine Erklärung geliefert, was sie dabei gedacht haben?«, fragte Jetta hastig. »Mit keinem Wort«, sagte Silvia. Für sie sei der Grund klar: Melanie habe damit gegen ihren ständig abwesenden Vater protestiert und nach dem Auffliegen der Affäre noch zugelegt. Jetta schluckte; fast das Gleiche hatte Andreas gesagt. Silvia kam in Fahrt. Vor den Jugendrichter gehe sie nicht ohne Bruno; Geschäft, Termine und Tusse hin oder her, dort sei er dabei. Wenn er sich weigere, laufe sie stracks zur Scheidungsanwältin. Bedrückter als zu Beginn des Gesprächs legte Jetta auf.

Nun ist Silvia schon wieder dran. Jetta meldet sich und versucht geschäftlich zu klingen.

»Entschuldige, Jetta, dass ich dich im Büro störe – aber hast du vielleicht eine Ahnung, wo Felix sein könnte? Er – er ist weg, seit gestern Nacht. Mit meinem Auto.«

Silvias Stimme zittert.

»Um Gotteswillen, wie meinst du das? Ist er nicht in der Schule?«

Jetta registriert, dass Christiane neugierig zu ihr schaut.

»Ich habe angerufen, er ist nicht zum Unterricht erschienen. Ich dachte – einmal hast du ihn doch mit dem Auto mitgenommen – hat er damals etwas gesagt, was wichtig sein könnte? Etwas erwähnt, einen Plan, einen Ort?«

Jetta presst den Hörer gegen das Ohr und versucht nachzudenken; ihr ist eiskalt. Wenn sie Silvia nicht zusätzlich ängstigen will, muss sie dann verschweigen, dass Felix auf sie einen depressiven Eindruck machte? Sie könne sich an nichts anderes erinnern, sagt sie stockend, als dass sie über die Schule, seine Interessen und über Musik gesprochen hätten. Könne er nicht zu Verwandten oder Freunden gefahren sein?

Alle habe sie angerufen, die ihr in den Sinn gekommen seien, niemand wisse etwas. Jetzt schluchzt Silvia. Sie habe Angst, dass Felix etwas zugestoßen sei. Dass er sich etwas angetan habe.

»Als er so schrecklich lachte, wirkte er irgendwie übergeschnappt. Auf einmal scheint alles möglich.«

Jetta sieht Felix vor sich, nasse Kleider kleben an seinem Körper, die Schultern hängen nach vorne, sie hört seine Stimme, flach, freudlos. Eine Faust umklammert ihr Herz und drückt langsam zu. Sie weiss, dass alles auch mit ihr zu tun hat. Auch wegen ihr ist Felix verschwunden. Ihr Atem geht schnell, die Hand mit dem Hörer zittert. Nach langem Schweigen hört sie Silvias Stimme: »Jetta, bist noch dran? Habe ich dich erschreckt?«

»Mir ist wirklich nicht sehr gut, Silvia, es tut mir leid, ich glaube, ich muss aufhören«, sagt Jetta fast unhörbar. Sie wagt nicht in das schwarze Loch zu blicken, das sich vor ihrem Schreibtisch auftut. Sie legt den Hörer hin, und weil jetzt die Wände mit den Aktenschränken, die Fenster, die Kolleginnen an den Schreibtischen um sie kreisen, schliesst sie die Augen und senkt die Stirn auf die Schreibunterlage.

»Hey, Jetta, was ist los?« Christianes Stimme kommt von weit her, durch das Rauschen in ihren Ohren, sie spürt kräftige Hände, die sie unter den Armen fassen, dann fällt sie, stürzt, tief und tiefer, in violettes und dann schwarzes, daunenweiches Nichts.

Als sie die Augen öffnet, liegt sie auf dem Boden. Die Gesichter über ihr gehören zu Dieter, Christiane, Rahel und Paolo, dem neuen Lehrling, ein Rund erschrockener Blicke. Jemand hat ihr etwas Weiches unter den Kopf geschoben und die Beine mit Ordnern hochgelagert. Gesine kauert neben ihr und hält ihre Hand, die Finger am Puls.

»Schätzchen, Jetta, was machst du nur für Sachen!«, sagt sie. »Wie fühlst du dich? Holt bitte jemand ein Glas Wasser?«

Jetta hebt die Füsse von den Ordnern und setzt sich langsam auf.

»Was mache ich auf dem Boden?«

Dieter streckt ihr ein Glas Wasser entgegen und zwinkert ihr zu.

»Zusammengesackt bist du, zuerst mit dem Kopf aufs Pult und dann zur Seite gekippt. Ich konnte dich gerade noch vor dem sicheren Absturz retten.«

Jetta schüttelt den Kopf, sie versteht nichts. Langsam kommt die Erinnerung zurück. Sie bekam keine Luft mehr, da war nur noch dieses Flimmern vor den Augen und ein Dröhnen in den Ohren, und dann nichts mehr. Silvias Anruf, Felix. Felix ist weg. Um Gottes Willen. Das Glas Wasser in Dieters Hand. Sie ergreift sein Handgelenk und klammert sich fest. Nach einer Weile nimmt sie das Glas und trinkt.

Gesine legt den Arm um ihre Schultern.

»Lass dir Zeit. Wenn du dich sicher genug auf den Beinen fühlst, kommst du zu mir.«

Als Jetta ihr Büro betritt, schliesst die Chefin die Türe und setzt sich neben sie.

»Geht es dir besser?«, fragt Gesine.

Jutta nicht stumm.

»Etwas ist doch mit dir, Jetta. Du machst deine Arbeit gut, aber etwas zehrt an dir, innerlich. Das beobachte ich seit Wochen. Du stehst unter Stress, wirst immer dünner, siehst schlecht aus. Ich weiss, deine Tochter macht Schwierigkeiten. Ist da sonst noch etwas? Ist etwas mit deinem Sohn? Oder geht dein Mann fremd? Du brauchst mir nichts zu erzählen, wenn du nicht willst, aber vielleicht täte es dir gut.«

Auf Gesines Schal tummeln sich Paradiesvögel mit Krönchen und Schleppenschwänzen, der dunkelviolette Grundton der Seide passt perfekt zu ihrem Nagellack. Gesine ist nur fünf Jahre älter als Jetta; trotz des geringen Altersunterschieds und ihrer eleganten Erscheinung strahlt sie etwas Mütterliches aus. Am liebsten würde Jetta den Kopf an ihre Schulter legten und einfach losheulen. Mit Anstrengung streckt sie den Rücken durch. Was soll sie der Chefin sagen? Keinesfalls kann sie den Brief erwähnen und was sie damit ausgelöst hat; nichts davon darf über ihre Lippen kommen. Jetta versucht den Kloss in ihrem Hals hinunterzuschlucken, bevor sie mühsam hervorbringt: »Unsere Tochter ist eine Ladendiebin, sie hat Kleider und Make-up geklaut.«

Nach diesem Beginn fällt es ihr leichter, von Nicole zu erzählen, von Melanie, von der Anzeige beim Jugendgericht. Übergangslos schwenkt sie zu Leos miserablen Schulleistungen und zu Nofretete, sie beschreibt die Bandwurmstücke zwischen der Pinzette und die abgehenden Spulwürmer, Jetzt verzieht Gesine das Gesicht und schlägt die Hand vor den Mund.

»Spulwürmer! Du Ärmste! Ich wäre längst im Irrenhaus.«

Gesine schüttelt sich vor gespieltem Entsetzen und legt die Hand auf ihren Arm.

»Christiane hat etwas von einem Telefonanruf gesagt; danach seist du weiss geworden und zu Boden gegangen.«

»Das war Melanies Mutter. Ihr – ihr Sohn ist verschwunden, mit dem Auto. Niemand weiss wohin. Felix, er ist achtzehn. Jetzt – wir haben Angst um ihn.«

Jettas Stimme ist brüchig, sie presst die Lippen aufeinander und hält die aufsteigenden Tränen zurück. Gesine schaut ihr forschend ins Gesicht und wartet. Nach einer Weile schlägt sie energisch die Beine übereinander.

»Ich bin keine Ärztin, nur jemand mit Augen und Ohren und ein bisschen Verstand hinter der Stirn. Und was ich sehe, ist klar: Du brauchst eine Pause, sonst rutschst du auf direktem Weg in ein Burnout. Geh zu deinem Hausarzt, er soll dich krankschreiben. Dann verreist du für ein paar Wochen, in ein schönes Kurhotel oder eine Wellnessoase, weit weg von Bandwürmern, schwierigen Kindern und solchen, die abhauen.«

Jetta schüttelt den Kopf, sagt etwas von den unerledigten Dingen auf ihrem Pult, und dass Nicole und Leo sie jetzt besonders brauchen. Gesine unterbricht sie.

»Erstens haben deine Kinder auch einen Vater, der darf

ruhig mal an die Front. Zweitens steigt Evelyne am Montag wieder ein; sie kann es nach all den Windeln und Schoppen kaum erwarten. Sie kann deine Dossiers übernehmen, das trifft sich ideal. Du packst deine Sachen und jemand fährt dich nach Hause. Und morgen gehst du zum Arzt.«

Gesines Fingernägel knallen entschlossen auf die Tischplatte, es tönt wie »Und denk nicht daran, mir zu widersprechen«. Sie läuft in das andere Büro, fragt, ob jemand Jetta nach Hause fahren könne. Nach einer Weile kommt sie zurück.

»Dieter fährt dich heim. In der Zwischenzeit hat deine Freundin wieder angerufen. Sie war besorgt, wie es dir geht.«

Dieter parkiert das Auto vor Jettas Haus und besteht darauf, sie in die Wohnung zu begleiten. Den angebotenen Kaffee schlägt er aus. Er bewundert die Einrichtung und streichelt Nofretete, die sich schnurrend an seinen Beinen reibt. Mit Katzen habe er nie Glück gehabt; seine erste sei überfahren worden, die zweite auch, und die dritte sei auf dem vereisten Dach ausgerutscht und beim Fallen habe es ihr den Schwanz abgerissen. Jetzt hätten sie Wellensittiche, genügsam und immer gut gelaunt.

»Aber vielleicht ist ihre gute Laune reine Einbildung, bloss mein Wunschdenken. Und das Geplauder unserer Sittiche in Wirklichkeit etwas ganz anderes.«

Dieter stellt sich vor den Flurspiegel, fährt mit den Fingern durch die Haare und richtet die Krawatte. Dann umarmt er Jetta, zum ersten Mal seit sie sich kennen. Er küsst sie auf beide Wangen und wünscht ihr gute Besserung. Jetta riecht sein Aftershave. Andreas nahm früher das gleiche, sie mochte es immer an ihm. Warum er gewechselt hat, weiss sie nicht mehr.

25

Mit den Kleidern hast du dich aufs Bett gelegt, zwei, drei Stunden geschlafen. Träume zerhackten dein Gehirn, schweissnass bist du hochgeschreckt und hast dich an nichts mehr erinnert, bloss der Ekel schüttelte dich. Irgendwann hast du es nicht mehr ausgehalten. Geld hattest du genug, den Fahrausweis, das Handy. Der Autoschlüssel lag auf der Küchenablage wie immer. Du bist aus dem Haus geschlichen, hast das Garagentor geöffnet und bist in den Golf gestiegen, alles lautlos. Dann fuhrst du los, in der Dämmerung, auf die Autobahn und mit 140 nach Fribourg und weiter, die Musik voll aufgedreht, bis die Ohren unter den hämmernden Bässen schmerzten. Die ersten Lastwagen tauchten auf. Du hast alle überholt, der Motor überschlug sich, als du das Gaspedal durchdrücktest, und es war dir scheissegal, ob dich eine Streife schnappt oder du in einen Brückenpfeiler rast, so was von egal, und du hast geschrien, fuck Stefan, fuck L., fickt euch alle, bei 150 laut in den Metal Sound geschrien, durch das offene Fenster geschrien und es geil gefunden, als dich ein Testarossa überholte und der Typ am Steuer den Daumen hob. Du bist über Montreux ins Rhonetal hinuntergefegt, bei Aigle musstest du raus, der Tank war leer. Es war kalt und hatte zu regnen begonnen, bei der Tankstelle kauftest du einen Kaffee, und da hat dich die Leere eingeholt, deinen Körper in Eis getaucht, so dass du zu schlottern anfingst, und du musstest weiter, das Adrenalin hochjagen und keine Gedanken ins Hirn einlassen, es zudröhnen mit Tempo und Metal. Du brauchtest Kurven, Haarnadelkurven, um dir das Zittern und das Denken abzugewöhnen.

Plötzlich ein Schild, Col de la Croix, du reisst das Steuer herum und blochst diesen Col hoch, kaum jemand ist unterwegs, der dir die Fahrbahn streitig macht, dich auf die Klötze zwingt, wenn du in eine Haarnadel schlitterst, das

Steuer herumziehst und die Pneus dazu jaulen wie ein Rudel Schlittenhunde. Die Passhöhe siehst du kaum, die Strasse glänzt vom Regen, jetzt eine gerade Strecke und du steigst aufs Gas, Tannen schiessen vorbei, vorne eine Windung nach links, du bremst, legst dich in die Kurve, gibst Gas, die Hinterräder rutschen herum, ein perfekter Drift, du gibst noch mehr Gas und lachst, schreist, genau so noch mal, so perfekt, so sauber, die Scheibenwischer schaufeln Wasser zur Seite und du beschleunigst auf der Geraden, Metal im Ohr im Blut im Hirn, vor dir siehst du die nächste Kurve, du lenkst in die Mitte, egal ob einer entgegenkommt, du willst deinen geilen Slide, jetzt, jetzt willst du ihn, auf dieser herrlich rutschigen Strasse, noch geiler als der letzte, jetzt die Kurve, du gibst Gas und reisst das Steuer nach rechts, das Hinterteil schlittert herum – verdammt, war das zu spät? – verdammt – Erdbeben unter den Pneus, Kollern, Rütteln, du bremst, schreist, und es schleudert den Golf seitwärts, über den Randstein – Scheisse verdammte Scheisse, du klammerst dich ans Steuerrad, gibst Gas, gibst Gegensteuer, neben dir bricht und kracht es, splitternde Zweige, knickende Äste, nein, nicht – ein ungeheurer Schlag, es schmeisst dich gegen das Steuer, du spannst die Nackenmuskeln, spürst Schmerz vorne, ungeheuer, du kannst nicht mehr atmen nicht schreien es dreht dich – Scheisse – Schlag von unten, dein Kopf –

– rote Feuerkreise im Hirn – sie verbrennen mich – Feuer Feuer – ein Feuerhaken in meinem Kopf, er reisst, reisst mir den Schädel entzwei – hör auf – Kreise kommen näher glühend immer grösser – Feuer in meinem Hirn –

- eiskalt, und Schmerz, der Feuerhaken im Kopf, im Bein, und kalt – ich hänge, kann mich nicht bewegen, nur Schmerzen – Äste, Tannenäste – eine Scheibe zerbrochen – es tropft auf meinen Hals, kalte Tropfen auf meinem Hals – Regen, er rauscht und rauscht und tropft eiskalt auf meinen Hals

– was tue ich da, aufgehängt eingezwängt – und Schmerz überall – sieht mich keiner? – jemand muss doch muss doch – Hilfe! – Hilfe! Ist da niemand? Hilfe – kein Schrei nur Flüstern – Hilfe –

26

Nachdem Dieter gegangen ist, empfindet Jetta die Stille in der Wohnung fast körperlich. Sie ist todmüde. Bevor sie der Erschöpfung nachgibt, zwingt sie sich, Silvia anzurufen.

Silvia nimmt sofort ab. Bestimmt sitzt sie neben dem Telefon und wartet auf ein Zeichen von Felix oder von der Polizei, denkt Jetta. Den ganzen Vormittag über hat Silvia Freunde und Bekannte kontaktiert, ohne Ergebnis. Die Vermisstmeldung der Polizei hat bis jetzt kein Resultat gebracht. Silvia redet, redet, sie klingt wie ein Automat, angetrieben von zum Zerreissen gespannten Metallfedern. Sie fragt nach Jettas Befinden; Jettas Mitfühlen, ihre Fürsorge berühre sie sehr. Schweig, ich halte es nicht mehr aus, denkt Jetta und muss gekeucht haben, denn auf einmal ist es am anderen Ende still.

»Silvia, es geht mir wirklich sehr nahe«, sagt Jetta mit grosser Anstrengung. »Ich kann mir nicht vorstellen, wie du das alles aushältst.«

Jetta schleppt sich zum Sofa und zieht eine Decke über sich. Vor Monaten sagte Silvia fast das Gleiche zu ihr. Wie hältst du das aus. Beim ersten gemeinsamen Kaffee, kurz nach dem Unglück mit Machfus. So vieles ist seither passiert – eine einzige Abwärtsbewegung, unaufhaltsam, wie auf einer seifigen Rutschbahn. Ein Ende ist nicht abzusehen. Vor wenigen Wochen hätte sie es als Witz oder Beleidigung empfunden, wenn ihr jemand diesen Zusammenbruch prophezeit hätte. Sie doch nicht; sie klappt doch nicht einfach zusammen. Nun liegt sie da, kraftlos, ihr Inneres zerbröckelt wie Mörtel. Sie zieht die Beine hoch, legt die Arme um die Knie und schliesst die Augen. Kopf, Glieder werden zu Blei, Widerstand ist ein Fremdwort. ›Sterben – schlafen – nichts weiter! Und zu wissen, dass ein Schlaf das Herzweh und die tausend Stösse endet‹ – wer nur hat das geschrieben? Es fällt ihr nicht ein. Alles, was sie je gedacht oder gewusst hat, sickert jetzt wie Wasser aus ihr hinaus.

27

Nebel – wo bin ich – warum kann ich – kann ich mich nicht bewegen – der Hammer in meinem Kopf, wumm wumm – er macht mich wahnsinnig –

Ist das ein Lenkrad, das verbogene Ding über dir? Warum über dir? Du willst es berühren, es geht nicht, du kannst die Hand nicht ausstrecken, es tut weh, alles tut weh, Nebel zieht vor die Augen – ich falle –

– mir ist kalt so kalt – keine Luft, alles schwarz, jemand hält meine Kehle zu – ich verrecke – Luft, Luft! – und den Hammer weg aus meinem Gehirn, und da ist einer, er blendet meine Augen – weg mit dem Licht, Licht tut weh, es zerreisst die Pupillen – der Kerl reisst meine Lider auseinander – nur Schmerz wieder – Il n'est pas mort, il a des réflexes, vite maintenant – hörst du, deutlich, jemand hat es gerufen, jemand hat etwas auf Französisch gesagt, seit wann redet man hier Französisch, in der Kälte, in der Hölle? Französisch? Pas mort, hat er gesagt, wer ist nicht tot? Du? Bist du tot? Oder nicht tot? Warum sollst du tot sein? Wo bin ich –

Ça va? Tu m'entends? Tu m'entends? – fragt einer immer wieder, ist es der mit dem Licht? Du versuchst zu sehen, ein Gesicht, Bart, Hände, ein Mann, alles verkehrt herum, warum verkehrt, du willst etwas sagen, nur Stöhnen kommt heraus, deine Zunge kann nicht und der Hammer im Schädel wird riesengross, du hörst Stimmengewirr, Rufe, alles Französisch, durcheinander, der Mund draussen sagt On te donne quelquechose contre la douleur, meint er dich? Ein Stich in deinem Bein, neben dir klirrt Glas, stöhnt Blech und kreischt Metall auf Metall, Lärm und Stimmen und Dröhnen und auf einmal diese warme daunenflauschige Welle, die in mir hochrollt, Gehämmer und Geschrei und alles hört auf –

Licht in meinen Pupillen, eine Stimme – widerwillig versuchst du die Augen zu öffnen, schwere Lider, bleischwer und kaum zu bewegen, und etwas rüttelt deinen Körper, wie ein Tier unter dir, das auf den Boden stampft. Ein Gesicht kommt näher, daneben erkennst du durch den Film auf deinen Augen etwas Weisses, ein weisses Gehäuse, und einen Mann mit orangefarbener Jacke, einen schwankenden Plastiksack über deinem Gesicht. Du verstehst nichts. Deine Augen fallen zu, du fühlst das Rütteln, jetzt schwächer, und du willst einen Arm heben, merkst, dass es nicht geht. Mit grösster Anstrengung öffnest du die Augen, willst den Kopf drehen – geht nicht. Das Gesicht vor dir redet mit dir, halb in deiner Sprache und halb auf Französisch. Es will wissen, wie du heisst, immer wieder fragt es dich nach deinem Namen. Wie eisst du, wie ist dein Name? Immer wieder. Statt deiner Zunge sitzt eine Kröte in deiner Mundhöhle, deine Lippen sind wund, steif wie Papier. Das lästige Gesicht hört nicht auf mit der Fragerei, es soll dich endlich in Ruhe lassen, du versuchst es zum Schweigen zu bringen. Elix Eutle ist alles, was du mit deinem klammen, starren Mund flüstern kannst, doch das Gesicht ist nicht zufrieden, es will mehr, doch du bist so müde, deine Augenlider ziehen dich ins Bodenlose. Als du sie mit grösster Anstrengung auseinanderzwingst, weil dich plötzliches Knattern aufschreckt, hat sich die Umgebung verändert. Liegst du in einem Helikopter? Was sonst kann das Dröhnen sein? Noch stärker als die Verwunderung darüber ist das Erschrecken über den Schmerz in deinem Kopf, im ganzen Körper. Du bestehst nur aus Schmerz, jetzt schreist oder stöhnst du. Wieder das Gesicht von vorhin, es beugt sich zu dir, ein Mann mit Glatze, seine Lippen sind an deinem Ohr. Schmerzen, douleurs? hörst du und du nickst, aber du kannst gar nicht nicken, dein Kopf steckt fest in einer Klammer, doch der Mann hat dich verstanden, er hält eine Spritze in die Luft, du spürst den Stich im Arm, und die selige warme Welle in deinen Gliedern, löscht alles aus –

28

»Wenn Sie wollen, begleite ich Sie zur Maltherapie. Haben Sie das schon mal gemacht, einfach gemalt?« Die Pflegerin im Ringelpullover, die ihr bei der Aufnahme die Abteilung gezeigt hat, steht vor Jetta. Ihre Stimme ist leise, freundlich.

Jetta schüttelt den Kopf, senkt den Blick auf das Buch in ihrem Schoss.

»Dann versuchen Sie es; es kann ungeahnte Türen in uns öffnen.«

Jetta erinnert sich, wie gerne sie als Kind zeichnete und malte, stundenlang; Vögel, Zauberwälder, Mondgärten, Unterwasserparadiese. Selbstvergessenes Glück. Wie lange das her ist. Warum hat sie damit aufgehört? Wegen der Mutter? Oft hatte sie etwas an Jettas Zeichnungen auszusetzen, fand die Menschen zu dünn und die Tiere zu plump, sagte, dass Blau und Grün oder Violett nicht zusammenpassten. Oder waren es die Vorstellungen des Lehrers, die ihr die Freude verdorben hatten? Von irgendeiner Schulstunde an war sie überzeugt, kein Talent zum Zeichnen zu haben. Die Perspektive missriet ihr, sie verfehlte die richtigen Proportionen, und beim Aquarellieren verliefen die Farben zu wolkigen Gebilden. Was soll sie in der Maltherapie?

Unsicher schaut sie hoch. Die Frau lächelt ihr zu, nickt ermutigend. Weil Jetta zum Lesen nicht wirklich Lust hat, schliesst sie das Buch und lässt sich von der Pflegerin den Weg zeigen.

Zwei Frauen bemalen an der Wand befestigte Papierbögen, andere Patientinnen sitzen rund um einen Tisch. Jetta grüsst leise und setzt sich. Auf dem Bogen vor der Frau mit den zitternden Händen, die ihr beim Mittagessen aufgefallen ist, erblüht eine bizarre Welt aus bunten Symbolen und Mustern. Hie und da fällt ein halblautes Wort, alle konzentrieren sich auf ihre Arbeiten. Die Therapeutin zeigt ihr, wo sie Pinsel und Farben findet.

Vor Jetta reihen sich die Farbtöpfchen, das leere Papier blickt sie erwartungsvoll an. Doch wo und wie beginnen? Sie schliesst die Augen, wartet auf eine Idee, auf eine Vorstellung davon, wie ihr Bild aussehen könnte. Sie sieht nur graue Flecken. Vielleicht hätte sie doch einen grösseren Papierbogen wählen sollen. Oder einen kleineren. Der Mann neben ihr schnauft laut durch die Nase, seine Zunge steckt zwischen den Zähnen. Sein Blatt ist ein wogendes Meer aus Orange und Dunkelrot. Jetta befühlt den Pinsel, stupst die trockenen Borsten gegen die Handfläche. Mehr aus Hilflosigkeit wählt sie schliesslich zwei Blautöne und ein mattes Grau, taucht den Pinsel ins dunklere Blau und zieht einen diagonalen Strich über den Bogen. Zum rechten Rand hin verliert der Pinsel die Farbe, das Weiss des Papiers schimmert durch die Pigmente. Seltsam, wie viel lebendiger der Strich mit dem Weiss dazwischen wirkt. Wie wenn Luft drin wäre, Atem. Kann sie das mit der nächsten Farbe wiederholen? Sie mischt ein wenig vom helleren ins dunklere Blau und zieht die nächste Diagonale. Der Farbton ist eine Spur heller; wieder franst der Strich aus. Sie hellt den nächsten Ton auf, malt Diagonale um Diagonale, bis ihr das Blau zu hell ist. Übergangslos wechselt sie zu Grau, dem sie mit immer mehr Dunkelblau Tiefe gibt.

Jetta schiebt das Blatt etwas von sich weg. Wie soll sie die dreieckigen Felder oben und unten ausmalen? Weiss lassen oder die Richtung des Strichs wechseln? Alles übermalen? Auf einmal missfällt ihr, was sie gepinselt hat. Ein paar Linien sind krumm oder von unterschiedlicher Breite, an zu vielen Stellen deckt das Weiss nicht richtig. Sie legt den Pinsel hin und starrt auf ihr Werk. Düster, langweilig. Phantasielos. Grau, passend zur grauen Maus. Zur zweiten Wahl. Zur Versagerin. Zur Schuldigen. Wie weggefegt ist ihre Versunkenheit, die Gedankenmühle im Kopf rotiert wieder. Was soll sie hier, was hilft es überhaupt, hier zu sein. Wie soll es mit ihr weitergehen. Und mit ihrer Familie.

Jetta auf die Krisenstation einzuweisen war Dr. Steigers Empfehlung. Er kennt Henauers seit Jahren, hat sich nie um einen Hausbesuch gedrückt, wenn eines der Kinder mit hohem Fieber im Bett lag. Andreas sass im Wartezimmer, während der Hausarzt Jetta gründlich untersuchte, ihr Blut abzapfte und Fragen stellte. Schlafprobleme, die Ohnmacht im Büro, die Schwierigkeiten mit den Kindern, negative Gedanken über sie selbst – wenig blieb unerwähnt. Zum Schluss blickte Dr. Steiger sie forschend an.

»Somatisch sieht alles gut aus, keine Hinweise auf eine Infektion. Ich nehme nicht an, dass die Laborwerte etwas anderes zeigen. Das Problem scheint in Ihrer psychischen Verfassung zu liegen. Eine Erschöpfungsdepression, mit grosser Wahrscheinlichkeit. Ich hole Ihren Mann, dann besprechen wir, was zu tun ist.«

Andreas setzte sich auf den angebotenen Stuhl, und je länger er dem Arzt zuhörte, umso sichtbarer wurde seine Irritation. Seine Argumente gegen eine Überweisung ins Kriseninterventionszentrum der Psychiatrischen Klinik wurden Jetta so peinlich, dass sie sich für ihn schämte. Jetta sei einfach erschöpft nach den vielen Turbulenzen, von Depression könne keine Rede sein. Eine, zwei Wochen Erholung, dann sei sie wieder auf dem Damm, das sehe doch jeder. Der Arzt liess sich nicht aus der Ruhe bringen. Er kenne das, sagte er mit einem halben Lächeln. Für Therapeuten sei es oft schwierig zu akzeptieren, dass jemand aus der Familie eine Therapie brauche; in ihrem Weltbild habe das anscheinend schlecht Platz. Wortlos rammte Andreas die Hände in die Hosentaschen und stellte sich ans Fenster. Dort verharrte er, bis Dr. Steiger das Krisenzentrum angerufen und einen Aufnahmetermin festgelegt hatte.

Leo verschüttete Suppe, als er hörte, dass sie einige Zeit ohne Jetta auskommen mussten. Nicole tat, als gehe sie alles nichts an.

Die Kinder gingen ihr aus dem Weg; die kraftlose Mutter war ein ungewohnter und verstörender Anblick.

Nach der Praxis erledigte Andreas verdrossen die Einkäufe, kochte und wusch ein paar Trommeln Buntwäsche. Er klemmte sich mit Leo hinter die Matheaufgaben und verbat Nicole, nach der Schule ins Kino oder sonst irgendwo hinzugehen. Bis sie die Geschichte mit dem Jugendgericht hinter sich habe, sei Schluss mit Ausgang. Jetta wartete auf das Protestgeheul. Doch ausser einem Schnauben kam von Nicole kein Mucks.

Einen Tag nach Jettas Zusammenbruch rief endlich Silvia an. Felix habe man in den Waadtländer Bergen aus ihrem zu Schrott gefahrenen Auto geborgen. Er liege im Universitätsspital in Lausanne und sei mit vielen Frakturen, einer schweren Gehirnerschütterung und unzähligen Prellungen und Schnittwunden einigermassen glimpflich davongekommen. Jetta weinte vor Erleichterung.

Eine Hand legt sich auf ihren Arm, die Maltherapeutin setzt sich neben sie. Sie ist in Jettas Alter, ihre schwarzen Locken hat sie mit einem Tuch zurückgebunden. Möchte

Jetta vielleicht über ihr Bild sprechen? Was ihr dabei durch den Kopf gegangen ist, weshalb sie diese Farben gewählt hat? Jetta schaut von der Therapeutin auf den Papierbogen. Soll sie darüber sprechen, wie elend sie sich fühlt, wie sehr als Versagerin? Die Frau ist ihr sympathisch, sie könnte ihr vertrauen, und fast hätte sie gesagt, ja, das möchte ich, da legt sich wieder die Mutlosigkeit über sie und sie weiss, sie würde stumm bleiben, oder nicht das sagen, was sie eigentlich sagen möchte.

29

Die Kinder sind befangen. Leo zappelt herum, Nicole hat es schon beim Begrüssungskuss vermieden, Jetta anzublicken; seither schweigt sie und spielt pausenlos mit dem Handy. Auf Besuch bei der Mutter in der Klapsmühle, damit wäre auch ich nicht fertig geworden, denkt Jetta. Sie zwingt sich, munter zu wirken. Es gelingt ihr schlecht. Das Sprechen fällt ihr schwer, jedes Wort bleibt auf der Zunge kleben. Dafür redet Andreas fast pausenlos, vom letzten Trainingslauf, bei dem er einen Fuchs aufschreckte, und dass Frau Plavsic die Glasvase, ja die aus Murano, aus Unachtsamkeit zerschlagen habe. Nofretete müsse dringend kastriert werden, neulich sei ein Kater ihr gefolgt und in die Küche eingedrungen. Für kurze Zeit ist Leo abgelenkt, weil er erzählen kann, dass er es war, der den fremden Kater entdeckt und aus der Wohnung gejagt hat. Danach sitzt er wieder stumm da und schlenkert mit den Beinen. Jetta legt ihre Hand auf sein Knie.

»Leo, im Aufenthaltsraum steht ein Fussballkasten.«

Erleichtert springt Leo auf, zieht seine Schwester mit sich, die halbherzigen Protest mimt. Jetta schaut ihnen nach, sieht Leos Wuschelkopf, und Nicole, wie sie mit einer geübten Bewegung das helle Haar im Nacken zusammenfasst. Meine Kinder, ich vermisse sie, ich sollte bei ihnen sein und mich um sie kümmern. Ihr Herz krampft sich zusammen, sie sucht nach einem Taschentuch. Jetzt, wo Nicole nicht mithöre, könne er von gestern erzählen, unterbricht Andreas das Schweigen. Am Nachmittag sei der Verhandlungstermin beim Jugendgericht gewesen. Eine bedingte Busse mit einjähriger Bewährung habe der Richter den Mädchen aufgebrummt. Nicole habe das einigermassen geschluckt. Doch dass sie und Melanie in den Sommerferien zu einem sozialen Arbeitseinsatz aufgeboten werden, sei zu viel gewesen. Den ganzen Abend habe sie geheult und verkündet, sie gehe nie mehr zur Schule; gegessen habe sie seither auch fast nichts.

»Was für einen Arbeitseinsatz?«, fragt Jetta und stellt sich ihre Tochter auf einem Bauernhof vor, zwischen drängelnden Kühen und Schweinen, mit einer Mistgabel in der Hand und ängstlichem Gesicht. Das sei noch nicht entschieden, vielleicht als Küchenhilfe in einem Altersheim oder für Aufräumarbeiten bei der Stadtgärtnerei, nichts Schlimmes also.

Jetta erkundigt sich, ob nur Silvia bei der Verhandlung gewesen sei. Klar sei auch Bruno dabei gewesen, und die beiden hätten wie zivilisierte Leute miteinander gesprochen, was denn sonst. Andreas' Stimme klingt gereizt, so dass Jetta die Frage bereut. Ein winziger Schritt in das Minenfeld zwischen ihnen, und schon explodiert etwas. Sie beisst sich auf die Lippe und schweigt.

»Du siehst viel besser aus, als ich erwartet habe. Wie behandelt man dich? Und gefällt es dir hier sogar?«

Der spöttische Ton ihres Mannes entgeht Jetta nicht. Er bemüht sich um äusserliche Gelassenheit, aber seine Linke am Unterarm verrät die Anspannung. Sie schaut auf ihre nackten Füsse. Sonst hat sie bei Sommerbeginn immer die Zehennägel lackiert, rosa oder feuerrot. Nun sehen sogar die Zehen krank aus, käsig krümmen sie sich unter den Riemchen. Der Oberarzt, sagt sie zögernd, habe ihren Zustand als Überforderung zusammengefasst, wegen zu vielen Familien- und Arbeitsansprüchen; mit Antidepressiva, Gesprächstherapie und einem Kuraufenthalt bekomme man das wieder auf die Reihe.

Andreas zieht die Oberlippe nach vorne, lässt sie mit einem leisen Plopp gegen die Zähne schnellen. Weil er nichts sagt, ergänzt Jetta, dass sie anderntags einen Termin bei der Assistenzärztin habe.

Andreas lehnt sich zurück.

»Ich muss wohl davon ausgehen, dass du nicht so robust bist, wie ich immer geglaubt habe. Und trotzdem – «.

Er schüttelt den Kopf. Trotzdem was, möchte ihn Jetta fragen, aber sein Widerstand, die unsichtbare Rüstung, mit der er sich gewappnet hat, schreckt sie ab. Minutenlang sitzen sie schweigend nebeneinander. Jetta würde gerne etwas sagen, aber ihr fällt nichts ein. Damit überhaupt etwas zwischen ihnen passiert, greift sie ungeschickt nach seiner Hand. Er drückt ihre Finger, tätschelt ihren Handrücken. Wie man einen Hund tätschelt, von dem man will, dass er einen in Ruhe lässt, denkt sie.

Trotzdem lässt sie die Hand, wo sie ist, erträgt das stumme Tätscheln, bis Nicole und Leo zurückkommen, lachend und erhitzt von der Fussballpartie.

30

Soll sie auf die Frage der Ärztin sagen, sie fühle sich wie ohne inneres Gerüst, wie in Auflösung begriffen? Statt einer Antwort hebt Jetta die Achseln und lässt sie wieder fallen. Unter dem offenen Kittel der jungen Frau leuchtet ein gelbes Sommerkleid, ihre Finger tänzeln um den Kugelschreiber.

»Sie haben einen ungewöhnlichen Vornamen, Frau Henauer. Wie sprechen Sie ihn aus?«

»Jetta, von Henrietta, meinem Taufnamen.«

»Jetta«, wiederholt die Ärztin. »Meine Tante heisst Henriette. Ein schöner Name, und auch Jetta gefällt mir.«

Ihre Kehle entlässt einen kleinen, summenden Ton, der beruhigend klingt. Der Summton passt zum honigfarbenen Haar der Ärztin, zu ihren hellen Augen. Dr. med. Barbara Glur, Assistenzärztin, so hat sie sich vorgestellt. Frau Glurs Büro ist klein, ein Schreibtisch mit Computer, ein Regal voller Bücher, ein Tisch mit einer pinkfarbenen Topfazalee, zwei Sessel, in denen sie Platz genommen haben. Das Fenster steht offen, an- und abschwellender Verkehrslärm dringt von der Strasse herein.

»Ich möchte Ihre Geschichte kennenlernen, Frau Henauer. Ich möchte Ihnen einfach mal zuhören.«

Jetta zögert. Auf einmal ist sie froh, dass sie heute nach dem Frühstück, statt den wattierten Morgenmantel anzubehalten, eine Bluse und die königsblauen Chinos angezogen und sich vor dem Spiegel die Haare geordnet hat. Eine Fliege lässt sich auf einer Azaleenblüte nieder und putzt ihre Flügel.

»Ich habe – ich habe Machfus überfahren. Unseren Kater. Damit hat alles angefangen.«

Barbara Glur hebt kaum sichtbar die Augenbrauen. Jetta spürt, wie sich ihr Magen zusammenzieht, wie jedes Mal, wenn sie sich an Machfus erinnert, an seine Schreie und an Leos Augen.

»Möchten Sie ein Glas Wasser?«, fragt die Ärztin und geht zum Waschbecken, füllt ein Glas. Jetta trinkt ein paar Schlucke. Dann beginnt sie zu erzählen, was sie schon Dr. Steiger erzählt hat. Frau Glur stellt Fragen, zu Andreas, zu den Kindern, ob Jettas Eltern noch lebten, und warum sie glaube, alles habe mit Machfus begonnen. Jetta überlegt, wie sie diese Gewissheit in Worte fassen soll.

»Damals war es, als verlöre ich die Kontrolle über die Dinge. Etwas in mir ist dabei zerbrochen. Eine Art Sicherheit, ein Grundvertrauen. Seither schlingere ich. Und ich kann es mir nicht verzeihen.«

»Haben Sie Mühe, den Ereignissen ihren eigenen Gang zu lassen? Würden Sie also nie etwas tun, dessen Verlauf Sie nicht bis ins Letzte kontrollieren können?«

Jetta spürt, wie ihr das Blut in den Kopf schiesst. Was weiss die Therapeutin von ihr?

»Kinder, vor allem grössere Kinder, kann man kaum dauernd überwachen und kontrollieren. Trotzdem haben Sie, vertrauensvoll, zwei Kinder geboren«, fährt die Ärztin fort. Noch weiss sie es nicht, denkt Jetta, noch kann ich entkommen, mich vor dem Entdecktwerden retten. Ihre Achselhöhlen sind klatschnass. Die Ärztin sieht sie forschend an. Spring, spring jetzt, oder du wagst es nie!

Jetta holt tief Atem. Den nächsten Satz spricht nicht wirklich sie, auch wenn sich ihr Mund bewegt. Es klingt wie fremdes Geflüster, von sehr weit weg.

»Ich habe Silvia Beutler einen anonymen Brief geschrieben.«

Viel später wiederholt Dr. Glur mit Nachdruck: »Es ist nicht alles Ihre Schuld! Schuldgefühle sind Monster, die uns von innen her auffressen. Sie nützen niemandem etwas, lassen Sie sie los! Mich interessiert viel mehr, was Sie tatsächlich zu dem Brief bewogen hat.«

Sie fantasiere jetzt ein wenig, fährt sie fort, weil Jetta nicht antwortet. Mit dem Brief habe Jetta nicht in erster Linie Bruno denunzieren oder Silvia helfen wollen. Vordergründig vielleicht schon, aber möglicherweise gebe es da eine Vorgeschichte, aus der Vergangenheit. Aus ihrem Elternhaus? Ob Jetta dazu etwas einfalle.

Jetta starrt gedankenverloren auf ihre bleichen Zehennägel. Ihre Eltern. Der wortkarge Vater, steif, emotionslos, ausser wenn er brüllte. Sie sieht ihn am Schreibtisch sitzen oder bei der Pausenaufsicht, und immer roch es ein wenig nach Kreide, wo er stand und ging. Ein anderes Bild steigt hoch: Der Vater sagte etwas zu einem Mann im weissen Kittel. Sam und sie am Teleskop in einer Sternwarte, zum ersten Mal hatten sie Planeten beobachtet. Oskar lachte ein Lachen, wie sie es noch nie von ihm gehört hatte. Das Bild wird schärfer, deutlich erinnert sie sich an den Tonfall, mit dem ihr Vater »die Venus« sagte. Sie hatte sich erschrocken und nie gewagt, mit ihrem Bruder darüber zu sprechen. Auch nicht darüber, dass sie ihren Vater einmal mit einer fremden Frau lachen sah, und das Bild danach nicht mehr aus dem Kopf brachte. Die Frau trug einen wippenden Rock über den nackten Beinen. Keine geblümte Hausschürze und vernünftige Strümpfe wie Hanna.

Die Psychiaterin hat aufmerksam zugehört. »Vielleicht hatte ihre Mutter einen Grund so zu werden, wie Sie beschreiben. Vielleicht haben Sie sich unbewusst auf ihre Seite geschlagen.« Sie macht eine kleine Pause. »Und Helen Fuchs? Die schöne Helena hat ja bekanntlich einen ganzen Krieg ausgelöst.«

Jetta hört zu, nickt. Sie versteht nicht alles, was sie die Ärztin, was sie sich selbst sagen hört. Trotzdem fühlt es sich irgendwie richtig an. Ihre Anspannung löst sich, zum ersten Mal seit Tagen knurrt ihr Magen. Jäh verspürt sie Lust, etwas Deftiges zu essen, wie Sauerbraten mit Kartoffelstock. Dr. Glur hört das Magenknurren und lächelt.

»Bevor wir für heute aufhören: Denken Sie nicht, dass Ihr Mann die Briefgeschichte erfahren sollte?«

Mit einem Schlag sind Essenslust und Entspannung weg. Jetta zieht die Arme vor den Bauch. Natürlich hat die Ärztin recht. Und sie ist ein Feigling, sie war schon immer einer, wenn es um Konfrontationen ging. Sie kann sich nichts Schwierigeres vorstellen als vor Andreas zu sitzen, während sie ihm alles gesteht. Frau Glur habe ja keine Ahnung, sagt sie mutlos.

31

Dass sie ihr Schweigen brechen konnte, erfüllt Jetta mit einer neuen Leichtigkeit. Ohne den Druck der unsichtbaren Verschnürung kann sie endlich wieder durchatmen! Auch der Kloss ist weg, als sei er ans Verschweigen gekoppelt gewesen. Doch beim Gedanken an die Sitzung mit Andreas wird ihr flau im Magen. Da hilft es nicht einmal zu wissen, dass die Ärztin dabei sein und die Situation beruhigen wird. Sie versucht die Konfrontation vorwegzunehmen, sich auszudenken, wie alles ablaufen wird, wie sie die Dinge am besten formuliert. Zuerst wird Andreas die Stirne runzeln, dann den Unterarm zu kneten beginnen. Und dann? Warum hat sie solche Angst davor? Verträgt ihre Ehe keinerlei Fehlverhalten?

Die Zeit bis zum Termin schleppt sich dahin. Leo überrascht sie mit einem Besuch. Auf einmal steht er in der Türe, dahinter Tobias, der verlegen am T-Shirt zerrt. Jetta umarmt Leo und gibt Tobias die Hand. Tobias sei noch nie in einer psychiatrischen Klinik gewesen, erklärt Leo, und der Fussballkasten hier sei viel besser als der zuhause. Jetta muss lachen, sie kämmt mit den Fingern ein paar Grashalme aus Leos Locken, dann gehen sie in den Aufenthaltsraum. Die Jungen fangen an zu spielen. Nach einer Weile gesellen sich andere Patienten dazu, spielen mit. Die Fröhlichkeit der Fussballer ist ansteckend; Patientinnen und Pfleger schauen zu, feuern die Teams an. Jetta lehnt am Fenstersims. Leo zu beobachten, seine Geschicklichkeit, seine jungenhafte Hingabe an das Spiel und die Unbefangenheit, mit der er mit den fremden Patienten herumalbert, erscheinen ihr wie ein Geschenk.

Wieder sitzen sie in Dr. Glurs Büro, diesmal zu dritt. Die Ärztin hat den Bürostuhl an den Besprechungstisch gerollt, nach einer kleinen Konfusion, wer wo sitzen soll, nimmt

Andreas darin Platz. Leicht erhöht thront er neben Jetta und verschränkt die Arme. Die Ärztin kommt rasch zur Sache.

»In der Gesprächstherapie haben Sie mir etwas Neues erzählt. Und wir sind uns einig, dass Ihr Mann es auch erfahren sollte.«

Sie nickt Jetta aufmunternd zu. Jetta starrt auf ihre geblümten Sommerhosen. Wieder fühlt es sich an, als müsste sie von einem Hochhaus oder Felsen in die Tiefe springen. Ihr Leben besteht in letzter Zeit aus Sprüngen und Stürzen ins Ungewisse. Sie holt Luft.

»Andreas, ich bin schuld, dass es Beutlers jetzt so schlecht geht, und dass Felix verunglückt ist. Alles ist passiert, weil ich Silvia einen Brief geschrieben habe, anonym. Es tut mir so leid.«

Kein vernünftiger Mensch kann damit etwas anfangen, denkt sie, schon während sie die Sätze hervorstösst. Andreas' Stirnfalte wird tiefer, er legt die Unterarme auf den Tisch.

»Entschuldige, aber ich verstehe überhaupt nichts.«

Jetta schaut hilfesuchend zu Frau Glur. Am besten fange Jetta ganz vorne an, im Februar oder März, nach dem Unglück mit der Katze, genau so, wie sie es ihr erzählt habe. Jetta vergräbt die Fingernägel in den Handflächen. Mit leiser Stimme, ohne Andreas ein einziges Mal anzusehen, erzählt sie alles ein zweites Mal. Andreas unterbricht sie mit einem zornigen Ausruf, die Ärztin bittet ihn um Geduld. Als Antwort schnellt er hoch, läuft ein paar Schritte durch den Raum und hört sich den Rest stehend an.

Jetta schweigt. Zaghaft schaut sie in seine Richtung und erschrickt. Sein Gesicht ist blass, hinter den zusammengepressten Lippen mahlen seine Kieferknochen. So zornig, so aufgeladen wie ein Vulkan unmittelbar vor der Explosion hat sie ihn noch nie gesehen.

»Ich meine – das ist unglaublich!«, bricht es aus ihm heraus und er stösst den Bürostuhl mit einer heftigen Bewegung von sich weg. »Nicht nur, dass du meine Dossiers ausspioniert hast – du hast auch die Informationen missbraucht, um diesen idiotischen Brief zu schreiben, eine ganze Familie in Aufruhr zu versetzen und dazu mein Berufsgeheimnis zu verletzen – ungeheuerlich ist das! Unverzeihlich!«

Die letzten Worte schreit Andreas beinahe; instinktiv zieht Jetta den Kopf ein. Bevor die Ärztin etwas sagen kann, spricht er weiter, leise, gepresst.

»Wenn wir keine Kinder hätten – ich würde mich ganz ausklinken!«

Er reisst den Veston vom Bügel, nickt Dr. Glur zu und ist in wenigen Schritten draussen. Mit einem Knall fällt die Türe hinter ihm zu.

Jetta legt das heisse Gesicht in beide Hände, schliesst die Augen. Das ist das Ende, das verzeiht dir Andreas nie, deine Ehe kannst du abschreiben, für immer, sagt die Stimme in ihrem Kopf. Sie antwortet mit einem trockenen Schluchzer, der seltsamerweise klingt wie ein kleines Lachen. Taub fühlt sie sich, erschöpft wie nach einem langen Kampf. Sie hört ihren Namen, hebt den Kopf und schaut verwirrt zur Therapeutin.

»Räumen wir ein bisschen auf«, sagt Barbara Glur. »Wut und Enttäuschung – ein solches Gewitter blitzt und knallt. Das ist normal und geht wieder vorbei. In Krisen ist es nötig, dass sich beide zurückziehen und sich eine Weile auf sich selbst besinnen. Nicht nur Ihr Mann, auch Sie. Der Ausgang ist ungewiss, das muss man aushalten.« Nur so sei auch ein Neuanfang möglich. Jetta brauche jetzt eine ruhige Phase, an einem Ort, wo man für sie sorge und sie sich um nichts kümmern müsse. Mit viel Zeit. Ohne Pflichten, ohne Kinder. Und weg vom Ehemann.

32

Du brauchst die Augen nicht zu öffnen, du merkst es an den Geräuschen, dass die Nacht vorüber ist, am Scheppern auf dem Gang, wo sie Wagen mit Medikamenten und Nachttöpfen vorüberschieben, und am Stöhnen deines Zimmernachbarn, seinem halblauten merde, merde, weil die Schublade seines Nachtkastens klemmt oder er den Tee wieder verschüttet hat. An der Amsel, die vor eurem Fenster singt, die man schon bald nicht mehr hören wird wegen des Verkehrslärms. Und wenn dies alles nicht genug wäre, würdest du es daran erkennen, dass die Chemie in deinem Hirn fast restlos aufgebraucht ist. Aufgefressen von den Schmerzen. Die sind hungrig nach der langen Nacht, melden sich zurück, der Hammer im Kopf, die Beisszange an den Rippen, der Schneidbrenner in den Beinen. Sie haben deinen Schlaf abgewürgt, und du überlegst jetzt, was unerträglicher ist: die geschiente Hand mit der Infusionsnadel millimeterweise zur Klingel zu bewegen oder zu warten, bis die Nachtschwester von selber kommt. Du könntest auch Raymond bitten, die Klingel zu drücken, er ist weniger lädiert als du, aber dann hört er, dass du wach bist und fängt sofort an zu fluchen: »Merde alors, cette conne de toubibe ne me laisse pas rentrer à la maison!«, und du ziehst es vor, zu warten, lieber ausharren als seine Flüche anzuhören. Bis zur Erlösung kann es nicht mehr lange dauern.

Irrtum. Die Wanduhr sagt dir, dass es noch nicht mal halb sechs ist. Viel zu früh, um schon wach zu sein. Sobald eine frische Dosis Chemie durch deine Venen fegt, wirst du wieder einschlafen oder zumindest dösen, bis jemand das Frühstück vor dich stellt, du aus der Schnabeltasse Kaffee schlürfst und vorsichtig am verdrahteten Kiefer und den zersprungenen Lippen vorbei Haferbrei oder eingeweichtes Brot schluckst, wie als einjähriger Windelscheisser, wenn du dich noch daran erinnern könntest. Kannst du aber nicht.

Peinlicherweise hast du dich beim Besuch der Lady gefühlt wie einer. Wie das allerhilfloseste Kleinkind bist du dir vorgekommen, als sie dich mit ihren Blicken einhüllte und dir ein frisches Kissen unter den Kopf schob. Du wolltest sie nicht und wolltest sie trotzdem, ihre Zuwendung, ihre Nähe. Vage hast du schon geahnt, dass du den Golf zu einem Haufen Schrott gefahren hast. Du Vollidiot.

Erst als die Lady weg war und später überraschend der Erzeuger und Sis auftauchten, hast du die volle Wahrheit erfahren. Brutale Fotos haben sie dir unter die Nase gehalten, weil du dich an nichts mehr erinnerst. Sanitäter haben die Pics geknipst. Einen zertrümmerten Golf, auf dem Dach an einem Abhang zwischen Tannen; darin du, eingeklemmt, verkehrt herum und halb tot. Fuck. Nichts weisst du davon, weniger als nichts. Das Letzte, woran du dich erinnerst, wenn die Medis deine Gedanken nicht vernebeln, ist der Wegweiser an einer Mauer. Col de la Croix, schwarz auf weiss. Danach: nichts mehr, nicht ein Fetzchen einer Erinnerung. Amnesie, sagt der Docteur, normal bei so einer Gehirnerschütterung. Als du geschnallt hast, dass du das warst mit dem Golf, hast du geheult vor Scham. Da konnte Sis noch so oft sagen, okay okay, stop it, die Lady ist dir nicht böse. Und du habest ja überlebt. Du hast gerotzt, bis sie einen Psycho vorbeischickten. Der sprach, zuerst viel, das meiste auf Französisch. Dann wollte er wissen, ob du dir das Leben nehmen wolltest. Mit dem Unfall. Das weisst du nicht, hast du gesagt. Es stimmt, du weisst es nicht. Vielleicht. Vielleicht nicht. Du warst einfach irrsinnig schlecht drauf, damals. Der Psycho war nicht zufrieden, und seither denkst du ab und zu darüber nach, wenn dich das Opium nicht zudröhnt.

So ein Medikamentendusel hat etwas für sich, nicht nur wegen den verdammten Schmerzen, die du jetzt langsam aber sicher nicht mehr aushältst. Daran denken zu müssen, was für ein kompletter Arsch du warst, ist schlimmer als das Brennen und Stechen und Reissen in dir. Oder dich zu erinnern, was dein Père von sich gab. Ein unglaublicher Idiot seist du, aber dass du lebst, sei ein Geschenk. Als er das sagte, leise und ohne dich anzusehen, wurde er rot und hatte Tränen in den Augen. Auch du musstest wegschauen. Sis war anders, die war cool und lustig, hat mit Raymond auf Französisch geschwatzt und dir deinen iPod mitgebracht, auf den sie ein paar neue Songs geladen hat, Oasis, Radiohead, genau das Richtige – Mann, ich brauch jetzt Chemie, sonst geh ich drauf! Soll ich Raymond – aber jetzt geht die Türe auf und du siehst den Medikamentenwagen, dahinter wie ein Engel die Nachtschwester – endlich.

33

Ohne viel zu denken treibt Jetta im warmen Wasser, schwimmt ein paar Längen im Freiluftbecken und legt sich ins Badetuch eingewickelt auf eine Liege. Die Müdigkeit, welche die Bewegung und das mineralische Wasser in ihren Gliedern hinterlassen, empfindet sie als angenehm. Sie freut sich aufs Abendessen. Langsam läuft sie zum Hotel zurück, hängt die nassen Sachen auf, zieht einen schwarzen Pulli zu weinroten Hosen an und schminkt sich die Lippen. Die feuchte Luft im Thermalbad hat ihre Haare leicht gewellt. Sie zupft die Locken in Form und beschliesst, sie stünden ihr gut. Zum ersten Mal seit vielen Wochen findet sie Gefallen an ihrem Spiegelbild.

Von ihrem Tisch an der Fensterfront kann sie den Speisesaal überblicken. Viele Tische sind besetzt, von Eheleuten im Ruhestand, Frauenpaaren, von Familien mit jüngeren Kindern. Die wenigen Einzelpersonen, ausser ihr zwei Damen und ein Herr, fallen auf. Am ersten Abend fühlte sich Jetta befangen. Sie fand es schwierig, inmitten von so viel Gesellschaft allein zu essen. Vorsichtshalber nahm sie ein Buch mit, als Brücke über die Leere zwischen den Gängen. Nach zwei Seiten Lektüre gestand sie sich ein, dass sie nichts aufgenommen hatte. Ihre Aufmerksamkeit verlief sich wie eine Schar neugieriger Hunde zwischen den Tischen. Am folgenden Abend blieb das Buch im Zimmer, und nun fühlt es sich hier wie vertrautes Territorium an. Sie nickt bekannten Gesichtern zu, wechselt ein paar Worte mit den Gästen an den Nebentischen. Unaufgefordert hat der Kellner eine Karaffe mit frischem Wasser und ein Glas Malanser auf ihren Tisch gestellt.

Jetta zerteilt den Fisch und dreht ein Stück in der Safransosse, bevor sie es zum Mund führt. Der Dorsch ist genau so, wie sie ihn liebt, er zerfällt in Flocken und hat dennoch einen leichten Biss. Während sie Reis, gedämpfte Kefen und Karotten kaut und langsam das Glas Rotwein leert, beobachtet sie die Gäste. Die deutsche Mutter am Nebentisch hat begonnen, das Gesteck mit den Bergblumen zu sezieren. Blume um Blume zupft sie heraus und legt sie vor ihre Tochter, nennt dazu laut jeden Blumennamen. Auf dem Gesicht des dreizehnjährigen Mädchens spiegelt sich Langeweile; auch nach der dritten Wiederholung kann Milena die Grosse Sterndolde nicht von der Alpenanemone unterscheiden. Vergeblich versucht Jetta wegzuhören. Der Vater hat sich längst abgewendet und streicht unter dem Tisch über das Smartphone, die Mutter gibt nicht auf. Mit durchgestrecktem Rücken und einer in Stahl gefassten Sanftheit legt sie die nächste Blume vor Milena. Diese schlägt die Augen nieder, unterdrückt ein Gähnen; ihr Widerstand ist subtil. Zum Glück tragen die Kellner das Dessert auf, was das Ende der Lektion bedeutet.

Während Jetta Zitronenmousse mit Himbeersosse löffelt, erfahren sie und alle in der Nähe Sitzenden alsbald, welchen Ausflug die deutsche Familie unternommen hat. Wieder soll sich Milena an die Namen jeder Ortschaft und Bergspitze erinnern, die ihr die Mutter mit erzwungener Engelsgeduld abfordert. Milena spielt die Dumme, rührt im Himbeerbrei und sagt tonlos: »Ich erinnere mich nicht, Mama.« Ihre hellen Augen gleiten über den Kopf der Mutter hinweg zu den Kupferstichen an der Wand, streifen dabei flüchtig Jettas Blick.

Jetta nervt sich. Weshalb lässt diese Mutter ihre Tochter keine Sekunde lang in Ruhe? Unaufhörlich spinnt sie ein Netz aus Namen und Begriffen um das Mädchen, wie wenn sie nicht ertragen könnte, dass Milena Raum für einen einzigen eigenen Gedanken bekommt. Beim Kaffee unterbreitet die Frau ihrer Familie die Pläne für den kommenden Tag. Milena hat Schokoladenpulver auf die Untertasse verschüttet; Jetta ist sich sicher, dass es absichtlich geschah. Während der Präsentation ihrer Mutter tunkt das Mädchen den Zeigefinger in das Häufchen, führt den Finger zum Mund, leckt ihn aufreizend langsam ab. Beiläufig und scharf wie ein Rasiermesser kommt der Affront des Mädchens daher. Die Familie steht auf, die Eltern nicken lächelnd nach links und rechts und verlassen den Speisesaal. Dabei legt die Mutter, etwas zu nachdrücklich für eine liebevolle Geste, den Arm um Milenas Schultern und heftet das Mädchen an ihre Seite.

Irritiert verfolgt Jetta den Abgang. Ihre Augen treffen auf den Blick des allein sitzenden Herrn mit Hornbrille; auch er hat der Familie nachgeschaut und die Familiendynamik mitbekommen. Dies jedenfalls besagt seine Miene und das Lächeln, mit dem er Jetta zunickt. Sie fühlt sich ertappt, lächelt verlegen zurück und ist froh, dass der Kaffee noch nicht ausgetrunken ist und sie etwas zu tun hat.

Allmählich leert sich der Speisesaal. Jetta schaut in die Dämmerung hinaus. Soll sie einen Bummel durchs Dorf machen und sich dann mit einem Buch ins Bett legen? Dazu muss sie im Zimmer eine Jacke holen und die Schuhe wechseln. Im Korridor vor dem Empfang steht der Herr von vorhin und blättert durch eine Zeitung. Als er sie kommen sieht, legt er das Blatt hin.

»Sie erlauben doch, dass ich mich vorstelle? Weber, Joachim Weber.«

Jetta nimmt seine Hand und nennt ihren Namen. Weber ist Deutscher, grossgewachsen, er trägt ein offenes Hemd unter dem Pullover und schwarze Jeans. Hinter der modischen Hornbrille blicken wache Augen. Sie wechseln ein paar Sätze über Ferien in Vals und das schöne Wetter.

»Haben Sie vielleicht Lust, mich in die Hotelbar zu begleiten? Ich würde Sie gerne zu einem Schlummertrunk einladen.«

Webers Einladung kommt unerwartet, Jetta spürt, wie ihr die Röte ins Gesicht schiesst. Der aufsteigende Ärger darüber macht es nicht besser.

»Vielen Dank für die Einladung, aber eigentlich bin ich zur Kur hier und sollte wohl früh schlafen gehen«, bringt sie schliesslich heraus. Was für ein hilfloser, idiotischer Satz, denkt sie, der Mann muss mich für vollkommen lächerlich halten. Weber hebt nicht einmal ansatzweise die Augenbrauen.

»Schade. Aber da Sie und ich wohl noch ein paar Tage bleiben, können wir das vielleicht nachholen.«

Jetta nickt, viel zu heftig, schilt sie sich später. Sie wünschen sich gegenseitig einen schönen Abend.

Im Zimmer stellt sie sich vor den Spiegel. Die roten Flecken auf Wangen und Hals sind noch nicht vergangen, ihre Augen glänzen fiebrig. Die Lippen wirken spröd, vom früher aufgelegten Lippenrot ist nichts mehr zu sehen, es klebt wohl am Weinglas. Missmutig starrt Jetta ihr Spiegelbild an. Nicht einmal die munteren Locken über Stirn und Ohren helfen jetzt. Zu allem Überfluss kriecht Helen Fuchs aus einer Gehirnfalte und setzt sich mitten in ihren Gedankenstrom. Natürlich hätte Helen diese Situation souverän ausgespielt. Längst sässe sie mit Weber in der Bar, ohne

Wangenflecken und schuppige Lippen, liesse das schwarz bestrumpfte Bein in den Absatzschuhen wippen und würde ihr Haar über die Schulter werfen. Mit einem harten Schlag gegen den Schalter löscht Jetta das Licht.

Die Vorhänge sind noch nicht zugezogen, wie ein Scherenschnitt zacken sich die Bergspitzen in den gläsernen Himmel. Die Lust auf einen Abendbummel ist Jetta vergangen. Mattigkeit fällt über sie her und vertreibt das Gefühl von Wohlbefinden, das sie den ganzen Nachmittag begleitet hat. Schliesslich rafft sie sich auf, nimmt das Handy aus der Handtasche. Sie hat Leo versprochen, jeden zweiten Tag anzurufen. Andreas antwortet, sie hört, dass auch er bei schlechter Laune ist, vielleicht, weil er ihre Nummer gesehen hat. Seit der Sitzung bei Dr. Glur haben sie nur das Nötigste miteinander gesprochen, Einzelheiten zum Haushalt, zum Stundenplan der Kinder, welche Instruktionen er Frau Plavsic hinterlassen soll. Geben Sie sich beide genügend Zeit und Raum, hat die Ärztin geraten, in solchen Brachezeiten schlummern manchmal ungeahnte Möglichkeiten. Immerhin, Andreas erkundigt sich, wie es ihr geht. Es gehe, sagt sie, auf und ab, aber schon etwas besser.

Während sie mit Leo telefoniert, kommen die Tränen hoch. Sie würde so gerne seine Wange an ihrem Gesicht spüren und an seinem verschwitzten T-Shirt schnuppern. Keinesfalls darf er merken, dass sie heult, also spricht sie tapfer über Fussball, über Tobias und Nofretete. Leo interessiert sich kaum für ihr Befinden; nur einmal fragt er, sie sei doch in Vals, ob das ein Walserdorf sei? In der Schule nähmen sie die Walser durch. Sein unbeschwertes Geplauder tut ihr gut. »Gib Nicole einen Kuss von mir«, sagt sie zum Schluss, und Leo kichert, das sei im Moment schwierig, ein Stachelschwein würde er nämlich nie küssen.

Jetta legt das Handy auf den Nachttisch, dabei fällt die rote Plüschkrabbe zu Boden. Sie hebt sie auf, presst sie gegen Nase und Mund. Damit du nicht ganz allein bist, wenn du allein bist, hatte Nicole beim Abschied gesagt und ein Päckchen in Jettas Tasche geschoben. Wieder überfällt Jetta Rührung. Sie legt die Krabbe auf ihren Schoss und tippt ins Handy: »Liebe Nicole, deine Krabbe leistet mir gerade gute Gesellschaft. Ich denke an dich, lieben Kuss, Mam.«

Mit geschlossenen Augen, die Arme um den Oberkörper gelegt lehnt sich Jetta zurück. Nicole, ihr grosses kleines Mädchen, das wie sie durch eine schwierige Zeit geht. Und Leo, ihr kleiner grosser Sohn. Bald wird er sich entzogen haben, seine Gedanken und Gefühle kaum mehr mitteilen. Wie Nicole und Melanie, wie Felix. Wie Milena. Wie alle Kinder, die der Kindheit und den Eltern entwachsen.

34

Jeden Tag von neuem herauszufinden, worauf sie Lust hat, und dieser Lust nachzugeben, ist ungewohnt. Daheim hat sich die Frage kaum je gestellt. Sie musste ins Büro oder hatte eine Abendsitzung, der Wocheneinkauf stand an oder es war dringend, ihre Mutter zu besuchen, Andreas' Hemden zu bügeln, mit Nicole zum Zahnarzt, mit Leo zum Fussball-Fanshop oder mit der Katze zum Tierarzt zu fahren. Damit hatte sie noch nicht einmal die Hälfte aller Dinge erledigt, die es zu erledigen gab. Fast jeder Tagesablauf war vorgestanzt, wie die Ausnähbilder in ihren Kindertagen, bei denen sie höchstens die Farbe des Garns selber wählen konnte. Die Wahlfreiheit hier verunsichert Jetta. Bisher ist sie dem Wählen eher aus dem Weg gegangen, sie hat es sich einfach gemacht: nach dem Frühstück ein Buch auf dem Balkon, ein Nickerchen, einen kürzeren oder längeren Spaziergang, nachmittags entspannen im Thermalbad. Gestern Abend verspürte sie unversehens den Wunsch, zum Stausee zu wandern. In der Hotellobby studierte sie die Landkarte.

Der Wanderweg von der Bergstation der Gondelbahn zur Staumauer und zurück ins Dorf hinunter sah problemlos aus.

Schon als sie die Bergstation verlässt, duftet es nach feuchtem Gras, und die Stille, die sich nach der ersten Wegbiegung über die Alpwiesen legt, scheint unwirklich. Die Sonnenwärme kribbelt angenehm auf den nackten Armen. Jettas Kopf leert sich, ihr Körper fühlt eine lange nicht mehr empfundene Schwerelosigkeit.

Sie nimmt einen Schluck aus der Wasserflasche, hängt den Rucksack wieder um. Abhänge und Wälder gehen in Schieferschichten und schräg verlaufende Felsbänder über, verschneite Bergspitzen heben sich vom Himmel ab. Unter Jettas Füssen federt der Weg, führt über Stege und Trittsteine durch ein Hochmoor, auf dem weisses Wollgras nickt. Tümpel glitzern im Sonnenlicht. Ein Vogel, den sie beim Brüten aufschreckt, fliegt zeternd davon, dann ist es wieder still. Neben dem Pfad leuchten die ersten Alpenrosen am Hang, rosa Flecken im ledrigen Blättergrün. Nach einer Wegbiegung ducken sich auf einmal Alphütten in die Weide. Eine winzige Kapelle klammert sich dicht am Abgrund an den Rand des Weilers, in der Ferne blinkt das Blaugrün des Stausees. Das Gewässer schmiegt sich an die Bergflanken, wie wenn es seit jeher die Wasserstürze von den Steilhängen gesammelt hätte.

Jetta bleibt stehen. Beinahe hat sie vergessen, wie schön Berglandschaften sein können; so schön, denkt sie, dass man fast das Atmen vergisst. Sie streckt sich im duftenden Gras aus und gibt Acht, keine Blume zu zerdrücken. Je länger sie daliegt, die würzige Luft riecht und durch einen Spalt zwischen den Fingern ins Himmelsblau blinzelt, umso leichter fliesst ihr Atem. Als ob der Panzer um ihre Brust auseinanderbricht und endlich Luft und Licht einlässt.

Später besucht sie die Kapelle und findet an ihrer Aussenwand eine Bank. Sie isst ein Käsesandwich und einen Apfel, andere Wanderer tauchen auf. Zwei Frauen mit Sonnenhüten bleiben bei der Kapelle stehen, später nähert sich ein Mann in kurzen Hosen. Eine Kamera mit langem Objektiv schlägt gegen seine Brust; das Gesicht ist unter einer Baseballmütze verborgen. Aus den Augenwinkeln sieht Jetta, dass er vor der Kapelle die Kamera einstellt. Sie will ihm anbieten, sich zu entfernen, um das Foto nicht zu stören, da kommt er auf sie zu.

»Hallo, schön, Sie hier zu treffen«, lacht er, und erst jetzt erkennt Jetta das Gesicht des Deutschen aus ihrem Hotel.

»Ein idealer Futterplatz«, lobt Joachim Weber. »Sie gestatten doch?«

Er setzt sich neben sie. Sie will ihre Verlegenheit verbergen und rückt den Rucksack etwas umständlich zur Seite. Er legt Kamera und Kappe auf die Bank, streckt die braungebrannten Beine. Ein kleiner Bauchansatz wölbt sich über seinem Gürtel. Mit strubbeligem Haar und ohne die Hornbrille wirkt er trotzdem jünger als im Speisesaal. Bevor sich Jetta auf ein Alter festlegen kann, will Weber wissen, auf welchem Weg sie hierhergekommen sei. Er ist ein Mann des raschen Dialogs; kaum hat sie eine Frage beantwortet, folgt die nächste oder eine eigene Bemerkung, kein peinliches Schweigen und auch keine Monologe hemmen den Gesprächsfluss. Jettas Befangenheit löst sich auf, sie bekommt Spass an den Sätzen, die wie Tennisbälle hin- und herfliegen. Weber, stellt sich heraus, arbeitet an einer Dokumentation über Walsersiedlungen in der Schweiz und in Italien. Eigentlich sei er Ethnologe, und mehr aus Zufall in den Journalismus gerutscht.

»Die Fotografie ist ein Hobby. Aber ein ernsthaftes, und ausserdem nützlich für meine Tätigkeit. So muss ich nicht dauernd einen Fotografen mitschleppen, der lieber etwas anderes knipsen möchte; einen Panther beim Absprung oder Promis beim Saufen, statt Alpsiedlungen und Frauen auf Wanderschaft.«

Er lacht und blickt Jetta an. Zu ihrem Ärger wird sie erneut verlegen. Macht er sich über sie lustig? Ungeschickt fummelt sie an der Wasserflasche, hebt sie an die Lippen und verschluckt sich prompt. Zu allem Überfluss beginnen ihre Augen zu tränen; sie hustet, bis ihr Weber besorgt auf den Rücken klopft und fragt, ob sie Schnaps in der Flasche verstecke, bei solcher Wirkung. Nun muss Jetta lachen, hustend schüttelt sie den Kopf und die Situation ist gerettet.

Bei diesem Licht wolle er Fotos von der Alp schiessen, sagt er später und steht auf, bestimmt hole er Jetta wieder ein.

Der Hang über dem Stausee ist rutschig, Steine kollern unter ihren Sohlen davon. Auf der Staumauer lehnt sie sich über das Geländer. Das Sonnenlicht bricht sich auf der Seeoberfläche, tausend Farben treffen auf ihre Netzhaut. Geblendet kneift sie die Lider zusammen. Ein Lüftchen treibt geriffelte Wellen über den See, mit leisem Schmatzen schlagen sie gegen den Damm. Hoch über dem Wasser kreist ein Raubvogel. Er spreizt die Enden seiner Schwingen und bewegt suchend den Kopf hin und her. Jetta wartet eine Weile, in der Hoffnung, der Vogel stürze auf die Wasseroberfläche und stosse zu. Doch er zieht ungerührt weiter seine Kreise und lässt sich vom Wind zum Talausgang tragen.

Der Weg hinunter ins Dorf führt meist durch Wald. Nach einer Weile hört Jetta Schritte hinter sich. Wie eine Kurleiche wirke sie keinesfalls, kommentiert Joachim Weber etwas ausser Atem ihr Tempo. Der Deutsche scheint nicht so trainiert zu sein wie er aussieht. Sie spöttelt ein wenig über seine Fitness und wieder ist es da, das lustvolle Gefühl, mit Worten Ping Pong zu spielen, und ohne viel nachzudenken den nächsten Satz hinzuwerfen. Jetta hat sich nie für schlagfertig, geschweige denn für witzig gehalten. Jetzt hat sie den Eindruck, dass sie es mit dem Deutschen aufnehmen kann.

Weber bringt das Gespräch auf die Familie an Jettas Nebentisch.

»Die Mutter platzt fast vor Kontrollmanie, der Vater flüchtet ins Virtuelle. Eine explosive Mischung. Entweder verlässt das Mädchen mit sechzehn das Elternhaus, was ihre Rettung wäre, oder sie lässt sich brechen, wird Nonne oder Altenpflegerin der Mutter. Oder sie bringt die Alte mit zwanzig um. Das tut sie wohl jetzt schon, in Gedanken.«

Jetta muss lachen.

»Ihre Theorien sind nicht eben zimperlich. Gerade wollte ich bekennen, dass mich die Frau an meine eigene Mutter erinnert.«

»Sie Ärmste! Und, sind Sie mit sechzehn von zuhause abgehauen?«

»Sehe ich so aus?«

»Also nicht. Das dachte ich mir. Und Ihre Mutter, ist sie noch am Leben?«

»Gesund und munter, und voller Ansprüche.«

»So bleibt für Sie nur die Nonne übrig. Oder die Pflegekraft. Beides wäre bedauerlich.«

»Schöne Aussichten,« sagt Jetta und lacht wieder.

Unter der Dusche denkt sie über das Gespräch nach. Sie ist überrascht, wie locker sie mit Webers Direktheit und Ironie umgehen konnte. Ganz anders als mit Andreas; zu oft reagiert sie bei ihm empfindlich oder beleidigt. Ist sie dabei in einem Muster gefangen, aus Gewohnheit, aus Selbstschutz? Sie hält den Kopf unter den Strahl, Schaum rinnt ihr über Hals und Schultern. Webers unbekümmerte Art gefällt ihr. Und es tut ihr gut, dass er sich trotz des verpatzten Anfangs noch immer für sie interessiert. Mit zugekniffenen Augen spült sie die letzten Shampooreste aus dem Haar, tastet nach dem Badetuch und wickelt sich ein. Vor dem Spiegel zupft sie die Brauen in Form. Andreas ist im Moment weit weg, sein Zorn eine Laune, die sie kaum etwas angeht.

Jettas gute Stimmung hält während des Abendessens an. Bevor sich Weber im Speisesaal hinsetzt, nickt er ihr mit einem Seitenblick auf Milenas Eltern vergnügt zu. Das

Ehepaar sitzt ohne Tochter am Tisch. Milena sei unpässlich und liege im Bett, das arme Kind, erklärt die Mutter; vielleicht habe sie sich beim Wandern durch die Rheinschlucht verkühlt. Ob Jetta die Rheinschlucht schon gemacht habe? Diese dürfe sie auf keinen Fall auslassen, sagt die Frau, und es klingt wie ein Befehl. Als sie sich endlich dem anderen Nebentisch zuwendet, atmet Jetta auf. Sie will nicht noch einmal in die Fänge der Frau geraten; lieber lässt sie den Kaffee aus und verzieht sich auf ihr Zimmer.

Zu ihrer Überraschung entdeckt sie einen Stock tiefer Milena in rosa Leggins und T-Shirt auf dem Balkon. Ihr linkes Bein liegt durchgestreckt auf der Balkonbrüstung, und während sie mit dem Standbein Pliés macht und sich mit einer anmutigen Bewegung des einen Arms auf die Halbspitze hebt, telefoniert sie. Dann bemerkt sie Jetta. Statt die Ballettübung abzubrechen oder ertappt zu grinsen, schaut Milena herausfordernd hoch, ohne das Gespräch zu unterbrechen. Jetta winkt ihr zu und zwinkert mit einem Auge; zu ihrer Freude antwortet das Mädchen mit einem spitzbübischen Lächeln. Ein paar Pliés später hebt sie das Bein von der Brüstung und schiebt das Handy in die Leggins. Sie dreht sich zur Türe, schreit etwas ins Zimmer, schaut noch einmal zu Jetta hinauf und ist verschwunden. Sekunden später schlägt ihre Balkontüre mit einem Knall zu.

Die Dämmerung hat die Bergspitzen mit rotgoldener Farbe übergossen. Jettas Hände gleiten über die Holzmaserung der Brüstung, spüren die gespeicherte Sonnenwärme. Milena wird sich nicht brechen lassen. Eine Stahlfeder stützt sie, stark und biegsam wie ihr Ballettmädchenrücken. Sie hält den Kopf aufgerichtet, trotz einer Mutter, die ihr kaum eigenen Raum zugesteht, und einem Vater, der sich entzieht. Ihren Kindern genügend Raum zugestehen – ist ihr das gelungen? Und haben Nicole und Leo genug Rückgrat, um mit dem Einfluss der Eltern klarzukommen? Nicoles pubertäre Ausschläge, Leos passiver Widerstand, sind sie ein

Zeichen von Stärke? Jetta umfasst die Brüstung, rüttelt ein bisschen am Holz. Es bewegt sich keinen Millimeter. Das Rot und Gold auf den Bergflanken erlischt, die Schatten aus dem Tal kriechen höher. Bevor Jetta hineingeht, schaut sie nochmal hinunter. Sie wartet eine Weile, aber Milenas Balkon bleibt leer.

Beim Zappen durch das TV-Programm hält Jetta bei einer Musiksendung inne: Bachs Brandenburgische Konzerte unter nächtlichem Himmel, irgendwo in Deutschland. Junge und ältere Menschen sitzen auf Stühlen und Decken im Gras, ein Allegro pulsiert von der Bühne in die Nacht hinaus. Cello- und Geigenbögen hüpfen und gleiten über Saiten, die Finger der Flötistin wirbeln über die Klappen. Jetta steht, wippt im Takt, dann ein Schritt, die erste Drehung, sie hebt die Arme, schreitet, dreht sich, tanzt zu Bachs Klängen, zu diesem unwiderstehlichen Rhythmus, der unter dem Taktstock des Dirigenten einen fast jazzigen Sog entfaltet. Sie bückt sich, wirft die Socken aufs Sofa und tanzt auf nackten Füssen durchs Zimmer. Weit weg ist sie von kunstvollen Ballettschritten, fern jeder Choreografie, aber es sind ihre Schwingungen, Drehungen und Sprünge, die ihr die Musik, die Lust eingeben. Weg mit den Gedanken, ob es gut oder schlecht aussieht, weg mit dem kritischen Kontrollblick, der Zensurschere im Gehirn! Nach dem Schlusston und im aufbrandenden Applaus unter den Sternen bleibt Jetta ausser Atem stehen, sie spürt das Prickeln vom Kopf bis zu den Sohlen.

35

Du kannst es kaum glauben, wie langsam du vorwärtskommst. Aufs Gehgestell stützen, das linke Bein mit höchstens fünfzehn Kilo belasten – wie viel sind fünfzehn Kilo? –

das rechte Bein nach vorne schieben und vorsichtig abstellen, spüren, ob es hält, ja es hält, Gewicht verlagern, das Gestell vorrücken, das linke Bein millimeterweise nachziehen, aufpassen, dass es im Lot bleibt, dich aufs Gestell lehnen und das rechte Bein drei Zentimeter nach vorne schwingen, abstellen, dabei das Reissen und Brennen in Knochen und Muskeln ignorieren… In den ersten Tagen durftest du dich nur mit uniformierter Entourage bewegen, Physiotherapeutin, Pfleger, Assistenzärztin, alle standen um dich herum, stützten dich und kommentierten jeden Millimeter, bis sie dich auf Grund deiner Performance für mündig erklärten. Mündig zur selbständigen Vorwärtsbewegung mit Gehhilfe. Vor Jahren hast du im Tierpark ein Chamäleon beobachtet, das kommt dir jetzt komischerweise in den Sinn. Es schob sich in etwa diesem Rhythmus vorwärts, unendlich langsam, in eckiger Zeitlupe sozusagen. Wirst du zum Chamäleon, passt du deine Farben der Tageszeit an? Der Gedanke gefällt dir, irgendwie. Dann also blau.

Beim Fenster machst du wie immer die erste Pause. Durch den Fensterspalt weht warme Luft herein, sie riecht nach Sommer. Dein Zimmer liegt im neunten Stock, es erlaubt Weitblicke, am Horizont die Alpen, vorne die Stadt, zwischen Stadt und Hausberg dein Wohnquartier, sogar das Gymnasium kannst du erahnen. Du stehst gerne hier, schaust in den Sommerdunst, hörst Autos bremsen und anfahren und Kirchen die Viertelstunden schlagen. Der Gedanke, dass deine Kollegen an ihren freien Nachmittagen im Fluss schwimmen oder mit den Bikes durch die Voralpen strampeln, während du das Gehen neu erlernst, lässt dich eigenartig unberührt. Seit sie dich aus Lausanne hierher verlegt haben, nimmst du wieder am Leben teil. Nur schon von den Monitoren, den Ausscheidungs- und Infusionssäcken abgenabelt zu sein hat dir neue Freiheiten eröffnet. Selber pinkeln, allein scheissen! Vorsichtig eine Erdbeere, einen Apfelschnitz kauen, statt Brei zu schlucken! Dreimal täglich eine Schmerztablette hinunterspülen, anstatt am Tropf zu hängen! Und erst die chamäleonartigen Ausflüge auf den Gang, wo vielleicht deine neuen Freunde warten! Sogar in ihrer Begrenztheit werden dir die Freiheiten manchmal zu viel. Erst recht die Besuche, die Blumen und Schulbücher, die man dir bringt, die SMS und Tweets. Deine Haut ist porös geworden, sie lässt die Dinge rein.

Zweimal hintereinander hat das Handy vibriert, du überprüfst die Eingänge. Ein SMS von Saurer, er wünscht dir baldige und vollständige Besserung. Falls du Mangel an Lesestoff habest, bringe er gerne etwas vorbei. Hmm. Das andere SMS ist von Karsten; lang. Er ist zurück aus Israel und war tatsächlich auf dem Schiff, das von den Israelis beschossen wurde. Krass, diese Vorstellung. Ein einziger Alptraum, neun Tote, unzählige Festnahmen, behandelt wie Verbrecher, und natürlich keine Spur von Waffen auf den Schiffen, nur Humanitäres für Gaza. Politisch müsse das Folgen haben. Schade, seist du nicht dabei gewesen.

Saurer und Karsten. Schicken dir in der gleichen Minute ein SMS. Seit Saurers Story von Rehabeam gehören die beiden für dich zusammen, sie bewohnen die gleiche Hirnfalte. Du musst Saurer von Karsten erzählen; dass ein Freund bei der Gaza-Flottille dabei war, wird ihn interessieren. Das Beantworten hebst du für später auf, wenn du wieder auf dem Bett liegst, sonst schaffst du das Laufpensum nicht.

Du ruckelst weiter Richtung Tür, hoffst, dass sie nicht plötzlich aufgeht wie gestern, als Sis mit Nicole hereinplatzte. Zum Glück bist du vor dem Lavabo gestanden und nicht mitten im Weg. Du hast deine Gesichtsnarben angeschaut, zum ersten Mal, jetzt wo die Verbände weg sind, und bist heftig erschrocken über die vernähte Wunde, die Stirn und eine Augenbraue in zwei Hälften teilt, und über den Riss entlang des Unterkiefers, wo die Chirurgen eine Titanschiene versenkt haben. Du fandst dein Gesicht halb entstellt und doch nicht wirklich entstellt, auf eine aufregende Art neu und anders, vielleicht auch wegen deinem rasierten Schädel, auf dem zaghaft erste Stoppeln spriessen. Mitten in dein bittersüsses Erschrecken wehten die Girls, Mel cool wie immer, Nicole nervös und noch viel verlegener als du. Sie wagte dich kaum anzusehen, sagte nicht viel. Sie erwähnte, ihre Mutter sei wegen eines Nervenzusammenbruchs in der Klapsmühle gewesen und jetzt zur Kur. Die Mütter machen schlapp, wenn es rau wird, oder sie drehen durch. Und die Väter? Halten sich rauss, mauern, entziehen sich. Später sagte Sis, der Erzeuger habe der Lady ein Angebot gemacht, Paartherapie, oder etwas Ähnliches. Immerhin. Ihr habt euch angeschaut, Sis zuckte mit den Achseln, sie halte nicht viel davon. Zuerst müsse er die Tusse spedieren, sonst glaube sie ihm gar nichts. Du wusstest nicht, was antworten. Zum Glück begann Nicole mit einer komischen Geschichte über ihre Katze. Ihr habt gegrinst und dann von anderem geredet, von der Schule, vom Gurtenfestival, von deinen Narben, von der Stadtgärtnerei, wo die Girls Strafarbeit leisten müssen. Zwei Wochen lang jäten, da sterbe ich, stöhnte Sis, und du musstest sehr aufpassen, um dein Grinsen zu verschlucken.

Als sie weg waren, hast du über die Eltern nachgedacht. Sis tut, als ob ihr egal wäre, was läuft. Du wünschst dir, dass sie sich versöhnen. Dass der Erzeuger wieder einzieht. Als du das dachtest, hast du wie der allerhinterletzte Abergläubische das Amulett berührt. Vielleicht ist es wirklich ein Talisman und wegen ihm bist du jetzt nicht gelähmt. Bei der Wirbelsäule sei es um Millimeter gegangen, sagte der Docteur. Sie mussten dir die Jeans vom Körper schneiden, die Münze steckte in der Tasche.

Du öffnest die Türe und schiebst dich zentimeterweise in den Korridor. Vorne siehst du Klaus, den Buschauffeur mit zwei neuen Hüftgelenken, Giovanni, dem sie nach einem Sturz vom Gerüst den Rücken versteift haben. Andrea hat in Korsika einen Autounfall überlebt. Alle staksen an Krücken oder schlurfen mit Gehgestellen herum. Andrea entdeckt dich, kommt auf dich zu. Mit den Krücken hoppelt sie wie ein Kaninchen in Zeitlupe, es sieht echt komisch aus, du ziehst sie immer damit auf. Dir fehlen bloss die Hasenohren, hast du gesagt, und sie musste lachen, auch wenn ihre Narben dabei spannten. Andreas Gesicht ist voller Narben und Schrammen, dazu hat sie mehrere Beinbrüche und eine Schambeinfraktur. Sie habe Glück gehabt, ihrer Freundin habe man nichts angesehen, aber sie liege mit schwerem Hirntrauma auf der Intensivstation. Tänzerin habe Iris werden wollen, und jetzt, wohl aus der Traum. Wegen eines idiotischen Tempobolzers, frontal in ihr Mietauto. Dir ist ein wenig übel geworden, als Andrea das sagte. Erst nach und nach hast du Einzelheiten zu deinem Unfall hervorgeklaubt. Sie sagte nicht viel, schaute dich bloss an und fragte, und jetzt willst du leben, nicht wahr? Du hast genickt.

Andreas Haare glänzen frisch gewaschen, eine dunkle Strähne hängt vor ihrem Gesicht, sie bläst sie zur Seite. Du erzählst ihr vom Chamäleon, sie findet, dann noch lieber ein Kaninchen, die seien wenigstens flauschig statt nur eklig schuppig. Aber Chamäleons können die Farbe wechseln, je nach Stimmung, sagst du, das können Kaninchen nicht. Ich schon, wart nur, sagt Andrea, und du nimmst deinen ganzen Mut zusammen, beugst dich über das Gehgestell und küsst sie auf den Mund. Nanu, was hast du denn im Moment für eine Farbe? fragt sie. Rot, feuerrot, sagst du und küsst sie noch einmal. Sie weicht dir nicht wirklich aus, flüstert nur, hey, ich hab im Fall einen Freund. In einem Anfall von gedankenloser Kühnheit fragst du, will der dich noch mit deinem vernähten Gesicht? Und küsst ganz sanft die schlimmste Narbe, die vom Mundwinkel bis zum Ohr. Andrea bleibt eine Weile still, du bereust heftig, was du gesagt hast. Dann kommt ihr Gesicht näher, du siehst die Narben, die gebogenen Wimpern, der Duft ihrer Haare erinnert dich an frisches Heu.

Ihre Lippen berühren meinen Mund. Ich küsse zurück, bis mein Kiefer schmerzt und ich sage, au, mein verdammter Kiefer tut weh. Wir müssen grinsen, Andrea gluckst und kichert, und ich lache wie seit Monaten nicht mehr.

36

Nach dem Frühstück überfällt Jetta das Bedürfnis nach mehr Raum, als ihn das Bergtal zur Verfügung stellt. Sie nimmt das Postauto nach Ilanz, wo sie in den Zug nach Chur umsteigen will. Gestern ist Joachim Weber abgereist. Er hatte die geplante Abreise vorher mit keinem Wort erwähnt. Nach dem Mittagessen verabschiedete er sich und steckte ihr seine Geschäftskarte zu, »falls Sie mal nach München kommen«. Jetta gab ihm die Hand, versuchte zu verbergen, wie sehr sein Aufbruch sie überrumpelte. Weber, Milena, sie selbst – eine heimliche Komplizenschaft voller Kraft ging mit seiner Abreise abrupt zu Ende.

Die Strasse führt durch Laubwald, Sonnensprenkel flirren durch das Grün, neben der Strasse tost ein Bergbach talwärts. Jetta schaut auf die vorüberziehende Landschaft. Am Abend vor Webers unerwarteter Abreise haben sie zusammen in der Hotelbar gesessen. Dass er die Einladung zu einem Schlummertrunk wiederholen würde, daran hatte sie nicht mehr geglaubt. Sie waren einander oft begegnet, ohne dass er je darauf zurückgekommen wäre. Die Aufforderung fiel dann so beiläufig wie man nach dem Wetter oder der Uhrzeit fragt. Jetta glaubte zuerst, sie hätte sich verhört und sah ihn fragend an. Hatte sie dabei genickt? Denn ohne eine Antwort abzuwarten sagte Weber, »also bis um neun«, und verschwand.

Sie entdeckte ihn in der Bar und sein Gesichtsausdruck verriet nicht den geringsten Zweifel, dass Jetta die einseitig getroffene Verabredung einhalten würde. Unter der Türe zögerte sie, sie war nervös. Es beruhigte sie, dass Weber nicht der einzige Gast war; das Gefühl, sich auf etwas Frivoles einzulassen, verschwand. Er rückte einen Sessel für sie zurecht und erkundigte sich nach ihren Wünschen. Mit Rotwein und einem Schälchen voller Nüsse kam er von der Bar zurück und machte Jetta leise auf Milenas Eltern aufmerksam, die in der Nähe sassen.

»Raten Sie mal, was die Frau für einen Beruf hat.«

Sie hob die Achseln. »Keine Ahnung, vielleicht Reiseleiterin, oder Biologielehrerin?«

»Bereiterin. Sie dressiert Pferde, Vollbluthengste, Araber. Hat sie mir verraten. Sie hält wohl auch ihre Tochter für ein Pferd. Und ihren Gatten.«

Er lachte halblaut und schüttelte sich dabei. Jetta beschrieb ihm ihre Beobachtung auf dem Balkon und er explodierte in einer ungenierten Lachsalve, so dass ein paar Gäste herüberblicken.

»Milena wirft ihre Mutter mal gründlich ab. Haben Sie eigentlich auch eine Tochter, ausser dem Sohn? Und was tut die mit Ihnen?«

Beim zweiten Glas Rotwein wusste Weber noch immer nicht viel mehr über Jetta. Sie hingegen hatte erfahren, dass er eine Tochter und einen Sohn hatte und beide Medizin studierten. Er lebte in München, wurde vor Jahren von seiner Frau geschieden und traf sie noch immer.

»Doch jetzt zu Ihnen«, unterbrach er sich. »Sie sehen blühend aus, rennen den Berg hinunter wie ein Zicklein, und sind trotzdem zur Kur hier. Das interessiert mich. Es sei denn, Sie möchten lieber nur meinen Geschichten zuhören.«

Der Rotwein hatte Jetta entspannt, trotzdem versuchte sie etwas Zeit zu gewinnen. Sie war unsicher, wie viel sie diesem Fremden von sich preisgeben wollte. Interessierte er sich wirklich für sie, oder tat er nur so? Weber stand auf, holte zwei Gläser Single Malt. Jetta spürte das Brennen des Glenlivet auf der Zunge und eine angenehme Schwere im Körper. Sie begann mit Machfus und dem Tag, an dem sie den Kater überfuhr. Während sie sprach, registrierte sie wie durch einen Schleier hindurch den Barmann, der die leeren Gläser einsammelte, das Sprechen und Lachen der anderen Gäste, leise Pianomusik im Hintergrund. Einmal unterbrach Weber ihre Geschichte, um neuen Whisky zu holen. Mühelos wie die Lieder ihrer Kindheit liefen ihr die Ereignisse über die Lippen. Einige Episoden erschienen ihr jetzt so komisch, dass sie dazu kicherte.

Ihr zweiter Glenlivet war noch immer unberührt.

»Danke, danke für Ihr Vertrauen«, sagte Weber, als sie schwieg. Er sah sie an. Was denn ihr Mann jetzt zu tun gedenke. Er öffnete den Mund, wie um etwas anzufügen, und liess es bleiben. Jetta zuckte mit den Achseln. Sie wusste es nicht. Es war ihr gleichgültig, was Andreas tun oder lassen würde. Sie fühlte sich warm, entspannt, aufgehoben im Moment. Joachim Weber verurteilte sie nicht, er schien im Gegenteil alles, was sie gesagt hatte, für völlig normal anzusehen. Mehr brauchte sie im Moment nicht.

Sie öffnete die Augen, weil er mit der Hand ihr Knie berührte.

»Schlafen Sie mir nicht ein! Und wissen Sie was? Das wird schon werden bei Ihnen.«

Der Zug in Ilanz ist gut besetzt, doch im vordersten Wagen findet Jetta einen Fensterplatz. Sie gesteht sich ein, dass sie Webers Abreise bedauert. Das Hotelleben wird farbloser sein ohne ihn. Er hat etwas aus ihr herausgelockt, woran sie nicht mehr geglaubt hat. Sie schaut auf die vorübereilende Landschaft und stellt ihn sich vor: die verstrubbelten Haare, seine schmalen Finger ohne Ehering. Wie hätten sich seine Hände auf ihrer Haut angefühlt, in ihrem Haar? Wie seine Haut unter ihren Fingerspitzen – rau, haarig, glatt?

Ein Bahnhofsgebäude schiebt sich in Jettas Blick, wartende Menschen auf dem Perron, ein Kind, das winkt. Sie öffnet die Jacke und fährt mit der Hand durch die Haare. Als der Zug wieder anfährt, spürt sie, wie froh sie ist um die Tage, die ihr hier noch bleiben. Sie braucht diese Zeit der inneren Verschiebungen, der aufbrechenden Zellen. Häutung, das Wort kommt ihr in den Sinn; sich häuten wie eine Schlange, die Haut zerreissen, die alt und zu eng geworden ist. Abstossen, was nicht mehr taugt.

Das Handy zwitschert, ein SMS von Silvia. Die Freundin fragt nach ihrem Befinden. Felix habe man von Lausanne ins Inselspital verlegt, es gehe ihm jeden Tag ein wenig besser, er lerne wieder laufen. Neben Dankbarkeit spürt Jetta den Stich im Magen, der nie ausbleibt, wenn sie an Silvia und Felix denkt. Sie tippt eine Antwort, findet sie beim Nachlesen zu überschwänglich und schickt sie trotzdem ab.

In der Spiegelung eines Schaufensters in der Churer Altstadt sieht Jetta ihr Gesicht, entspannt, braungebrannt. Ein Gestell mit Ansichtskarten steht neben der Eingangstüre. Früher hat sie kaum je Postkarten aus den Ferien geschrieben, jetzt verspürt sie Lust dazu. Sie wählt für Leo einen Steinbock aus, ein aufgerichtetes Murmeltier für Nicole, für ihre Mutter ein Kirchlein vor weissen Bergspitzen. Silvia gefällt vielleicht das abstrakte Gemälde von Matias Spescha und zu den Kollegen im Büro passt die Schar Gämsen im Fels. Bei der Karte für Andreas schwankt sie zwischen dem Heiligen von der Zilliser Kirchendecke und einem einsamen Marathonläufer vor dem Piz Palü, schliesslich nimmt sie beide. Der Steinadler mit den ausgebreiteten Schwingen würde zu Felix passen. Sie zieht die Karte heraus, obwohl sie nicht weiss, ob sie sie jemals schreiben und abschicken wird. Und wenn schon Ansichtskarten, warum nicht auch eine für sie selbst? Ihre Augen wandern auf und ab, dann wählt sie die Karte, die ihr von Anfang an aufgefallen ist, die Schwarzweissaufnahme einer Frau am Strand. Sie ist von der Taille aufwärts zu sehen und trägt einen Badeanzug, das Gesicht ist der Sonne zugewendet, der Kopf nach hinten gebogen und die Augen halb geschlossen. Mit der hellen Haut und den blonden Locken erinnert sie Jetta entfernt an die junge Marilyn Monroe, doch ohne das Puppenhafte späterer Aufnahmen. Die Frau sieht stark und gleichzeitig verletzlich aus, weiblich, zum Leben entschlossen. Jetta dreht die Karte um. Der Fotograf ist ihr nicht bekannt, betitelt ist die Aufnahme mit ›Maureen, on the beach‹.

Die Verkäuferin bedient eine Kundin, Jetta hat Zeit, durch das Geschäft zu schlendern. Es ist vollgestopft mit Antiquitäten, Bildern, Lampen, Nippes. In einer Schachtel liegen fremdländische Münzen. Eine davon ähnelt Felix' Amulett; arabische Schriftzeichen umschliessen eine Sonne, die ebenso gut eine Krabbe sein könnte. Behutsam klaubt Jetta die Münze heraus und legt sie zu den Karten auf den Ladentisch. Die Verkäuferin weiss nichts über ihre Herkunft oder Bedeutung, aber sie findet sie hübsch, und irgendwie besonders. Soll sie sie separat verpacken?

»Danke«, sagt Jetta. »Ich nehme sie gleich so.«

Sie schliesst die Hand um die Münze, das Metall nimmt ihre Körperwärme auf. Sie schiebt sie in die Jeanstasche.

Am Platz lockt ein Café mit Sonnenschirmen und Olivenbäumchen zwischen den Tischen. Jetta setzt sich in den Schatten, bestellt einen Kaffee und überlegt, wem sie zuerst schreiben will. Wie ein Kartenspiel ordnet sie die Fotos, zieht Maureen aus dem Fächer und legt sie vor sich hin. Erst jetzt bemerkt sie einen Mann am Nebentisch; er schaut herüber und lächelt, als er ihren Blick einfängt. Sie lächelt zurück. Nach einem Schluck Kaffee dreht sie die Karte um. Wie schreibt man an sich selbst? Du, ich? Hallo Jetta, oder Liebe Jetta?

In der Handtasche zwitschert es, ein SMS von Andreas. Einen Augenblick ist sie versucht, die Nachricht erst am

Abend zu lesen. Will sie jetzt von ihm gestört werden? Was hat er ihr schon mitzuteilen. Wenn es dringend wäre, würde er anrufen. Dann siegt die Neugier. »Jetta«, schreibt er, »wenn du einverstanden bist, komme ich dich am Wochenende besuchen. A.«

Die Geschichte des israelitischen Königs Rehabeam ist erschienen in ›Die Torheit der Regierenden‹ von Barbara Tuchmann, 1984 S. Fischer Verlag, Frankfurt am Main.

Daniel Suter
Die Unvergleichlichen
Parallelroman

752 Seiten, gebunden,
Fr. 39.–, € 29.50,
ISBN 978-3-85990-247-3

Frühling 1899 – die zehnjährige Paula Ahrons kommt aus Berlin in Zürich an. Ihr Vater, ein kleiner jüdischer Kaufmann, träumt vom wirtschaftlichen Aufstieg. In Basel wächst zur gleichen Zeit Jenny Gass wohlbehütet als Tochter eines Privatbankiers auf. Während Paula nach dem Gymnasium zur Universität geht, um Ökonomie und Politik zu studieren, bewundert Jenny in London die gekrönten Häupter des alten Europas im Trauerzug von König Edward VII. Nur anderthalb Jahre später feiert sie eine grosse Hochzeit mit dem Basler Seidenbandfabrikanten Rudolf Frygermut. Derweil muss Paula Ahrons in Zürich ihr Studium abbrechen, weil der Vater die Familie nicht mehr ernähren will und kann. Von da an bestimmen drei Widersprüche Paulas Leben: das Engagement für Sozialismus und Kommunismus, die Brotarbeit als Sekretärin und die schwierige Liebe zum sieben Jahre jüngeren Genossen Christian Seiler. Auch Jenny Frygermut muss früh erkennen, dass vieles, woran sie fest geglaubt hat, erschreckend brüchig ist. Jede der beiden Frauen erlebt auf ihre Weise die Krisen, Kriege und gesellschaftlichen Umbrüche ihrer Epoche. Über ein halbes Jahrhundert hinweg verbindet allein die Zeit Paula Seiler und Jenny Frygermut. Bis ein Zufall Paulas Sohn und Jennys Tochter zusammenstossen lässt.

Peter Staub
Ein Freund unserer Zeit
Roman

256 Seiten, gebunden,
Fr. 28.–, € 22.80,
ISBN 978-3-85990-250-3

Percy Hartmann lebt als Mittelschullehrer in Biel. Durch ein Telegramm erfährt er, dass sein Jugendfreund Roy, den er seit zwanzig Jahren nicht mehr gesehen hat, in Sizilien gestorben ist. Das ist der Anfang einer Begegnung mit der Vergangenheit. Hartmann fährt zur Beerdigung nach Sizilien, lernt dort die Freunde seines alten Freundes kennen, versucht dessen Nachlass zu ordnen. Er stösst auf Briefe und Dokumente, die Roy für ihn und andere hinterlassen hat. Als er sie, zurück in der Schweiz, an die Adressaten übergibt, kommen viele Dinge ins Rollen und führen in die Zeit, als sein verstorbener Freund Roy in Deutschland und in der Schweiz politisch aktiv war. Die Lage spitzt sich zu, als gegen Percy eine Untersuchung wegen Mitgliedschaft in einer terroristischen Vereinigung eingeleitet wird und er in der Folge seine Stelle als Gymnasiallehrer verliert. Percy sieht sich als Spielfigur auf einem Schachbrett, herumgeschoben von Akteuren, die teilweise verborgen bleiben und deren Absichten er nicht durchschaut. Die Konturen zwischen Freund und Feind verschwimmen.
Der Roman ist mehr als ein Politkrimi. Er ist vor allem auch die Geschichte einer Freundschaft und einer Reise in die Vergangenheit, deren wahre Dimensionen sich dem Protagonisten erst im Lauf der Ereignisse eröffnen.

Eva Roth
Blanko
Roman

160 Seiten, gebunden,
Fr. 24.–, € 19.80,
ISBN 978-3-85990-260-2

Vergangenheit gibt es für Silvia nicht, und folglich auch nicht für ihre Tochter Ayleen. Doch die 17-Jährige findet sich nicht länger damit ab, dass alles, was vor ihrer Geburt liegt, hinter dem unverbindlichen Lächeln Silvias verborgen bleibt.

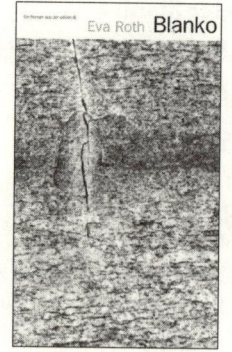

Ayleen, die in der Freizeit bei einem Geothermie-Projekt arbeitet, beginnt die Vergangenheit abzutragen. Unerbittlich bohrt sie in die Tiefe, legt Vaterspuren frei, die auf den afrikanischen Kontinent und zu den Abgründen schweizerischer Flüchtlingspolitik führen, folgt Mutterspuren ins Herz des Schweizer Gesteinsmassivs und dringt zu jenem Tag in Silvias Leben vor, der am Anfang der Geschichtsauslöschung stand.

Wie Bohrproben schichtet Ayleen die freigelegten Fragmente aufeinander. Das Ringen um Geschichte beziehungsweise Geschichtslosigkeit zwischen Mutter und Tochter wird immer verbissener und kulminiert in einer Auseinandersetzung, die zu einem Zugeständnis oder zur Neuerfindung der eigenen Geschichte führen muss.